btb

Kaum erwachsen flieht das Findelkind François vor seinen Pflegeeltern und landet in einem zwielichtigen Hotel an der Küste von Marseille, wo er von »Le Boche«, dem Deutschen, in obskure Geschäfte verwickelt wird. Er fühlt sich wohl in diesem Hotel, das nur selten Gäste beherbergt – bis dort ein Mann tot aufgefunden wird. François zieht in die Ungewissheit New Yorks, und bald – blind vor Liebe – nach Montreal in Kanada, wo ihn seine Gutgläubigkeit und der kalte Winter nahe an den Abgrund bringen. Aber kann man überhaupt leben, ohne zu wissen, wer man wirklich ist?

HANS PLATZGUMER, geboren 1969 in Innsbruck, lebt in Bregenz. Er studierte an der Musikhochschule in Wien, absolvierte ein Filmmusik-Studium in Los Angeles und veröffentlicht in unterschiedlichen Formationen elektronische Musik. Er schreibt Romane, Hörspiele, Opern, Theatermusik und Essays. Sein Roman »Am Rand« stand 2016 auf der Shortlist zum Deutschen Buchpreis.

HANS PLATZGUMER BEI BTB
Am Rand (71622)

Hans Platzgumer

Drei Sekunden Jetzt

Roman

btb

Sollte diese Publikation Links auf Webseiten Dritter enthalten,
so übernehmen wir für deren Inhalte keine Haftung,
da wir uns diese nicht zu eigen machen, sondern lediglich auf
deren Stand zum Zeitpunkt der Erstveröffentlichung verweisen.

FSC
www.fsc.org
MIX
Papier aus verantwortungsvollen Quellen
FSC® C014496

Penguin Random House Verlagsgruppe FSC® N001967

1. Auflage
Genehmigte Taschenbuchausgabe September 2021
by btb Verlag in der Penguin Random House Verlagsgruppe GmbH,
Neumarkter Straße 28, 81673 München

Covergestaltung: semper smile, München
Covermotiv: © plainpicture/Miguel Sobreira
Druck und Einband: GGP Media GmbH, Pößneck
mr · Herstellung: sc
Printed in Germany
ISBN 978-3-442-71795-8

www.btb-verlag.de
www.facebook.com/btbverlag

Ich weiß nicht, wie alt ich bin, und habe
immer das Gefühl, ich bin jung.
Woher ich komme, wer ich bin, wer meine
Eltern waren ... Ich weiß nichts.
(Holt aus der Tasche eine Gurke und isst)

Charlotta Iwanowna – Anton Tschechow
»Der Kirschgarten«, 1903

Der Mensch muss sich sein eigenes Wesen
schaffen.
Indem er sich in die Welt wirft, in ihr leidet,
in ihr kämpft, definiert er sich allmählich.

Jean-Paul Sartre »Der Existentialismus ist
ein Humanismus«, 1944

Teil Eins

DER MOND AUF DEN WELLEN

1

Einer wie ich erhält ständig eine neue Chance. Freispiel. Andere gehen verloren, Menschen wie ich tauchen unermüdlich auf aus dem Nichts. Im Alter von ungefähr dreizehn Monaten hat man mich gefunden, ich weiß nicht, wer, und dann hielten sie mich an der Hand, und es blieb bei dem Mich-Finden und Mich-an-der-Hand-Halten. Ich nenne mich François und weiß nicht, wer ich eigentlich bin, aber dass ich nicht verlorengehen soll, das habe ich verstanden. Stets findet sich jemand, der mich findet, sei es nun in Marseille-Bonneveine im Einkaufswagengitterbett oder später in der Innenstadt oder in den Ästen der Pinie. Immerzu nehmen sie mein Leben in die Hand, zu allen Unzeiten. Es ist ein ungeschriebenes Gesetz.

Wahrscheinlich war es von Beginn an so, dass ich mich verkroch und aus Verstecken herausgezogen wurde. Man gönnte mir das Verkrochensein wohl nie. Doch aushalten mit mir konnten sie es ebenso wenig, meine Eltern, wer immer sie waren. Mein erstes Dutzend Monate: vielleicht die besten meines Lebens, eher aber die schlechtesten, ich weiß es nicht. Verglichen mit dem ersten Jahr meiner Freundin Lucy werden sie ziemlich annehmlich gewesen sein.

Lucy wurde wie ich gefunden. Sie war jünger als ich, wenn wohl auch größer, denn groß war Lucy schon immer, groß und stark, eine Kämpfernatur. Ein knappes Jahr alt, schätzt man, sei sie gewesen, als sie nackt auf die Straße kroch. Wir beide schafften es in ähnlich kurzer Zeitspanne, die Eltern, die wir einmal hatten, über die Grenze der Belastbarkeit von uns wegzustoßen. Irgendwann ging nicht mehr, was vorher, allen Umständen zum Trotz, vielleicht für möglich gehalten worden war. Die Zukunft mit uns verengte sich zu einem dunklen Loch, auf das unsere Eltern zurasten. Den Aufprall wollten sie uns ersparen, indem sie uns wie Ballast abwarfen.

Einmal fragte ich Lucy, ob auch sie meinte, es wäre unsere eigene Schuld, dass man uns loswerden musste.

– Vielleicht haben wir die Großen einfach aus unserem Leben hinausgetrieben, hinausgeschrien?, sagte ich. Vielleicht war es unsere eigene Wahl?

Lucy antwortete nicht, aber sie warf mir einen Blick zu, der mir zu verstehen gab, dass ich sie nie wieder mit derlei Überlegungen konfrontieren sollte.

Die Frau, die mich in den Supermarkt hineingeschoben und dort abgestellt hatte, denke ich immer wieder, auch wenn es ein Gedanke ist, der mich nicht weiterbringt, diese Frau, die meine Mutter gewesen sein könnte, sie hatte die Hoffnung auf ein Weiterkommen mit mir aufgegeben, nicht aber die Hoffnung auf ein Weiterkommen *für* mich. Ich hasse sie nicht, ich liebe sie nicht, ich habe sie nur nicht mehr.

Oft stelle ich sie mir vor. Ich betrachte mich im Spiegel, meine magere Statur, als wäre ich ausgequetscht worden. Die bleiche Haut, die Muttermale. Auch meine fransigen Feuerhaare habe ich vielleicht von einer Mutter. Die plattgedrückte Nase oder meine Augen, die die Farbe des Meeres an einem trüben Nachmittag zu spiegeln scheinen. Wenn ich mich und die Welt mit Gleichmut und Schwermut und Übermut betrachte; inwieweit habe ich das dieser unbekannten Frau zu verdanken?

An einen Vater zu denken, den es irgendwo da draußen geben muss, ist nicht möglich. Gedanken an ihn zu verschwenden, ist sinnlos, wie es für die Menschheit sinnlos ist, sich vorstellen zu wollen, woher sie kommt, wohin sie geht. Manches ist zu groß, um angedacht zu werden.

Bei anderen Fragen wiederum gibt es Anhaltspunkte.

Das Überwachungsvideo des Kaufhauses zeigte eine Frau mit Kopftuch und Sonnenbrille. Das wurde mir gesagt, spät erst, und als Nebensächlichkeit abgetan. Längst gab es das Videoband nicht mehr. Eine Frau, wie Millionen andere Frauen auch, billig, aber ausreichend getarnt, ein Kopftuch wie unzählige andere, eine Sonnenbrille, wie jede sie trägt, eine bröselige Schwarzweißaufnahme, nicht wert, sich länger damit zu befassen. Und doch: für mich ein Anhaltspunkt. Ein Beweis, dass es sie gibt. Ich habe eine Mutter. Sie hat mich nicht verstoßen, nein, in gewisser Weise fühle ich mich von ihr gerettet. Mit ihr ist es losgegangen, das beharrliche Retten von François.

2

Für Lucy, klar, ist es schwieriger. Sie kann sich nicht mit dem Gedanken trösten, von ihren Eltern gerettet worden zu sein. Sie wurde nicht wie ich in einem Einkaufswagen an den Ort gerollt, wo sie gefunden werden sollte. Auch wurde sie nicht wie andere in eine Babyklappe gesteckt oder in einem Körbchen an einem geschützten Ort abgestellt, zugedeckt womöglich, eingepackt, vorbereitet für ein Weiterleben. Nein, ihre Eltern, oder wer immer sich der Sache annahm, entledigten sich ihrer an einem äußerst unangenehmen Ort: dem Straßenrinnsal einer Ausfahrtsstraße von Dakar, wo sie abgeworfen wurde aus ihrem jungen Leben, hingeschmissen in den Schmutz, ausgestoßen in die Nacht, um von dieser für immer fortgespült zu werden. Wie andere Babys, die ihre Eltern rein durch ihre Existenz heillos überfordern, in Mülltonnen landen, wurde Lucy eines Nachts als Müll auf den Straßenrand gekippt. Nichts als eine Last war sie gewesen, ein Unglück, ein unerwünschtes Menschenwesen in einer unerwünschten Welt, eines mehr, eines zu viel. Es wurde entsorgt.

Nach einer Handvoll Monaten hätte dieser Straßenrand bereits das Ende ihrer Lebensstrecke bedeuten sollen. Doch wie Lucy nun mal ist: Sie gab sich mit dem mülligen Totenbettchen, das ihr zugewiesen worden war, nicht zufrieden. Eine Weile lag sie wohl dort, verletzt, verblüfft, verstört. Doch als sie merkte, dass ihr Schreien und Zappeln zu nichts anderem taugte, als Ratten und Geziefer fernzuhalten, ergriff sie die Initiative. Sie krabbelte fort aus der Müllhalde, gegen den Strom. Eine wie Lucy, die personifizierte Selbstbestimmung, sie wäre aus jedem Abfalleimer herausgeklettert, wie tief er auch sein mochte – ihre Eltern hatten das vielleicht geahnt.

Mittlerweile hatte die Dämmerung eingesetzt, und diese Auflösung der Nacht war Lucys Glück. Nun setzte sich im Halblicht ihr kohlrabenschwarzer Körper vom hellen, brüchigen Asphalt und den verblichenen Bodenmarkierungen der Straße deutlich ab, sodass er erkannt werden konnte. Lucy hievte sich aus dem Rinnstein hoch, zurück auf die Fahrbahn, splitternackt, verklebt vom Dreck, ein Klumpen Mensch, heiser vom stundenlangen Schreien, das für immer ihre Stimmbänder abgenutzt hatte.

Als ich Lucy gut anderthalb Jahrzehnte später, einen Kontinent weiter nördlich kennenlernte, fiel mir ihre Stimme als Erstes auf. Trotz ihrer Jugend klang Lucy bereits wie eine greise Blues-Sängerin, hoffnungslos verbraucht und unbezwingbar zugleich. Was für eine Stimme!, dachte ich, als ich sie da am Strand von Pointe Rouge im Südosten von Marseille mit einer Schulkollegin sitzen sah und mithörte, wie sie in einem fort schimpfte über andere Schulkolleginnen und Typen und Lehrer und überhaupt über alles. Auch über mich hätte sie geschimpft, aber mich kannte sie noch nicht.

Nur wenige Stunden später lagen wir beide weiter draußen am Stadtstrand, versteckt in der Dunkelheit zwischen diesen Wellenbrecherfelsen, die es schaffen, das Mittelmeer selbst während der Mistralstürme zu bändigen. Kalt und schmutzig war es im dunkelbraunen Sand. Die übereinandergetürmten Felsblöcke dienten Hobbyanglern, Kindern, Obdachlosen als Toilette und Müllkippe. Lucy und ich liebten uns in dieser grauromantischen Finsternis ein erstes Mal. Während wir es taten, schimpfte Lucy in einem fort, nun auch mit mir. Sie schimpfte mich aus, so mag sie es nicht, so tut es weh, nicht so fest, François, dann wieder: fester, François, halt an, mach weiter, kannst du nicht mehr, François? Die Steine waren ihr zu hart und der Sand scheuerte zwischen ihren Arschbacken. Die Nickelbrille, die sie trug – auch in all den folgenden Jahren habe ich Lucy nie ohne diese Brille gesehen –, verrutschte. *Putain,* fluchte sie. Die Ausläufer so mancher Wellen, die die Dünung zu unserem Liebesörtchen spülte, griffen nach Lucys Zehen, während ich ein wenig unbeholfen auf ihr herumturnte. Sie hörte nicht auf zu fluchen. *Putain,* maulte Lucy, so oft, dass ich schon annehmen musste, sie glaubte, nicht François, sondern Putain wäre mein Name.

Vielleicht war er das ja auch? Schließlich war ich bereits über ein Jahr lang auf der Welt gewesen, da hatte mich jemand neu benannt, war jemand auf die Idee gekommen, mich François zu nennen – jemand mit beschränkter Phantasie, wie ich anmerken will. »Das Französlein« – ich hätte mir etwas Besseres verdient. Doch jemand wollte gehört haben, wie die Frau mit Kopftuch und Brille mich so nannte, die mich in die Bücherabteilung des Supermarkts gekarrt und dort stehengelassen hatte. *Dodo, François,* hätte sie, zwischen den Bücherregalen angekommen, gesagt. Schlaf, mein Kind. Oder war es vielleicht: Warte hier auf mich, François? Oder: Ich komme gleich zurück, François? Manch ein Augenzeuge mutmaßte, diese Frau wäre wohl davon ausgegangen, dass ein Baby bei Menschen, die Bücher und Zeitungen kauften, besser aufgehoben wäre als bei denen, die durch die Autozubehörabteilung schlenderten.

Die Leute erzählen viel, warum auch nicht? Meine Ankunft zwischen den Büchern ist rätselhaft, wie meine Herkunft und Zukunft es nun mal sind. Ich bin ein weißes Blatt Papier, das jeder beschreiben kann, wie es ihm beliebt. Mein Lebenslauf besteht aus Gerüchten. In der Fiktion geborene Realität. Des Findlings aktive Mitarbeit an seiner Chronologie ist nicht vonnöten, seine Glieder sind an Fäden aufgehängt. Hin und her wird er geschoben. Hinein in den Supermarkt. François wird er genannt. Ebenso gut aber hätte man der Einkaufswagenmutter andere Wörter, andere Namen in den Mund legen können.

Ich selbst habe von all der Schieberei nichts mitbekommen. Sediert nuckelte ich an meinem Schnuller, der wie die meisten Schnuller französischer Kinder in Rotwein getränkt war. Ein Schlaftablettchen war mir obendrein verabreicht worden. So schlief ich zwischen mannshohen Regalen, Stellagen, Drehständern voller Bücher, Comics, Zeitschriften, Zeitungen des Hypermarchés. Klein und zart, wie ich für mein Alter war, konnte ich mich im Einkaufswagen ausstrecken. Ich schlief mein Räuschlein aus und erwachte irgendwann unter diesem mir zugeteilten Namen François. François Toulet, um genau zu sein, der ich bald wurde, denn so hießen die Adoptiveltern, denen man mich zuteilte.

Als François Toulet stellte ich mich auch Lucy in jener Nacht vor. Toulet klänge wie Poulet, sagte sie, Hühnchen, und ich konnte ihr nicht widersprechen. Ob sie mich rupfen sollte?, fragte sie und lachte, und wieder widersprach ich nicht. So landeten wir vorne bei den Wellenbrechern, und ein *Putain* nach dem anderen prasselte auf mich ein.

Eigentlich war ich froh, dass der Besitzer der benachbarten Strandbar vorbeikam und dem Rupfen ein Ende bereitete, als er uns fand. Dass man uns fand, versteht sich von allein. Wir beide waren Findelkinder, zusammen doppelt auffindbar, wir zogen die Blicke der Welt auf uns, zu zweit noch mehr als jeder für sich allein. Wann immer ich Lucy in der Folge traf, wusste ich: Lang würden wir nicht unter uns bleiben. In jenem Moment im schmutzigen Sand, beschäftigt damit, Lucys Flucherei zu entschärfen, war ich mir über all das aber nicht im Klaren. Plötzlich stand der spitzbärtige Prolet mit seiner sonnenverbrannten Lederhaut, in die sich alberne Tattoos verirrt hatten, über uns und grinste von einem Felsblock auf uns herab. *Oh, là là*, sagte er und zupfte an seinem Bärtchen. Er fühlte sich weit mehr als die paar Meter, die er uns überragte, über uns erhaben. Das hier wäre doch kein Ort für die Liebe, *l'amour!*, lachte er. *Va te faire foutre!*, warf Lucy ihm mit ihrer rauen Stimme an den Kopf, so laut, dass ganz Pointe Rouge es hören musste, und im selben Moment schon warf sie mich fluchend ab, sodass ich das Gefühl hatte, ihr bellender Befehl, sich zu verziehen, wäre an mich gerichtet gewesen. Wütend streifte Lucy ihren Rock zurecht, rückte die Brille gerade und begann, mit nicht enden wollenden Tiraden den Mann zu verscheuchen. Das hier wären Frankreich und die neunziger Jahre, fauchte sie, und wer er denn dächte, wer er wäre, der erbärmliche Wächter einer Prüderie, an der dieser ganze aschfahle Kontinent noch ersticken möchte. Würde sie wollen, würde sie hier weiterficken, mit wem sie wollte und so lange sie wollte!

Der Mann brachte in der Folge kein Wort mehr über die Lippen, Lucy ließ ihm keinen Raum, verstummt blieb er, eingeschüchtert, reglos auf seinem Felsblock stehen, verblüfft ob Lucys heftiger Reaktion, bereit, jederzeit die Flucht zu ergreifen, sollte diese Furie handgreiflich werden. Ich schummelte mich ins Abseits und versuchte, mein noch halberigiertes Glied in meine Hose zu stopfen.

Was wir hier trieben, ginge ihn einen Scheißdreck an, wütete Lucy. Doch jetzt wäre es ihr vergangen. *Mais bravo!*, applaudierte sie. Ob er sich etwas darauf einbildete? Muttersöhnchen! *Putain!*

Ich knöpfte die Hose zu und war froh, nichts mitzureden zu haben. In gewisser Weise genoss ich es mehr, Lucy dabei zuzuhören, wie sie dem Kerl ihre Meinung sagte, als mit ihr Liebe zu machen. Sie hatte voll und ganz die Kontrolle übernommen. So war es immer schon in ihrem Leben gewesen und würde es wohl immer bleiben. Diese unbeugsame Tatkraft, die sie aus dem Rinnstein Dakars mit in ihr zweites Leben gezogen hatte, dieses Aufbäumen, Sich-gegen-das-Schicksal-Stemmen, genau das hätte ich mir von ihr abschauen sollen. Es hätte die Blaupause für eine selbstbestimmte Lebensführung sein können, das wurde mir in jenem Moment am Strand bewusst. Doch wieder und wieder scheiterte ich in den folgenden Jahren daran. Ich beobachtete Lucy, ich bewunderte sie, aber ich konnte nie werden wie sie.

Noch als der lederhäutige Mann sich wieder zurückzuziehen begann, gab Lucy ihm zu verstehen, was sie von seinesgleichen hielt. Kleinlaut brachte er sich vor ihren Flüchen in Deckung und verschwand im Dunkel, aus dem er gekommen war. Alles nur Erdenkliche war ihm entgegengeschleudert worden, das die Geringschätzung einer Person ausdrücken konnte, bis er ganz im Schwarz der Nacht zerfloss. Dann packte mich Lucy wuchtig an der Hand und zog mich weg vom Strand zur Straße hin, die im schummrigen Licht vereinzelt leuchtender Laternen versunken war. *On y va,* sagte Lucy heiser. Ihre Wut war nur mehr in ihren Schritten zu erkennen, nicht mehr in ihrer Sprache.

Ich ließ mich von Lucy zur Corniche, der Küstenstraße, ziehen, die eine Trennlinie zwischen der Stadt und dem jetzt nachtfarbenen Meer markierte, das unablässig in die Furchen und Ritzen Marseilles hineinfuhr. In die Richtung, in der der Mann, der uns gestört hatte, verschwunden war, hatten wir uns kein einziges Mal umgedreht, er existierte nicht mehr, und auch sonst war keine Menschenseele zu sehen. Zwei Uhr morgens wird es gewesen sein, ein Montag im September. Ruhiger als jetzt wurde die normalerweise lärmende und stinkende Stadt nie. Schweigend trotteten Lucy und ich nebeneinander her. Ihre Flipflops schlurften über den Asphalt.

Weit draußen spiegelte sich der Mond am Wasserhorizont. In einem fort zerbrach die Dünung sein glitzerndes Abbild in unzählige Scherben. Stetig versank das Glitzerlicht und tauchte von neuem wieder auf. Diese Beständigkeit vermochte mich zu beruhigen, auch in jenem Moment. Hätte ich eine Heimat benennen müssen, so wäre es nicht Marseille, sondern der unerreichbare Ort draußen auf dem Meer gewesen, an dem die Wasseroberfläche Tag und Nacht mit dem Himmel verschmolz, dieser in endlose Weite gezogene Strich, der Stadt und Bewohner immerzu in ihre Schranken wies. Das Meer gab uns zu verstehen, wie begrenzt unser Wirkungsfeld war. Sosehr wir hineindrängten in die Wasserwelt, die sich neben unserer Beton- und Asphaltwelt erstreckte, was immer wir versuchten, die Dünung würde uns überdauern. Ich fühlte mich geborgen bei diesem Gedanken. *La mer* und *la mère,* das Meer und die Mutter. Für mich war es dasselbe.

Als ich nun still neben Lucy – denn alles, was ich hätte sagen wollen, erschien mir deplatziert – die Küstenstraße entlangging, malte ich mir aus, wie die wieder- und wiederkehrenden Fluten uns beide in diese Stadt gebracht, uns beide hier abgegeben hatten und eines Tages wieder mit sich nehmen würden. Ich ahnte nicht, dass auch Lucy ein Findling war. Ich stellte mir einfach vor, wie sie wie ich von dort draußen, wo der Mond auf die Wellen fiel, in die Stadt gespült worden war. Menschen aus der ganzen Welt sind vom Meer in diesen Hafen getragen worden. Lucy eine von ihnen, egal, woher sie kam. Ich einer von ihnen.

In einem Einkaufswagen in Bonneveine war ich gelandet.

Als wir meinen angenommenen zehnten Geburtstag gefeiert hatten, hatten mir die Toulets davon berichtet.

– Setz dich, François, hatte mein Adoptivvater befohlen.

In allem, was er sagte, schwang der Befehlston mit.

– Wir müssen dir etwas mitteilen, jetzt, da du alt genug bist.

Von einem Moment auf den anderen zog er mir den Boden unter den Füßen weg.

Ich hatte den Adoptivvater immer zu siezen. Eine Frage des Respekts war das für ihn. Eine Frage des Anstands – wohl eher aber eine des Abstands voneinander.

Seine Frau, Éveline Toulet, hingegen gestattete mir, sie zu duzen, auch wenn dies in Gegenwart des Vaters zu merklichen Spannungen führte, da dieser einen saloppen Umgangston innerhalb der Familie nicht gutheißen konnte. Auch die Erwachsenen pflegten untereinander einen so formellen Konversationsstil, dass ich manchmal meinte, im falschen Jahrhundert gelandet zu sein. Mich wies der Adoptivvater oft wegen Kleinigkeiten zurecht, mit seiner Frau aber kommunizierte er stets auf höfliche, distanzierte Weise. Und trotzdem klang in jedem Satz durch, wie deutlich die Gattin unter ihm stand.

Schon rein körperlich war diese Rangordnung vorgezeichnet. Während ihr Mann ein stattlicher Herr mit distinguiertem Auftreten und strikten Manieren war, in jeder Beziehung darauf bedacht, Haltung zu bewahren, schlich die kleingewachsene Éveline Toulet meist geduckt neben oder hinter ihm her. Ihr früh ergrautes Haar hatte sie tagein, tagaus zu einem festen Zopf geflochten. Manchmal überlegte ich, ob sie zum Schlafengehen wenigstens ihr Haar öffnete. Nie durfte ich das elterliche Schlafzimmer betreten, ohne vorher anzuklopfen und auf Erlaubnis zu warten. Wann immer ich dies tat und *Maman* mir nach einer Weile die Tür öffnete, hatte sie ihre Haare zusammengebunden. Selbst im Nachthemd schien sie ordentlich gekleidet zu sein. Außerhalb des Schlafzimmers trug sie ohnehin stets gerade geschnittene, meist schwarze Kostüme mit langem Rock, sodass sie auf ihre Umwelt den Eindruck einer Ordensfrau machen musste. Brav und sittsam ihrem Mann zur Seite stehend, so gab sich Éveline Toulet in der Öffentlichkeit. Kein einziges Mal erlebte ich, dass sie aus dieser Rolle fiel.

Andererseits aber spürte ich, wie sie im Geheimen ihren Gedanken freien Lauf ließ und sich hinaus sinnierte aus der starren Welt, in der sie – wie ich – gefangen war. Je älter ich wurde, desto mehr hatte ich den Eindruck, sie benutzte mich als Chance, sich in eine andere Welt zu denken. Ich, der Fremdkörper in unserer Familienkonstellation, ich verkörperte für sie einen Hauch von Freiheit und Eigenständigkeit, die ihr selber verwehrt waren. Was mir an Verwurzelung fehlte, mochte sie als erstrebenswerten Grad einer Anonymität einordnen, die ihr in ihrem eng gefassten Alltag stets untersagt geblieben war. Es hatte den Anschein, als sehnte sie sich im Stillen nach dem Tag, an dem ich an ihrer Stelle dazu bereit sein würde, eigenmächtig den Schritt hinaus in ein neues, selbst definiertes Leben zu wagen, und vollbringen würde, wozu es ihr an Kraft und Mut und Möglichkeiten mangelte. Ihr Dasein, das sie anspruchslos unter dem Joch des Patriarchen fristete, diente meiner Vorbereitung auf diesen Befreiungsschritt, den ich für uns beide tun sollte, sie wünschte sich, dass ich ihn machte, selbst wenn ich sie dadurch allein in ihrem Käfig zurücklassen würde. Als hätte sie sich selbst bereits aufgegeben und lebte nur weiter durch mich. Eine solche Vorstellung erschreckte und befremdete mich, ich fühlte mich benutzt und in der mir aufgebürdeten Verantwortung überfordert, aber da es mir unmöglich war, mit *Maman* oder jemand anderem darüber zu sprechen, und all die Vermutungen und Gefühle nirgends anders als in meinem Kopf Gestalt annahmen, gab ich mein Bestes, sie als Einbildung abzutun.

Soweit es der schmale, durch den Ehemann abgesteckte Rahmen erlaubte, unterstützte Éveline Toulet jedenfalls mein unausgesprochenes Bedürfnis, mich aus ebenjenem Rahmen freizustrampeln. Hinter Monsieur Toulets Rücken deckte sie mich, wenn ich schlechte Noten nach Hause brachte, schlampig oder ungewaschen zu Tisch kam oder mich in sonst einer Weise unangemessen benahm. Ich erkannte durchaus eine Gehilfin in ihr, aber ich zollte ihr für ihren Beistand wenig Wertschätzung. Ich konnte die beiden Adoptivelternteile nicht getrennt betrachten. Was auch geschah, *Maman* würde die Gattin dieses Mannes bleiben. Ihr Platz war an seiner Seite. Wo mein Platz war, das wusste ich nicht. Doch dieses Haus Toulet betrachtete ich, je älter ich wurde, mehr und mehr als eine Zwischenstation auf meinem Weg ins Ungewisse. Noch hatte ich nicht allzu viele Chancen in meinem Leben bekommen, dennoch ging ich bereits verschwenderisch mit ihnen um.

Wie sich meine Adoptivmutter um mich sorgte, wurde mir zunehmend lästig. Anstatt es ihr zu danken, machte ich ihr zum ewigen Vorwurf, dass sie mich der Herrschaft Monsieur Toulets unterworfen hatte. Das Selbstmitleid eines verstoßenen Jungen, der Egoismus, der allen Kindern und Jugendlichen eigen ist, die Wirren, die mich durch all die Jahre begleiteten; je mehr ich heranwuchs, desto mehr bekam Éveline Toulet all dies zu spüren. Die Beziehung, die ich zu dieser Frau hatte, die ich *Maman* nannte, irritierte mich. Anstatt mich bei ihr geborgen zu fühlen, wusste ich immer weniger, ob ich denn eine Mutter hatte oder nicht.

Jahre später erst kam mir die Vermutung, dass Monsieur Toulet absichtlich diese Verwirrung hervorgerufen hatte, denn sie nützte seiner Vormachtstellung. Aus diesem und keinem anderen Grund verlautbarte er an jenem Tag, so früh in meinem Leben, so überdeutlich und ohne Vorwarnung, dass ich in Wahrheit ja gar nicht ihr Kind war.

– Jetzt, da du alt genug bist, François, sollst du es wissen.

Er wollte mich brechen, früh genug, wie man ein wildes Fohlen zur Zähmung bricht. Und er hielt seine Ehefrau so klein wie möglich, indem er sie mir als Mutterfigur entriss. Wohl fürchtete er den geheimen Bund zwischen ihr und mir. Ihm war nicht entgangen, wie Éveline mit mir litt, wann immer er mich schalt oder gar ohrfeigte. In seiner Anwesenheit wagte sie nicht, mich zu trösten, aber er wusste: Zu einem späteren Zeitpunkt würde sie mich in die Arme nehmen. Wenn auch unbeholfen. Wenn auch nur, um seine strengen Erziehungsmethoden zu entschuldigen.

Beharrlich, doch mit wenig Überzeugungskraft, versuchte

Éveline Toulet sich als Vermittlerin zwischen dem Familienfürsten und dem adoptierten Sohn, eine undankbare Aufgabe. Ihr Mann wies sie zurecht, weil sie zu weich mit mir war, ich wiederum ließ sie spüren, dass sie auf seiner Seite stand. Mit den Jahren nach der Verlautbarung meiner Fremdheit innerhalb der Familie wuchsen die Gräben zwischen uns. Der Plan des Adoptivvaters ging auf. Er untergrub die Phalanx zwischen Ehefrau und Sohn. Seit ich wusste, dass meine echte Mutter mir irgendwo da draußen abhandengekommen war, galt meine Sehnsucht dieser unbekannten Frau und nicht jener, in deren Haus ich wohnte. Zunehmend wurde das Familienleben, wie ich es kannte, ein emotionales Chaos. Weder wagte ich, Éveline Toulet zu lieben, noch sie zu hassen. Bis ich längst ausgezogen war und Abstand zwischen mich und die Frau *Maman* gebracht hatte, verstand ich nicht, welche Gefühle ich ihr gegenüber entwickelt hatte. Lange meinte ich, ich durfte sie nicht lieben. Ich brauchte sie, ja, aber nicht einmal das konnte ich mir eingestehen.

Wenigstens über eine einzige Sache war ich mir im Klaren: dass ich schaffen musste, wozu diese Frau nicht in der Lage war. Eines Tages, so bald wie möglich, musste ich mich aus den Klauen des Adoptivvaters befreien.

Monsieur Toulet als Vater zu bezeichnen, war mir unbewusst, schon bevor er mir die Wahrheit über meine Herkunft berichtet hatte, schwergefallen. Ab jenem Moment aber, auch wenn ich ihn weiterhin so zu nennen hatte, verkam der Ausdruck *mon père* zur Floskel. V-a-t-e-r blieben mir fünf unbedeutend aneinandergereihte Buchstaben. Ich konnte mir die Bedeutung vorstellen, aber ein Gefühl zu diesem Wort fehlt mir bis heute. Wie fühlt es sich an, einen Vater zu haben?

Es wäre wohl besser gewesen, ich hätte die Wahrheit über

meine Adoption nie erfahren. Doch es war müßig, daran herumzuknobeln. Ich konnte es nicht rückgängig machen. Nur irgendwie mich einrichten in diesem Leben, in das ich gerutscht war. Wie Éveline Toulet musste ich es halten: das Leben ertragen, wie es war, und gleichzeitig mich hinausträumen aus ihm. Alternativen erfinden. In meinem Kopf.

Meine echte Mutter, sagte ich mir, sie war irgendwo da draußen auf der nicht erkennbaren Linie zwischen Meer und Himmel. Sie war der große, nicht greifbare Horizont. Eines Tages würde ich zurückfinden, dorthin gehen, woher ich gekommen war. Vielleicht würde Mutter noch auf mich warten? Ich wollte mich als Kind des Meeres sehen, nicht als Stadtkind, obgleich ich nichts anderes als die Stadt und ihre Enge kannte und aufs Meer hinaus bloß wehmütig blickte.

Vielleicht lag es an diesem mondfunkelnden Meer, dass auch Lucy sich allmählich beruhigte. Sie hatte aufgehört zu fluchen und schritt wortlos, ich weiß nicht, in welche Gedanken versunken, neben mir her. Auch sie blickte über das Wasser Richtung Afrika und sog die salzige Luft ein, während wir stadteinwärts gingen. Vielleicht dachte sie daran, dass am anderen Ufer des Nachtmeers ihre Herkunft lag. Wahrscheinlich aber machte sich Lucy keine Gedanken darüber. Alles Zurückliegende war für sie abgeschnitten, Abschnitte eines Lebens, mit denen man sich nicht aufzuhalten hatte.

Eine Weile noch hatte sie mich an der Hand gehalten, an ihrer rauen, groben Prankenhand, mich länger als nötig nicht losgelassen, wohl einfach eine Weile vergessen, mich loszulassen, und obwohl sie mich mehr gefangen als in Liebe gehalten hatte, hatte ich den festen Halt genossen, den sie mir gab. Nun genoss ich das Schweigen, das Lucy und ich miteinander aushielten. Wir kannten uns erst seit dieser Nacht, und doch mussten wir uns nichts vormachen. Seelenverwandte waren wir, wir wussten es nicht, aber spürten es. Zwei Findelkinder, die sich gefunden hatten. Still und zügig entfernten wir uns aus Pointe Rouge. In großer Entfernung waren die dichtbebauten Hügel der Innenstadt zu erkennen, auf die wir uns zubewegten. Über all dem Häusergewirr thronte mächtig und schützend die Basilique Notre-Dame de la Garde, *La Bonne Mère*, die gute Mutter. Unser aller Mutter. Die ganze Stadt schien unter ihrer Obhut eingeschlafen. Auch die Corniche war ruhig jetzt, wie ausgestorben, getaucht in das orange Licht der Straßenlampen. Hin und wieder raste ein verbeultes Auto an uns vorbei, ratterte über den brüchigen Straßenbelag und all die Schlaglöcher hinweg, nur um Lucy und mich daran zu erinnern, dass wir uns weiterhin in der Menschenwelt befanden und unsere Suche nach einem Platz in ihr noch längst nicht ausgestanden war.

3

– Dich mag ich, sagte Lucy nach einer Weile. Ansonsten können mir die meisten Weißen gestohlen bleiben. Dich aber mag ich.

Es war eine trockene Feststellung.

– Ich mag dich auch, sagte ich.

Wir hatten den Prado hinter uns gelassen, eine Strandanlage, deren vertrocknete Picknickwiesen an Sonntagnachmittagen von Familien bevölkert, nachts jedoch Brachland und Rückzugsgebiet für gestrandete Kreaturen waren, die im Niemandsland zwischen Meer und Stadt Zuflucht suchten.

– Die meisten Schwarzen können mir auch gestohlen bleiben, sagte Lucy. Und die *beurs* (die Araber) sowieso.

– Was ist mit den Asiaten?, fragte ich, weniger aus Interesse, eher im Versuch, das Gesprächsthema auf einem neutralen Niveau zu halten.

Lucy lachte nur, antwortete nicht. Daran gewöhnte ich mich später, wie sie so manche Frage ohne ersichtlichen Grund unkommentiert ließ.

Wir spazierten weiter stadteinwärts, am abgezäunten Yachthafen vorbei. Ruhig gingen wir nebeneinander her und fühlten, wie richtig es war, nebeneinander zu gehen. Auch wenn wir konträrer nicht aussehen konnten, es war, als wären wir miteinander verwandt. Sie die große, starke, schwarze Schwester, unerschütterlich, fast brutal in jeder Bewegung, die sie machte, eine ebenso unverwüstlich wirkende Nickelbrille auf ihrer breiten Nase. Ich ihr kleiner, durchsichtiger Bruder, den sie beschützen würde. Eine Fürsorglichkeit – nicht steif und erzwungen wie die der Toulets – strahlte Lucy aus. Auch wenn ich mich nicht der Illusion hingab, ihr völlig zu trauen – das Vertrauen in meine Mitmenschen war mir wohl im Einkaufswagen für immer abhandengekommen –, fühlte ich instinktiv, dass Lucy für mich keine Bedrohung darstellte, nicht in diesem Augenblick zumindest. Es fühlte sich befreiend an, in ihrem Fall das Misstrauen abzulegen, das ich sonst gegenüber der Welt entwickelt hatte.

Später, in New York, legte ich es ein weiteres Mal ab. Mein größter Fehler.

Vom Meer wehte ein kühler Wind durch die wolkenlose Nacht. Hätte ich eine Jacke gehabt, hätte ich sie übergezogen. Lucy, die nur ihren Rock und ein dünnes Hemd trug, barfuß in Plastiksandalen, schien sich weder daran noch an dem Umstand, dass die Gläser ihrer Brille beschlagen waren, zu stören.

Die Corniche zog sich eine Anhöhe hinauf, dem Steilufer

folgend in die Stadt hinein. Immer höher blickten wir über den Meereshorizont hinaus, immer tiefer warf sich unter unseren Füßen weiße Gischt an die Felsen. Auf den Hügeln landeinwärts schliefen in ihren verdunkelten Häusern und Villen, verborgen zwischen spärlichen Straßenlaternen, die Groß- und Kleinbürger, die sich südlich der Innenstadt angesiedelt hatten, in sicherem Abstand zum Mief der Straßenhändler, Marktschreier und Kleinganoven. Dutzende Marseilles gab es, streng voneinander getrennt. Über hundert Viertel zählte die Stadt, Dörfer, Stadtteile, Bereiche mit eigenen Gesetzen und unsichtbar gezogenen Grenzen, alle irgendwann eingemeindet, alle aber weiterhin für sich. Niemals drangen die Bewohner aus dem Süden in die nördlichen Banlieues vor, wo sich bewaffnete Banden bekriegten und Zigeuner in Zeltstädten hausten.

Ich war in einer besseren Gegend der Stadt untergekommen. Wo immer ich ursprünglich hineingeboren gewesen war, ohne eigenes Zutun hatte ich es geschafft, meiner Bestimmung zu entkommen. Ich hätte meinen leiblichen Eltern dankbar sein sollen, dass sie mich ausgesetzt hatten, und den Adoptiveltern, dass sie mir ein Leben in Sicherheit und Wohlstand anboten. Über allem hing der Dank, den ich schuldete. Ein Leben lang müsste François dankbar sein. Dankbarkeit aber ist ein theoretisches Konstrukt. Man bekommt es anerzogen. Oder eben nicht.

Ein verirrtes Taxi verlangsamte neben uns. Ob wir einsteigen wollten, rief uns der pakistanische Taxifahrer in gebrochenem Französisch zu. Lucy ging nicht darauf ein und scheuchte ihn weiter.

Wir waren fast eine Stunde an der Corniche unterwegs gewesen, da erreichten wir über ein Viadukt Endoume, den Stadtteil, in dem meine Adoptiveltern wohnten und wo ich den Großteil meiner Kindheit verbracht hatte. Noch wohnte ich bei ihnen. Ein Jahr noch, dann würde ich das *Baccalauréat* machen. Glücklicherweise fiel mir die Schule nicht schwer. Diese eine Sache wollte ich hinter mich bringen, dann würde ich ausziehen, einen Strich unter all das gute Leben ziehen, das die Toulets mir vorzeigten, offerierten, aufzwangen, und nie wieder zurückkehren zu ihnen.

Neben Lucy und mir führte eine steile Treppe, versteckt hinter einer Bushaltestelle, hinunter zur Fausse Monnaie, der Falschgeldbucht, wo ich hin und wieder baden ging und noch nie einen falschen oder echten Geldschein gefunden hatte. An diesen ausgestorbenen Küstenfleck hätten wir uns zurückziehen können und dort weitermachen, wo uns der Strandbarprolet in Pointe Rouge gestört hatte.

Wir verlangsamten und hielten kurz inne. Lucy bemerkte, wie ich darüber nachdachte.

– Sollen wir wieder?, fragte sie.

Ich drückte mich vor einer Antwort. Mir war kalt, ich war müde, überhaupt fühlte es sich eigenartig an, mit Lucy zu schlafen.

– Ha!

Wieder Lucys dreckiges Lachen. Es wirkte ansteckend.

– Auch ich hab jetzt keine Lust mehr, sagte sie und winkte ab. Machen wir es ein andermal wieder. Wann immer du magst. Auch ohne Pariser. Ich kann sowieso nicht schwanger werden.

Weit zog sich Lucys heisere Stimme durch die Stille der Nacht. Ich blickte zu den umliegenden Häusern, deren Fensterläden ausnahmslos geschlossen waren. Ich war versucht nachzufragen, warum sich Lucy so sicher sein konnte. Doch sie war bereits weitergegangen und hatte mich stehengelassen. Sie schien keine Lust mehr zu haben. Ich sah zu, dass ich sie einholte.

Wenig später, beim Petit Casino, dessen Eingang mit einem eisernen Rollo gesichert war – derartig verbogen, dass ich mich fragte, wie der Ladenbesitzer es überhaupt in Bewegung setzen konnte –, deutete ich zur gegenüberliegenden Straßenseite. Dort fiel in einer Senke ein kleines, verstecktes Wohnviertel ab, die Malmousque, eine nach und nach zugebaute Halbinsel, die wie ein steinerner Irrgarten ins Meer reichte. Die Sträßchen dort waren keine *rues*, sondern hießen je nach ihrer Passierbarkeit *Impasse* oder *Traverse*, großteils verliefen sie im Nichts. Früher war diese Landzunge ein verschlafenes Fischerdorf gewesen, bis nach und nach der Moloch Marseille es umzingelt hatte. Nach wie vor aber war die Malmousque, mit ihren winzigen, für den Autoverkehr nicht geeigneten Sackgassen, ein vom Stadtlärm entfernter Ort.

– Dort wohne ich. Noch. Meine Eltern wohnen dort, sagte ich.

– Wirklich?

– Ja, wirklich.

– Sehen die aus wie du?

– Nicht wirklich, nein.

– Meine auch nicht, sagte Lucy und lachte kurz.

Eine Weile blieben wir wortlos nebeneinander stehen. Ich musste die Durchfahrtsstraße überqueren, um ins Labyrinth der Malmousque-Gassen zu gelangen, Lucy musste geradeaus weiter. Sie hätte noch einen weiten Weg vor sich, meinte sie. Ein Küsschen links, ein Küsschen rechts, schon verabschiedete sie sich, fast nebensächlich, von mir. Ich wollte mir ihre Telefonnummer notieren, aber Lucy ging bereits weiter Richtung Norden.

Bei jedem anderen Menschen hätte ich Bedenken gehabt, ihn ziehen zu lassen in die nördlichen Vororte – denn da musste Lucy vermutlich hin, La Rose, Grands-Carmes, Saint-

Mauront, staubige Gegenden zwischen abgezäunten Hafenbecken und übereinandergetürmten Stadtautobahnen, Sackgassen, abgeschnitten vom Rest der Welt. Niemand betrat freiwillig diese schmucklosen Straßen, in denen Tag und Nacht derselbe stumme Lärm herrschte. Um Lucy aber machte ich mir keine Sorgen. Allein, unbewaffnet, in Flipflops und trotz der Brille, die ihr einen fast besonnenen Eindruck vermittelte, traute ich ihr zu, nachts durch Viertel zu spazieren, durch die andere nicht einmal tagsüber mit dem Auto fuhren.

– Ist ja noch ein Stück bis Cinq-Avenues, hörte ich sie im Fortgehen sagen.

– Cinq-Avenues? Dort wohnst du?

Ein letztes Mal drehte sie sich zu mir um.

– Ja, Boulevard Blancarde. Hast du was dagegen?

Dann kehrte sie mir den Rücken zu und entfernte sich. Offensichtlich hatte sie sich für heute genug unterhalten.

Ich akzeptierte das. Was wäre mir auch sonst übriggeblieben? Doch es verwunderte mich zu hören, dass Lucy in solch einem gutbürgerlichen Stadtteil wohnte. Sie sah nicht aus wie eine aus Cinq-Avenues. Französische Familien waren dort zu Hause, Pensionisten, die Einkaufsroller hinter sich herzogen, Spießbürger wie mein Vater, die der *Grande Nation* und ihren kulturellen Errungenschaften huldigten. Wie ein kleines Stück Paris wirkte diese Gegend auf mich, weit entfernt vom Meer, weit entfernt vom Rest Marseilles, der sie umschlang. Ich bezweifelte, dass Lucy mir die Wahrheit gesagt hatte, wo sie wohnte, aber es störte mich nicht. Wir alle erzählten ja nur, was wir erzählen wollten, und glaubten, was wir bereit waren zu glauben. Ganz Marseille bastelte sich die Wirklichkeit zurecht, Tausende Wirklichkeiten nebeneinander, neue, alte, immer wieder andere. Die Stadt war voller Märchenerzähler. Die einen redeten es sich schöner, den anderen kam es schlimmer vor, als es tatsächlich war. Marseille war, was die Leute darin sehen wollten, Frankreich für die einen, Algerien für die anderen. Unwiderlegbar war nur das Meer, das in einem fort an die Küsten spülte. Endlos schön. Die Häuser und Straßen und Menschen hielten allem bloß stand, und konnten sie dies eines Tages nicht mehr tun, wurden sie durch neue ersetzt. Alles stand ständig vor dem Zusammenbruch und blickte schwermütig zurück auf vergangene, bessere Tage. Die Stadt war ein Geröllhaufen, der den Menschen, die ihn bevölkerten, Angst einjagte und sie gleichzeitig dazu nötigte, ihn zu lieben. Niemand war eingeladen worden, an diesem Hafen zu verweilen. Eher wirkte es, als hätten die Sirenen über das Meer die Einwohner hierhergelockt und dazu verdammt, auf ewig zu bleiben. Jeder fand sich damit ab und bald nicht mehr hinaus aus dem Gewirr. Wen kümmerte die Zukunft, ungreifbar, vage wie sie war? Alle waren wir mit der Gegenwart beschäftigt, mit unseren persönlichen Gegenwarten. Auch ich hatte ja begonnen, nicht über den Rand des Moments hinauszublicken und Ersatzwahrheiten einer allgemeingültigen Wahrheit vorzuziehen. Bald würde ich das *Bac* und die Toulets und dieses zweite Leben, in das ich hineingeschoben worden war, hinter mich gebracht haben. Danach würde ein nächstes durchgestanden werden, eine Episode nach der anderen. Eine Abfolge kleiner Geschichten war es, die täglich neu geschrieben wurden, Erzählungen, mal bessere, mal schlechtere. Lucy wohnte also in Cinq-Avenues. Soll sie!, dachte ich.

– Ciao!, rief ich ihr hinterher.

Kurz hob sie die Hand, aber sie drehte sich nicht mehr nach mir um.

4

Dass Lucy damals wirklich in Cinq-Avenues gewohnt hatte, erfuhr ich erst viele Monate später. Ein halbes Jahr war vergangen, da traf ich sie wieder, und dann erzählte sie von sich. Zufällig rannten wir auf dem Boulevard Garibaldi ineinander.

Ich hatte Lucy keineswegs vergessen, auch sie mich nicht. Oft hatte ich den Winter über an sie gedacht und mich geärgert, keine Telefonnummer von ihr zu haben. Manchmal war ich sogar zurück nach Pointe Rouge gegangen, um am Strand Ausschau nach ihr zu halten. Den Besitzer der Strandbar hatte ich wiedererkannt, Lucy aber nicht entdeckt. Einsam war ich die Corniche nach Hause spaziert, hatte auf den Mond am Wasserhorizont geblickt und mir Lucy vorgestellt. Ungeschützt war ich mir an den finsteren Flächen des Prado vorgekommen. Wie schwarze Löcher, in denen verschwinden würde, was ihnen zu nahe kam, hatten die Parkanlagen auf mich gewirkt. Ich hatte das Tempo meiner Schritte erhöht. Zum ersten Mal in meinem Leben hatte ich überlegt, ob ein Leben zu zweit mehr Sinn ergab. Ich hatte ja nie viele Freunde gehabt. Oft hatte ich mich gefragt, was das überhaupt sein würde, ein Freund, eine Freundin. Immer wieder war mir Lucy in den Sinn gekommen.

Auf dem Zebrastreifen an der Kreuzung zur Canebière, dem vielleicht belebtesten Fußgängerübergang der Stadt, liefen wir uns plötzlich in die Arme, mitten in der Hektik eines späten Nachmittags.

– François?!

– Lucy! Mon dieu!

Sogleich packte sie mich an der Hand. Es fühlte sich vertraut an. Sie führte mich zu einem maroden Straßencafé an der Canebière, ich ließ mich führen. Lucy kannte und grüßte die

Kellnerin, eine ältere Frau mit breiten Hüften, tiefschwarzer Haut und golden glänzenden Haarteilen. Die bunten, afrikanischen Kleider, die sie trug, reichten bis zum Boden. Lucy und ich setzten uns ins Freie, an ein rundes, wackeliges Tischchen an der Hausmauer neben der Tür. Die Tischplatte bestand aus teils zerbrochenen Glasfliesen und war mit schmierigem Schmutz, Zigarettenasche und abgefallenen Blättern und Früchten der Platane bedeckt, die diesen Straßenabschnitt in immerwährenden Schatten tauchte. Ein Zeitloch war dieses lichtlose Lokal, ein schiefes Loch, das mitten im Mauerwerk der Stadt klaffte, als wäre es an dieser Stelle eingestürzt. Immer dunkler, einer Höhle gleich, wurde das Innere dieses Cafés, je tiefer man wagte hineinzugaffen. Ganz hinten in der Finsternis mussten die Toiletten sein, nahm ich an, aber so weit reichte mein Blick nicht. Aus der düsteren, abgestandenen Luft des Lokalinneren, das ich inspizierte, näherte sich uns die Afrikanerin wie in Zeitlupe. Ungefragt servierte sie zwei Pastis, Erdnüsse und eine Karaffe Leitungswasser.

– Das ist François, ein Freund von mir, stellte Lucy mich ihr vor.

Die Alte lächelte kurz, verlor jedoch kein Wort und zog sich wieder zurück in die Schattenwelt zu ihrem Barhocker. Reglos saß sie dort neben dem hölzernen Tresen, in der Dunkelheit nur durch ihre bunte Tracht erkennbar, und wartete auf neue Kundschaft. Unzählige Stunden musste diese Frau in ihrem Leben hier bereits gewartet haben. Noch nie waren sie und ihr Lokal, das sich aus unerfindlichen Gründen *Irish Pub* nannte, mir aufgefallen, auch wenn ich schon oft an dieser Ecke vorbeigekommen war.

Sie freue sich, mich wiederzusehen, sagte Lucy. Ich sähe noch gleich aus wie in der Nacht, in der wir uns getroffen hätten, gleich bleich und krank, sagte sie und lachte. Ob meine Haut denn nie brauner würde?

– Nur rot, sagte ich. Dann tut es eine Weile weh. Danach schält sie sich und fällt ab.

Lucy wunderte sich, wie ich es bloß aushielte in einer Sonnenstadt wie Marseille.

– Der Mensch hält viel aus, wenn er muss.

– *Ça c'est vrai,* sagte Lucy. *Santé!*

– *Santé!*

Der lauwarme Pastis schmeckte eklig. Doch ich versuchte mir nichts anmerken zu lassen. Ich nahm mir zu Herzen, was ich gerade gesagt hatte, und spülte ihn mit möglichst viel Wasser hinunter.

– Ich wohne nicht mehr in Cinq-Avenues, erzählte Lucy. Das habe ich hinter mir gelassen. Die Schule auch. Ich bin jetzt frei und kann tun, was ich will. Keine Eltern mehr, nirgends.

Lucy war mir einen Schritt voraus, dachte ich für mich. Ich stopfte ein paar Erdnüsse in mich hinein und hörte zu, wie sie davon berichtete, zu Hause ausgezogen und in der Wohnung eines senegalesischen Freundes in der Rue Thiers untergekommen zu sein.

– Gleich hier oben, sagte sie und deutete über die Straße hinüber. Im obersten Stock. Blick über die Dächer bis zum Alten Hafen. Eine Bruchbude, aber vom Küchenbalkon aus eine irre Sicht.

– Wie kannst du dir das leisten?, fragte ich.

– Mat verlangt nicht viel für das Zimmer. Es ist auch mehr ein Abstellraum. Manchmal schlafe ich auch bei ihm vor dem Fernseher ein. Zurzeit laufen die Geschäfte gut, sagt Mat, da sieht er das nicht so eng mit meiner Miete.

Ich nippte ein weiteres Mal an dem Pastis und schüttelte mich.

– Er ist also Senegalese wie du?

Ich versuchte mir die Enttäuschung darüber, dass Lucy mit diesem Mat zusammen war, nicht anmerken zu lassen.

– Ja, sagte sie. Aber er ist mit seinen Eltern rübergekommen, da war er zwölf. Mich haben die Dominis als Kleinkind aus dem Waisenhaus gefischt und nach Europa verfrachtet.

Kurz pausierte Lucy. Sie bemerkte, dass ich von all dem ja nichts wusste.

Es sei kein Geheimnis, sagte sie, dass sie adoptiert worden war. Jeder, der sie mit ihren Eltern sähe, wüsste es sofort. Bilderbuchitaliener, die Dominis. Und sie selbst – *regarde!* – so schwarz, wie Afrika nur sein kann.

– Wieso aber haben die Dominis ausgerechnet mich gewählt? *Moi!* Wieder und wieder geht mir das durch den Kopf. Warum wählten sie Afrika, warum den Senegal, warum genau jenes Waisenhaus? Die Dominis verstummen, wenn ich sie das frage. Zahllose Waisenhäuser gibt es in Westafrika, eines voller als das andere.

– Schicksal, sagte ich. Da hast du nichts zu fragen. Da wird über uns bestimmt.

– Du hast gut reden, Monsieur Malmousque! Du kannst gut Fatalist sein. Doch wahrscheinlich hast du recht. Auf irgendjemanden musste die Wahl ja fallen.

Aus irgendeinem Grund hätte sich das Ehepaar Domini unter all den Waisenkindern, die ihm gezeigt wurden, für sie entschieden, fuhr Lucy fort zu erzählen. Damals hätte sie übrigens noch nicht Lucy geheißen, sondern wäre namenlos gewesen, wie die meisten anderen Waisen auch.

– Nicht *für* mich, sagte sie, sondern *gegen* jedes andere Kind haben sie sich entschieden. All dieses Elend. Und dann tauchen mitten in das Elend hinein zwei weißhäutige Gestalten und spielen Gott. Willkürlich schenken sie einer der Ausgestoßenen eine Zukunft. Eine einzige wird nach Europa geholt. Ich. Die anderen bleiben zurück. Vielleicht lag es an der provisorischen Brille, die ich trug, weil mein Augenlicht schon damals so schlecht war. Vielleicht dachten sie, ich wäre eine Intellektuelle? Da aber haben sie sich getäuscht!

Lucy lachte ihr raues, hartes Lachen, räusperte sich, trank den Pastis fast pur und redete weiter, unaufhörlich über den Straßenlärm hinweg, hörte gar nicht mehr auf, von ihrer Vergangenheit zu erzählen, zumindest davon, wie sie sie sich zurechtgelegt hatte. Sie war eine afrikanische Kriegerin, die von ihren Feldzügen berichtete. Gebannt folgte ich ihren Worten. Lucys Geschichten hingen wie Gemälde in den Abgaswolken der nicht enden wollenden Autokolonnen, die sich neben uns die Canebière hochschoben. Ich hing an Lucys Lippen und dachte: Sie scheint auch mich vermisst zu haben. Sie würde ihre Geschichten nicht jedem erzählen. Auch ich tat dies schließlich nicht.

Ich verdünnte meinen Pastis mit Leitungswasser, so lange, bis der Alkoholgeschmack kaum mehr zu erkennen war.

Das muskulöse Mädchen mit der Brille, erfuhr ich, das die Dominis aus Westafrika an den Boulevard Blancarde geholt hatten, gab sich nicht lange mit der wohlbehüteten Nachbarschaft zufrieden. Nur wenige Häuserblocks entfernt lag das Einwandererviertel Belsunce, in dessen schattigen, mehr afrikanischen als europäischen Gassen sich Lucy zu Hause fühlte. Je älter sie wurde, desto mehr verlagerte sie ihr Leben in die Parallelwelt Belsunces und begann, statt in die Schule zu gehen, in den dort weitverbreiteten Handel mit Stoffen und Textilien einzusteigen. In den meisten Läden Belsunces waren die Herstellung und der Verkauf von T-Shirts und Kleidung bloß der Anfang eines weitverzweigten Netzwerks, das dazu diente, unterschiedlichste größere und kleine Geschäfte abzuwickeln. Lucy half, wie sie erzählte, schon seit Jahren in einem dieser neonbeleuchteten Groß- und Einzelhandels-Shops mit. Machtlos mussten ihre Adoptiveltern zusehen.

– Ich denke, sie sind froh, dass ich nun endlich ganz bei ihnen ausgezogen bin, sagte sie. Jetzt haben sie keine Scherereien mehr mit mir. Sollen sie sich doch ein neues Negerbaby zulegen. Ich bin ihnen nicht verpflichtet. Ich habe mich selbst aus dem Rinnsal hochgezogen. Von allein auf die Fahrbahn hinaufgehievt habe ich mich!

Wenn Lucy sich so echauffierte, klang sie wie eine Rapperin. Hin und wieder fügte sie Wörter ein, die ich nicht verstand, Anleihen aus dem Verlan, der Geheimsprache der Straßenkids, die mit Silbenverdrehungen und anderen Codes dafür sorgten, nur von Eingeweihten verstanden zu werden.

– Ich krieche auf die Straße, erzählte Lucy. Ohne zu wissen, was ich tue. Ein Jahr, vielleicht anderthalb Jahre alt. Ein schwarzer, nackter Müllzwerg. Das nächste Auto hätte mich niederfahren können und der Fahrer meinen, er habe eine Ratte überfahren. Doch im Licht des beginnenden Tages erkennt mich der Lenker eines Sammeltaxis.

Statt über Lucy hinwegzufahren, hätte der Kerl, *le keum*, wie sie ihn bezeichnete, abgebremst. Mitten auf der Straße wäre er ausgestiegen. Er hätte sie hochgehoben und in das Fahrzeug geladen. Er drückte das kleine Menschenbündel einem mitreisenden, erstaunten Pendler in die Hand und setzte die Fahrt fort. Im Wageninneren wurde das verdreckte Baby nun von einem der dichtgedrängten Fahrgäste zum nächsten gereicht. Niemand wollte mit diesem, wer weiß wie infizierten Lumpen etwas zu tun haben.

– All die groben Arbeiterhände. Schon damals all diese Männerhände auf meinem nackten Körper. Doch ich schrie nicht, war Lucy überzeugt. Nein, seit ich mich vom Rinnstein zurück auf die Fahrbahn gezogen habe, habe ich nie mehr geschrien.

So lange wurde das Mädchen in dem hin und her wackelnden Kleinbus herumgereicht, bis es bei einem Mann landete, der es nicht weitergab. Er hielt es fest bei sich und nahm es mit, als er in einem Vorort ausstieg. Beruhigend redete er auf das Baby ein. Er brachte Lucy in das Waisenhaus.

– Diesem Typen muss ich dankbar sein, sagte sie. Wenn dankbar, dann ihm. Ihn bezeichne ich als meinen Vater, auch wenn ich ihn nie kennen werde. Ihn habe ich vor Augen, wenn ich an einen Vater denke.

Woher sie das denn alles wüsste, fragte ich und wagte kaum, die Frage zu stellen.

– Das haben die vom Waisenhaus meinen Adoptiveltern erzählt, sagte Lucy. Vielleicht haben sie mich ja auch deshalb mitgenommen. Weil ich die beste Story hatte. Wir alle sind doch immer nur die Story, die wir aus unserem Leben machen.

Ich war sprachlos, und auch Lucy verstummte nun eine Weile.

Der einzige andere Gast des *Irish Pubs* – ein zittriger Araber, der, ein paar Tische von uns entfernt, seit etwa einer halben Stunde einen Mokka getrunken hatte und währenddessen, wie ich glaubte, mehrfach eingenickt war – legte ein paar Münzen in die Untertasse und erhob sich schwerfällig von seinem Aluminiumstuhl. Langsam machte er sich auf den Weg. Das Gehen schien ihm Mühe zu bereiten.

– Ich habe keine Eltern, so ist das nun mal, sagte Lucy.

– Ich auch nicht, sagte ich.

Ich leerte meinen Pastis. Lucy blickte mir fragend ins Gesicht.

Und dann – ich hatte es nicht geplant – sprudelte es aus mir heraus. Jetzt war meine Zeit zu reden gekommen. Ich wollte Lucy von mir erzählen, auch wenn auch ich von der eigenen Herkunft nicht mehr als eine ungefähre Vorstellung hatte.

Wer wusste schließlich genau, woher er kam? Ein jeder baute sich seine Vergangenheit aus Puzzleteilen zusammen und begann, daran zu glauben, wie es gewesen sein könnte. Jeder vertraute der Version seiner Geschichte, die ihm am besten gefiel, und passte diese im Lauf seines Lebens den Gegebenheiten an. Wie sich das Leben fortwährend änderte, so änderten sich auch die vorangegangenen Lebensläufe. Alles war von einer Vergänglichkeit, der wir ausgeliefert waren, gezeichnet, wir alle, alles, was wir waren, und alles, was wir zuvor gewesen waren. Die vielen Strecken meines Lebens, die ich nicht wahrnehmen, nicht festhalten hatte können, in meiner Erinnerung legte ich sie mir zurecht. Immer wieder neu entstehen ließ ich sie. Sie veränderten sich, entwickelten sich, wurden ausgebaut oder verdrängt, je nachdem, wem ich sie erzählte. Das durften sie. Es war, wie Lucy gesagt hatte: Jedes Leben war eine Geschichte, jeder Mensch ein Erfinder. Je besser man sich selbst und anderen von seinem Leben zu berichten wusste, desto einfacher war es, der Protagonist dieser Geschichte zu sein.

5

Meine persönliche Chronologie beginnt also in diesem Supermarkt, dem riesigen Centre Commercial Bonneveine im achten Arrondissement Marseilles. Ich bin ein gutes Jahr alt. Meine Mutter – oder eine Frau, die man für meine Mutter halten könnte – schiebt mich in einem Einkaufswagen zwischen den Regaltürmen hindurch. Sie trägt ein kariertes Kopftuch und eine Sonnenbrille. Ihre Lippen sind rosenrot geschminkt, ihr Alter lässt sich schwer einschätzen. Sie könnte Mitte zwanzig oder auch vierzig sein. Tausende Frauen dieser Stadt sehen aus wie sie, Dutzende von ihnen schieben an diesem Samstagnachmittag Einkaufswagen durch das Centre Commercial. Aberhunderte Kunden erledigen ihre Einkäufe, stehen sich im Weg, gehen sich aus dem Weg, rempeln einander an, *Pardon*, schauen sich dabei nicht an, blicken nicht in die Wagen der anderen, schauen in ihren eigenen, auf den Boden, in die Regale, in denen unzählige Artikel feilgeboten werden, sodass jedem, der sie durchkämmt, ein wenig schwindelig wird. Meine Mutter verschwindet in der Menge, ich verschwinde im Wagen. Vielleicht bin ich ein bisschen alt dafür, wie still und am Schnuller nuckelnd ich auf einer Decke in dem überdimensionierten Gitterwagen liege, aber das fällt niemandem auf. Wir fallen niemandem auf.

Die Schiebewagen der Carrefour-Märkte sind riesig, weil Carrefour will, dass sie mit möglichst vielen Artikeln vollgestopft werden können. Das ist praktisch für die Frau Mutter, die mich mit dünnen, beigen Stoffhandschuhen herumschiebt und hin und wieder ein paar Dinge zu mir in den Wagen legt. Eine Packung Spaghetti, einen Karton Cornflakes, ein Olympique-Marseille-Trikot, einen Gaston-Comicband. Nach und nach werde ich zugebaut. Doch das stört mich nicht. Im Gegenteil: Wie jedes Kind fühle ich mich in Höhlen geborgen, und hätte die Mutter doppelt so viele Artikel zu mir gelegt, immer noch wäre mir der Einkaufswagen als bequemer Unterschlupf erschienen. Ich bin dünn, blass, als hätte ich noch nie die Sonne gesehen, und klein für mein Alter. Ich könnte mich ausstrecken und bewegen in dem Wagen, während ich hier herumgerollt werde. Doch das tue ich nicht. Ich verharre, genieße. Ich bin in jenem Zustand, den jedes Lebewesen im

Universum unablässig anstrebt: dem des niedrigsten Energieaufwands. Ich werde geschoben und weiß nicht, dass ich abgeschoben werde. Vielleicht hätte ich sonst dagegen protestiert, so aber erlebe ich einen mühelosen Gleitflug durch das Schlaraffenland. Überall ist Buntes zu sehen, alles ist in Licht getaucht, keine Dunkelheit, keine Gefahr besteht. Regale voller Farben ziehen an mir vorbei, ein endloser Regenbogen, ich brauche die Hand nicht nach ihm auszustrecken, ich muss mich nicht bewegen. Wird es mir zu viel des Guten, kann ich die Hinterseite der Cornflakes-Packung betrachten, was Kindern eine Lieblingsbeschäftigung ist. Auch hindert mich niemand daran, meine Augen zu schließen, wenn ich das Gefühl bekomme, genug gesehen zu haben. Ich fliege, schlafe, träume, mit offenen, mit geschlossenen Augen. Mama ist in der Nähe. Ich bin in Sicherheit, geborgen, frei, wie ein Menschenkind sein kann. Ich nuckle, sauge an dem Gummi. Leite Restenergien ab, die die Beruhigungstablette, die in meinem Blut zirkuliert, noch nicht erstickt hat. Der süße, rote Wein, in den mein Schnuller getunkt wurde, hat seinen Geschmack verloren, nicht aber die sedierende Wirkung.

Irgendwann komme ich zum Stillstand. Nun bewegt sich die Welt auch außerhalb meines Wagens nicht mehr. Mein Flug ist nun ein stilles Schweben auf der Stelle. Bloß die Mutter bewegt sich jetzt. Weg von mir. Aber das fällt mir nicht auf, denn ich bin ganz in mich selbst gesunken. Vielleicht träume ich und werde mich später nicht daran erinnern, dass und was ich geträumt habe.

Meine Mutter hat einen geeigneten Abstellplatz gefunden. Kein Personal, keine Kameras gibt es in dieser Ecke. Vielleicht haucht meine Mutter *Adieu, François,* als sie mich verlässt. Sachte dreht sie sich in alle Richtungen, geräuschlos entfernt sie sich von dem Wagen, in dem neben und unter Frühstückscerealien, Nudelpackungen, Comics und Textilien auch ich liege, unsichtbar für alle. Ein paar Kunden durchstöbern das Zeitschriften-Sortiment in meiner Nähe, manche drehen an den Bestseller-Regalen oder knien vor den alphabetisch sortierten Comicbänden und können sich nicht entscheiden, welchen sie nehmen sollen. Niemand achtet auf mich. Bald und für eine lange Weile bin ich nur Teil eines vergessenen Einkaufswagens, dem niemand Beachtung schenkt.

Am Ende des langen Gangs, der mit *Librairie* beschildert ist, dreht sich meine Mutter ein letztes Mal nach mir um. In der Ferne liege ich, ihr Sohn, ewig weit von ihr entfernt. Alles ist gut, denkt sie. Nichts ist gut, sie weiß es, aber wenigstens schlafe ich, wenigstens halte ich still, erschwere ihr den Abschied nicht. Geschafft ist es, das einzig Richtige, das einzig Mögliche, warum auch immer. Mutter übergibt mich in andere, fremde Hände, denkt, dass diese besser für mich sorgen können. Eine neue Mutter wird mir mehr zu bieten haben, als sie mir bieten kann, das redet sich meine Mutter ein. So lange hat sie es sich vorgesagt und vorgesagt bekommen, bis sie davon überzeugt zu sein schien. Jetzt muss sie stark bleiben, bereits jetzt, da sie sich noch nicht so weit von mir entfernt hat, dass sie mein Schreien, würde ich plötzlich zu schreien beginnen, nicht mehr hören könnte, bereits jetzt gibt es kein Zurück mehr.

Zum Glück tue ich ihr den Gefallen und benehme mich. Ich bin brav und halte still. Mutter biegt um die Ecke. Mutter biegt um noch eine Ecke. Jetzt beschleunigt sie ihren Schritt. Sie biegt in einen Gang der Kosmetikabteilung. Sie zieht eine kleine zusammengefaltete Einkaufstasche aus ihrem Mantel, öffnet sie. Wahllos lädt sie ein paar kleine, leichte, billige Artikel hinein, die sie an einer der Expresskassen mit Bargeld bezahlen wird, um keine Spuren zu hinterlassen. Sie geht unauffällig und rastlos weiter, möglichst großen Abstand muss sie zwischen sich und die Zeitschriftenabteilung bringen. Eine weitere Ecke. Noch eine. Längst schon bin ich außer Sichtweite, Hörweite, Reichweite. Beinahe ist es geschafft. Ich könnte zu schreien und toben beginnen, sie würde es nicht bemerken, ich bin nicht mehr ihr Kind.

Ich wiederum ahne nichts von all dem. Ich schlummere, wie es mein Recht zu schlummern ist. Irrwege zieht meine Mutter, ich lasse sie ziehen, immer hektischer ziehen durch die Warenwelt. Die Korridore zwischen Warenwänden, die Konsumgassen des Carrefour, Mutter passiert sie und weiß, dass sie in diesem Moment nichts anderes sind als Fluchtwege. Tausende Gedanken durchkreuzen ihren Kopf zugleich, wollen ihn durchkreuzen, aber Mutter wehrt sie alle ab. Genug überlegt hat sie in den vergangenen Tagen, Wochen und Monaten, nun will sie nicht mehr überlegen, will nichts mehr wissen. Nur vergessen will sie, schnell, alles, mich vergessen.

Niemand wird am Ende sagen können, welchen Weg, welchen Ausgang meine Mutter benutzt hat. Auch sie selbst nicht. Sie zog eine Weile durch den Carrefour, verwischte die Fährte, bebte, schluchzte, verkrampfte sich innerlich, nach außen hin aber achtete sie darauf, ruhig und gelassen zu wirken.

Irgendwann tauchten Dutzende Kassen am Ausgang vor ihren Augen auf. An einer von ihnen bezahlte meine Mutter. Packte die Alibieinkäufe in die Einkaufstasche, nahm das Rückgeld in die Hand. Schob sich an der Kasse vorbei hinaus ins Freie. Verabschiedete sich. Ich ruhte derweil ungestört in mir und in dem Wagen. Ich machte meiner Mutter keinen Druck, ich scheuchte sie nicht weg. Menschen in meiner Nähe durchblätterten Zeitschriften.

Wenig später hatte Mutter durch eine der vielen Drehtüren das Gebäude verlassen. Jetzt war sie draußen, frei, ein Schluchzen auf ihren Lippen, Tränen unter der Sonnenbrille. Ab diesem Moment war ich auf mich allein gestellt und würde es von da an bleiben. Niemandem kann ein Mensch mehr als seiner eigenen Mutter vertrauen, und meine ist im gleißenden Tageslicht verschwunden, das der spröde Asphalt und die Wellen spiegeln, die immerfort an die Küsten Marseilles schlagen.

Vielleicht ging Mutter zu Fuß die paar Häuserblocks vor zum Strand, die Avenue de Hambourg hinab, oder sie folgte dem Boulevard Bernex, der wie die meisten gewundenen Straßen dieser Gegend ebenfalls zum Meer führt. Vielleicht wollte sie, draußen in der Nachmittagshitze, so allein sein, wie ich es, unweit in der trockenen Luft des Supermarkts, war. Ihre Gedanken waren noch bei mir. Ein Leben lang würden sie es von nun an bleiben. Nur in Gedanken blieb Mutter bei mir. Vielleicht setzte sie sich vor ans Ufer, ganz nahe jener Stelle, wo ich Jahrzehnte später Lucy kennenlernen würde. Dort weinte sie still in sich hinein, wollte zurück, wusste aber, sie konnte nicht.

Auch ich begann irgendwann zu weinen. Spät am Abend, nahe der Sperrstunde des Carrefour. Noch immer war niemand auf mich aufmerksam geworden, da begann ich nach Mutter zu rufen, so laut und heftig, wie ich es später nie wieder tat. Wenigstens ein einziges Mal in meinem Leben musste ich lautstark gegen das Schicksal protestieren. Später lernte ich, wie unnütz das war. Ob ich wollte oder nicht, schließlich fand sich auch ohne mein Zutun stets jemand, der mich fand. Auch in Bonneveine wäre es so gewesen. Ich hätte still liegen bleiben können und wäre doch bald hochgenommen worden. Doch was weiß ein Einjähriger über das Leben. Er liegt im Einkaufswagen und blickt hinauf zum Himmel der Kunststoffleuchten.

Im Kunststofflicht will er das Antlitz seiner Mutter entdecken. Und als er es allzu lange nicht entdeckt, melden sich unser aller Urängste in ihm und lassen ihn erahnen, dass er der unüberschaubar fremden Welt schutzlos ausgeliefert ist. Er schreit sie an, diese feindliche Welt. Er hofft, seine Mutter möge die Schreie hören.

Die aber hat all ihr Hören, all ihre Sinne abgeschaltet. Einen guten Kilometer entfernt sitzt sie an den Wellenbrechern und blickt leer und dumpf hinaus aufs Meer. Als könnte der Wasserhorizont jemals die Lücke schließen, die sich in ihr aufgerissen hat.

Die Franc-Münze, die meine Mutter mit ihren vom Stoffhandschuh bedeckten Fingern in den Einkaufswagen hineingedrückt hat, ist das Einzige, was von ihr in meiner Nähe geblieben ist.

Durch das Schreien wird ein Kunde auf mich aufmerksam. Noch einer, plötzlich sind es viele, die sich um mich kümmern. Eine fremde Frau nimmt mich in den Arm. Angestellte des Supermarkts kommen, der Kaufhausmanager schließlich. Die Mutter des in der Bücherabteilung aufgefundenen Kindes wird ausgerufen. Unverzüglich solle sie sich beim Informationsstand am Eingang melden. Die Sicherheitsbeamten werden befragt, der Kaufhausdetektiv wird konsultiert. Ich lande auf dem Schoß einer jungen Kassiererin. Die Tatsache, dass ich mich nur auf ihr allmählich beruhige, wird später als Indiz dafür genommen, dass meine Mutter ihr ähneln könnte. So falsch diese Annahme auch sein mag – die dickliche Frau hat dunkles, welliges Haar und riesige Brüste –, so sehr sträube ich mich dagegen, bald wieder von ihr getrennt zu werden.

Schnell hatte ich mir eine Ersatzmutter ausgesucht. Doch auch sie wurde mir verwehrt. Kurze Zeit bloß durfte ich mich an sie schmiegen, an sie gewöhnen, dann wurde ich unter neuerlichem Schreien von ihr getrennt und auf die Kinderstation des l'AP-HM Sainte-Marguerite gebracht, untersucht, beruhigt, ruhiggestellt, ruhig gehalten. Wenige Tage später landete ich in dem an den Krankenhauskomplex angeschlossenen *orphelinat*. Als mein Status als Waise endgültig geklärt war, wartete ich in den Einrichtungen der Association La Caravelle darauf, zukünftigen Adoptiveltern zugewiesen zu werden.

Etwa zwei Jahre alt dürfte ich gewesen sein, als ich in die Obhut der Toulets übergeben wurde. Es hätte genügend andere Ehepaare gegeben, die selbst keine Kinder bekommen, aber ein gesichertes Einkommen vorweisen konnten, sodass der Staat ihnen das Adoptivrecht zuerkannte. Ich aber wurde Monsieur Toulet zugeteilt und seiner Frau. Einen rechtschaffenen Franzosen wollte der Monsieur aus mir formen. Ich selbst hatte dabei nicht mitzureden. Bis zu meiner Volljährigkeit änderte sich mein Dasein als Untergebener nicht. Auch darüber hinaus hätte der Adoptivvater über meinen Werdegang entscheiden wollen. Die Laufbahn eines Menschen musste von vornherein gut durchgeplant sein, besonders jene eines Jungen aus solch verlotterten Verhältnissen, wie ich einer war. Nur durch Disziplin war ihm zu helfen. Nur eine starke Hand konnte ihn zurück auf den richtigen Weg bringen. Seine starke Hand.

Als ich ein Volksschüler war, ließ mich der Adoptivvater eines Tages bei einem Ausflug in die Provence auf einen Baum klettern.

– Setz dich hinauf auf diesen Ast, Junge, sagte er.

Als ich getan, wie er mir befohlen hatte, sagte er: Nun lass dich rücklings zu mir herunterfallen. Vertrau mir. Ich fange dich auf.

Es kostete mich enorme Überwindung, seiner Anweisung Folge zu leisten. Ich verstand den Sinn dieser Mutprobe nicht. Doch ich gehorchte, denn nichts anderes stand zur Wahl. Ich schloss die Augen und ließ mich fallen.

Hart schlug ich auf der Wiese auf. Ich bekam keine Luft mehr und meinte zu ersticken. Tagelang noch schmerzte mein Rücken. Tatenlos hatte mein Adoptivvater zugesehen, wie ich zu Boden stürzte.

– Jetzt hast du die wichtigste Lektion deines Lebens gelernt, sagte er. Traue niemandem. Hörst du? Niemandem. Nur du allein bist für deine Taten verantwortlich.

Das Leben im Allgemeinen und meines insbesondere bestand seiner Ansicht nach aus Rückschlägen, Misserfolgen und Demütigungen, aus denen man lernen musste, es beim nächsten Mal besser zu machen. Die Summe aller Torturen härtete den Menschen ab. Mein Adoptivvater leitete mich durch diesen Schreckensparcours. Nie würde er lockerlassen, nie würde ich ein eigenständiger Mensch werden. Für immer würde ich bleiben, was ich war: ein Findelkind. Das man zu seinem Glück zwingen musste. Bis in mein Erwachsenenalter hinein duldete Herr Toulet keine Widerrede, denn allein schon von der Herkunft her stand er so unerreichbar über mir, dass wir nie auf Augenhöhe kommunizieren hätten können.

Spätestens seit er mich über meine Vergangenheit als Findling aufgeklärt hatte, sah ich keine Veranlassung mehr, mich mit diesem Mann zu messen. Eines Tages würde ich ihn loswerden. Ich siezte ihn, wie ich es zu tun hatte, und blickte ihm so wenig wie möglich in die Augen. Ich hielt durch. Ein paar Jahre noch, dann verließ ich ihn und sein Häuschen in der Malmousque. Ich ging aus der Tür hinaus, ich trat aus seinem Schatten. Und schutzlos ließ ich Éveline Toulet an seiner Seite zurück.

6

An einem Nachmittag im Hochsommer, nachdem ich Lucy in der Innenstadt wiedergetroffen hatte, entschied ich aufzubrechen, auch wenn ich nicht wusste, wohin. Es war an der Zeit, das eigene Leben zu versuchen. Die Adoptiveltern waren ins Hinterland gefahren, um sich im Schatten der Akazien vor der sengenden Sommerhitze zu verstecken, die über Marseille hergefallen war. Ich aß die Reste einer Quiche und trank eine angebrochene Côtes-de-Provence-Flasche leer, die ich im Kühlschrank entdeckt hatte. Dann packte ich meine wichtigsten Habseligkeiten in eine Segeltasche und nahm alles Bargeld, das ich in der Wohnung finden konnte, als Lohn für die überstandenen Schuljahre an mich. Es war nicht besonders viel, aber als Startgeld würde es taugen. *Au revoir*, schrieb ich auf einen Zettel, den ich auf dem Küchentisch ablegte. *Je m'en vais commencer le reste de ma vie.* Genau so fühlte sich dieser Moment an: Ich machte mich daran, den Rest meines Lebens zu beginnen. Was immer er mir zu bieten haben würde.

Leise zog ich die Wohnungstür hinter mir zu und schritt die schiefe Wendeltreppe hinunter. Ich marschierte die Rue Boudouresque hoch zur Corniche, und schon als ich am Ende der Steintreppen angelangt war, die zur Hauptstraße führten, war ich völlig durchgeschwitzt, so heiß war es selbst im Schatten der engen Gassen an diesem Tag. Nun, an der gewundenen Durchzugsstraße, war ich der Hitze noch schutzloser ausgeliefert. Die Sonne drückte vom Himmel herab, sogar an der Küste stand die Luft und flimmerte. An einem Nachmittag wie diesem war Marseille ein Ofen und unser Meer eine azurblaue Wasserwüste, die, einer Lupe gleich, die Hitze gar vervielfachte. Im Ferienmonat August verließen sämtliche Einwohner, die es sich leisten konnten, die Stadt, um kühlere Domizile im Norden oder in den Bergen im Landesinneren aufzusuchen. Ich hatte den Gehsteig für mich allein und wandte mich Richtung Innenstadt. Ich nahm mir vor, so weit in die hitzeschwangere Stadt hineinzugehen, bis ich ein deutliches Gefühl verspürte, mich niederzulassen. Es war kein ausgeklügelter Plan, aber wenigstens war es ein Anfang.

Die stickige Straße machte eine weitläufige Kurve. Zu meiner rechten Seite glühten die eng ineinander verschachtelten Häuser des siebten Arrondissements, als wären sie wie das reglose Meer zu meiner linken kollabiert. Meine Umgebung hatte sich der Hitze ergeben, nur ich gab nicht auf, mich ihr zu widersetzen. Ein jeder meiner Schritte bedeutete eine Anstrengung, zu der ich mich überwinden musste. Ich zwang mich weiterzugehen, aber ich bereute, weder Hut noch Sonnenbrille mitgenommen zu haben. Nirgends hier war zu dieser Stunde Schatten zu finden, in den ich hätte flüchten können. Bald marschierte ich nicht mehr weiter, um Monsieur Toulet, sondern um den erbarmungslosen Sonnenstrahlen zu entkommen, die auf mich niederbrannten. Ich dachte mehrfach daran umzudrehen. Wäre mir etwas Besseres zu tun eingefallen, hätte ich wohl kehrtgemacht. Noch wäre es nicht zu spät gewesen.

Die ausgestorbene Corniche schlängelte sich entlang der Glutküste weiter. Nach einer Weile überquerte ich die kleine Bucht Vallon des Auffes, wo tief unter meinen Füßen im brackigen Wasser am Fundament des Viadukts ein paar Kinder badeten. Ein Omnibus ratterte an mir vorbei. Vielleicht hätte ich einsteigen sollen, aber wohin hätte ich fahren, wo aussteigen sollen? Den Bus nahm, wer ein Ziel hatte. Ich hatte keines, mein Weg hatte nirgends begonnen und führte nirgendwohin. Nur dass ich gehen musste, nicht fahren, darüber war ich mir im Klaren. Zu Fuß war die Welt zu erkunden, wenn ich in ihr ankommen wollte. Hinter den getönten und zerkratzten Scheiben des klimatisierten Busses hätte ich das Entscheidende womöglich übersehen. Nein, ich musste gehen, weitergehen, fortgehen.

Nach einer halben Stunde erreichte ich die Anse des Catalans. Mein Blick fiel auf das abgeriegelte Gelände der Audéoud-Kaserne, und unweigerlich kam mir die Möglichkeit in den Sinn, mich beim Militär zu melden. In Marseille, Ausgangspunkt vieler Fremdenlegionärskarrieren, werden derartige Überlegungen stets in Betracht gezogen, wenn ein Mann die Bruchlinie seines Lebens erreicht und einen unumkehrbaren Neustart erwägt. Mir hätte der Eintritt in ein Söldnerheer besonders nahegelegen, denn ich kannte meine wahre Identität ohnehin nicht. Wenig hätte ich zu verlieren gehabt, hätte ich als Fremdenlegionär meine Papiere und mein bisheriges Leben am Kasernentor abgeben müssen.

Oft, wenn ich an den Felsen der Anse de Malmousque gesessen hatte, hatte ich fasziniert zum gegenüberliegenden Militärbad des mit Stacheldraht abgezäunten Geländes der *Légion étrangère* geblickt. Hochrangige Kommandeure und deren Familien sonnten sich dort. Eine schmale Bucht bloß trennte sie von uns, den Normalbürgern, eine schmale Bucht lag zwischen den verschiedenen Welten. Ich hatte mir ausgemalt, was geschehen würde, würde ich die fünfzig Meter hinüberschwimmen und mich als Söldner melden. Mit nichts als einer Badehose wäre ich von einem Leben in das nächste getaucht. *Voilà*, hier bin ich, hätte ich gesagt. Ich weiß nicht, wer ich bin. Gebt mir einen neuen Namen. Erfindet mich neu. Nehmt mich mit, wohin auch immer.

Doch ich wusste, dass die militärische Karriere keine Option für mich war, schwächlich, zart, empfindlich wie ich war, nicht grob, nicht roh genug für derartiges. Keine zwei Wochen hätte ich beim Militär überstanden. Also ließ ich ab von dem Gedanken.

Im Weitergehen erblickte ich das winzige Hotel *Le Richard*, ein zweistöckiges, windschiefes Gebäude, das abenteuerlich in die Steilküste gehauen war. Vom Straßenrand aus ragte es über die Klippen, hing darüber wie ein Geschwür ins Meer hinaus, es klebte am Fels, als könnte es sich nicht entscheiden, ob es zur Stadt, zum Wasser oder zum Himmel gehörte. Die salzige Seeluft ließ die blassgelbe Farbe abbröckeln, mit der dieses Haus vor langer Zeit einmal gestrichen worden sein musste. Zur Straßenseite hin waren nur wenige Fenster in seine brüchige Fassade geschlagen, der Großteil der Zimmer musste nach außen, zum Meer hin, ausgerichtet sein. Über der Eingangstür waren in mattem Blau zwei Hotelsterne zu erkennen. Sie wirkten alles andere als offiziell.

Ich war noch nicht sonderlich weit von zu Hause fortgekommen, dennoch hielt ich inne. Ein unbestimmtes Gefühl überkam mich, dass dieses Hotel der Ort sein mochte, nach dem ich suchte. Vielleicht lag es auch einfach an der schier unerträglichen Nachmittagshitze, die mir immer mehr zusetzte und der ich endlich, zumindest für eine Weile, entkommen musste. Kurzerhand entschied ich, das Hotel zu betreten.

Mit einer mich selbst überraschenden Entschlusskraft drückte ich die Klinke der Eingangstür hinunter. Vor mir dehnte sich ein enger und krummer, mit abgetretenem Teppichboden bezogener Flur in die Länge. Ich brauchte ein paar Augenblicke, um mich nach dem gleißenden Tageslicht draußen in diesem schattigen, durch die Zugluft einigermaßen gekühlten

Gang zurechtzufinden. An seinem Ende erkannte ich die Rezeption des Hotels, die so schmal unter eine hochführende Treppe hineingebaut war, dass ein ausgewachsener Mann nur gebückt hinter der Theke stehen konnte und kaum Platz zum Sitzen hatte. Dieser Mann aber, der dort saß und nun zu mir aufsah, als ich langsam auf ihn zuging, er war mir zu meiner Verwunderung wohlbekannt. Selbst vom dämmrigen Korridor aus erkannte ich ihn sofort, auch wenn ich mich nicht seines richtigen Namens, sondern nur des Spitznamens entsinnen konnte, mit dem er am Gymnasium, das wir beide besucht hatten, von allen gerufen worden war: *le boche* – der Deutsche. Er war einige Jahre älter als ich, ich hatte ihn nur auf dem Schulhof oder auf dem Gang zu Gesicht bekommen. Irgendwann hatte ich ihn wieder aus den Augen verloren. Doch an sein Aussehen und den Rufnamen erinnerte ich mich nach wie vor.

– *C'est pas vrai, le boche!*, sagte ich.

– Der kleine Toulet, antwortete er sogleich.

Auch er erinnerte sich an meinen Namen. Aus irgendeinem Grund schien er sich zu freuen, mich zu sehen, auch wenn wir nie besonders engen Kontakt gehabt hatten. Vielleicht war ihm in dem ausgestorben anmutenden Hotel auch einfach nur langweilig, und ich stellte eine willkommene Abwechslung dar.

– Was treibt dich hierher?, fragte er, als ich näher trat und ihn begrüßte. Ein Hotelzimmer wirst du ja kaum benötigen.

Der Deutsche wurde er genannt, weil er eine ungewöhnlich zielstrebige und genaue Art pflegte, Geschäfte zu erledigen. Als Schüler hatte er einen Kontakt zu einer Pharmacie genutzt und in der Schule mit Amphetamin-Tabletten und Psychopharmaka gehandelt, die er in kleinen Mengen unter die Leute brachte. Wer rezeptpflichtige Aufputsch- oder Beruhigungspillen benötigte, hatte sich an Le Boche gewandt. Atomoxetin, Ritalin, Prozac, auch Potenzmittel, man konnte sich stets darauf verlassen: Was Le Boche versprach, wurde rasch und diskret geliefert. Er wickelte seine Deals so professionell und unauffällig ab, dass sie kaum als illegale Tätigkeiten erschienen. Le Boche wirkte auf uns Mitschüler nicht wie ein Drogendealer, vielmehr war er ein nüchterner Geschäftsmann, dessen Dienste wir gern in Anspruch nahmen. Jeder respektierte ihn, auch wenn niemand tatsächlich mit ihm befreundet war, zu eigenbrötlerisch und verschlossen war er. Auch jetzt, als ich an die Rezeption des *Richard* trat, war seine trockene, wenn auch nicht unfreundliche Art das Erste, was mir an ihm auffiel.

Eines Tages hatte ich Le Boche bei einem Handel im Schulhof gedeckt, indem ich einen Lehrer abhielt, der unerwartet um die Ecke gebogen kam. Plump stellte ich mich dem Schulmann in den Weg, sodass er mich rammte und mein Federpennal zu Boden fiel. Lange genug hielt ich ihn damit beschäftigt, meine Stifte vom Boden aufzusammeln, dass Le Boche genügend Zeit fand, sich aus der Gefahrenzone zu ziehen. Der Deutsche wusste meine Hilfeleistung zu schätzen und behandelte mich fortan wie einen bevorzugten Kunden, niemals aber hätte er mir offen seinen Dank ausgesprochen. Er war kein Mann der großen Worte, im Gegenteil, sein veritabler Mangel an Empathie und Charme war augenscheinlich. Befremdlich, aber auch irgendwie exotisch wirkte dies auf uns. Wir begegneten ihm mit einer Mischung aus Angst, Respekt und Belustigung. Auch wenn wir gerne Witze über ihn gemacht hätten – was wir nicht wagten –, Le Boches eigentümlicher Charakter übte unbestreitbar eine Faszination auf alle aus. Einen wie ihn hätten wir als *Nerd* oder Streber bezeichnen können, in der gesamten Schule aber hatte man sich schnell darauf geeinigt, ihm das Prädikat *deutsch* zu verpassen.

Der starre Organisationssinn, die erbarmungslose Disziplin, das, was wir als typisch deutsch betrachteten, es schüchterte uns ein, aber wir bewunderten es auch. Ehrfürchtig und zugleich ein wenig irritiert waren wir, wenn wir uns die nördlichen Nachbarn vorstellten. Immerhin hatten die Nazis es mit äußerster Gründlichkeit geschafft, das undurchdringlich verwinkelte Hafenviertel Marseilles *La Joliette* komplett dem Erdboden gleichzumachen. Innerhalb nur weniger Tage evakuierten und sprengten sie 1943 das gesamte Gebiet nördlich des Alten Hafens und machten 30 000 Menschen obdachlos, weil sie vermuteten, dass sich geflohene Juden und Résistance-Kämpfer dort versteckten. Auf einen Schlag wurden 1500 Gebäude niedergerissen und Marseille seines Kerns beraubt. Solch eine logistische Meisterleistung hätten wir auch Le Boche zugetraut – selbst wenn die durch und durch rational wirkende Mentalität, die er verkörperte, im deutlichen Gegensatz zu seinem südländischen Äußeren stand.

Rein optisch nämlich ging Le Boche – im Gegensatz zu mir, dem hageren, bleichen Rotkopf – als durchschnittlicher Marseillais durch. Kein Mensch drehte sich nach ihm um, wenn er, lang und schlacksig wie er war, mit dunklem Teint und kurzgeschorenem Haar, wie alle ein auffrisiertes Moped durch die Gassen jagte, die Fußsohlen keinen Fingerbreit über den Asphalt gestreckt. Nur ordentlicher angezogen war er als die anderen. Selbst in der größten Hitze trug er lange Hosen, saubere Moccasins, frisch gebügelte Hemden. Auch jetzt, wo ich ihn unverhofft wiedersah, saß er makellos gekleidet und frisch rasiert hinter dem winzigen Tresen der Rezeption. Die Hitzeglocke dieses Sommers konnte einem wie ihm nichts anhaben.

Formell reichte er mir die Hand.

– Ein Hotelzimmer …, sagte ich. Doch, ja, warum nicht?

Vielleicht will ich mich tatsächlich hier einmieten? Kannst du mir denn ein günstiges anbieten?

Das Hotel wäre vollständig ausgebucht, behauptete Le Boche zu meiner Verwunderung. Mir war kein *Complet*-Schild an der Eingangstür aufgefallen, und überhaupt machte das gesamte Gebäude einen verwaisten Eindruck auf mich. Mit fragendem Blick deutete ich auf die offensichtlich unbenutzten Zimmerschlüssel, die am Schlüsselbrett hinter der Rezeption hingen.

– Gut, sagte er. Für dich könnte ich schon etwas frei machen. Wie lange willst du bleiben?

– Ich weiß nicht. Ich hab keine wirklichen Pläne. Ich würde bleiben, solang das Geld reicht.

– Solang das Geld reicht also.

– Ja, ich bin gerade ausgezogen von daheim.

– Suchst du einen Job?

Ich war mir unsicher, wie ich diese Frage beantworten sollte. Gespräche mit Le Boche hatten sich immer schon wie eine Art Verhör angefühlt. Etwas in seiner Art drängte einen zu verbindlichen Aussagen.

– Ja ..., sagte ich, ein wenig zaudernd. Ich weiß nicht genau ... Wenn sich etwas anbietet, dann würde ich es versuchen.

Le Boche musterte mich einen Augenblick. Ich spürte, wie er abschätzte, inwieweit mir zu trauen war. Vielleicht erinnerte er sich an jenen Tag, als ich ihm im Schulhof den Lehrer ferngehalten hatte. Ich hielt seinem prüfenden Blick so gut wie möglich stand und versuchte erst gar nicht, ihn zu deuten. Schließlich konnte ich mich von früher daran erinnern, dass es in den Gesichtszügen von Le Boche nie etwas zu lesen gab. Ein Pokerface wie er war in der Lage, das Gegenteil dessen, was er insgeheim dachte, von sich zu geben und dabei völlig überzeugend zu wirken.

Ein paar Momente später legte sich der konzentrierte Ausdruck in seinem Gesicht wieder. Wie über etwas Nebensächliches begann Le Boche weiterzureden.

– Das trifft sich gut, Toulet, sagte er. Auf dich schien ja immer Verlass zu sein.

Er führte mich über eine eng gewundene, mit einem verblichenen Teppich überzogene, knarrende Treppe ein Stockwerk tiefer. Ich kam mir vor wie unter Deck eines Ozeandampfers, fast bildete ich mir ein, Seegang zu spüren. Am Ende eines schmalen Flurs sperrte Le Boche eine blau gestrichene Holztür auf. Wortlos ließ er mich in einen Kajüten-ähnlichen, verdunkelten Raum eintreten. Wir befanden uns ein Stockwerk unter Straßenniveau, aber als Le Boche die Holzjalousie der Balkontür öffnete, wurde das Zimmer mit einem Satz vom strahlenden, vom Meer gespiegelten Sonnenlicht durchflutet. Dieser kleine, nun selbst wie eine Sonne leuchtende Raum hing förmlich unter der Stadt und schwebte über der Dünung. So weit das Auge reichte, breitete sich vor uns das Blau der Méditerranée aus. Blickte ich über den Balkon hinaus, sah ich kein einziges Haus, kein einziges Gemäuer, nur die grenzenlose Wasserfläche des Löwengolfs, ein paar der vorgelagerten, menschenleeren Inseln, vereinzelte Containerschiffe und Frachter und in weiter Ferne die grauen, vertrockneten Steilküsten der Côte Bleue. Der Wasserhorizont wölbte sich. Salzige, schwülschwere Meeresluft wurde ins erhellte Zimmer getragen, und dennoch schien die Hitze hier unten erträglicher als sonst wo in der Stadt zu sein. Unterhalb und außerhalb Marseilles war ich gelandet.

– *Oh, là là,* sagte ich.

Le Boche und ich traten auf den unscheinbaren, steinernen Balkon hinaus. Wie an einer Reling lehnten wir an dem rostigen Eisengeländer. Wenige Meter, direkt unter unseren Füßen stob die Brandung an den Felsen. Kein anderes Geräusch als das mächtige Tosen der zerberstenden Wellen war zu hören.

– Gefällt es dir?, fragte er.

– Ja, sicher.

– Du kannst hier wohnen, wenn du willst. Musst keine Miete zahlen. Kannst oben auf der Terrasse frühstücken, wenn es Frühstück gibt. Dafür müsstest du an der Rezeption sitzen, immer, wenn der Laden geöffnet ist.

– Tag und Nacht?

– Keine Angst. Es gibt nicht viel zu tun. Du kannst auch gelegentlich das *Complet*-Schild an die Tür hängen, Toulet.

– Bitte nenn mich François.

– Okay: François. Wir haben wenig Gäste. Und länger als zwei Tage darfst du ohnehin keinen aufnehmen. Auf zu viel Betrieb sind wir nicht eingerichtet. Übrigens, nenn mich nicht Le Boche. Ich heiße Matthieu.

– Matthieu, okay, ich wusste gar nicht, dass das dein Name ist.

– Je weniger einer weiß, desto besser für ihn.

– Gut, Matthieu, ich sitze also da oben und erzähl jedem, der hereinkommt, dass das Hotel voll ist, auch wenn es das nicht ist?

– Nicht jedem. Du wirst ein Gefühl dafür bekommen. Wir vereinbaren eine Probezeit. Zwei Wochen Kost und Logis. Wenn alles gut läuft, stell ich dich ein. Dann kriegst du ein Gehalt obendrein. Abgemacht?

– Abgemacht.

– Und keine unnötigen Fragen, verstehst du? Niemals.

– Okay.

– Und wenn ich persönlich Gäste ins Haus bringe, dann behandelst du sie mit größter Zuvorkommenheit. Algerische

Gäste werden es hin und wieder sein, Deutsche manchmal, sonst eigentlich niemand.

– *Les boches,* witzelte ich.

– Ja, *les boches,* sagte Matthieu, und nun meinte ich auch in seinem Gesicht ein verstecktes, ein verschmitztes, spitzes Lächeln ausmachen zu können.

Er mochte mich, Le Boche, ich spürte es. Er mochte mich, und er vertraute mir.

7

So landete ich bei Matthieu, und ich dachte, ich würde von nun an ein Leben lang mit diesem eigenartigen Mann zu tun haben. Auch wenn er nie zu fassen war; eine gewisse Beständigkeit, eine Verlässlichkeit ging von ihm aus. Nie erfuhr ich, wohin er ging oder woher er kam, aber dass er rechtzeitig auftauchen würde, sobald es vonnöten war, daran bestand nicht der geringste Zweifel. Mit den Worten *auf bald* pflegte er sich zu verabschieden, und tatsächlich dauerte es meist nicht lang, bis er, wie aus dem Nichts gekommen, wieder vor mir stand, als wäre er gar nicht fort gewesen, und fragte, ob in der Zwischenzeit etwas Neues geschehen wäre. Wenn ich *nein, nichts* antwortete, gab er mir zu verstehen, dass niemals nichts geschähe und auch Kleinigkeiten zählten. Wer die Details aus dem Blick verlor, verlor seiner Ansicht nach eher früher als später auch den Überblick. Sprach's und verschwand aus meinem Blickfeld, und ich wusste: Bald würde er wieder vor mir erscheinen und dieselbe Frage stellen und eine andere, eine überzeugendere Antwort von mir erwarten.

Ich nehme an, dass auch Matthieu ein Findelkind ist. Das würde er nie zugeben, so wie er nie von seiner Herkunft, seiner

Familie, seinem Wohnort erzählt. Doch seine maghrebinisch-deutsche Mischung, dieses Aussehen, das nicht mit der Mentalität zusammengeht, es weist darauf hin. Es erschiene mir logisch, dass Le Boche ein arabisches Waisenkind wäre, das bei deutschen Eltern in Marseille großgezogen wurde. Oder vielleicht war er das Produkt aus der Affäre eines deutschen Geschäftsmanns, der hier wohnte, mit einer arabischen Geliebten? Der Deutsche kaufte der Mätresse das Kind nach der Geburt ab, um sie mundtot zu machen? Noch einige abenteuerliche Geschichten sind mir eingefallen, stundenlang, tagelang habe ich an der beengten Rezeption des *Richard* gesessen, habe die Zeit totgeschlagen und meinen Gedankenspielen über Le Boches Herkunft freien Lauf gelassen.

Jahrelang versuchte ich, mich an den neuen Namen, Matthieu, zu gewöhnen. Doch bis heute fällt es mir schwer. Für mich blieb er immer der Deutsche, zumal ich ihn im *Richard* auch in der Gesellschaft deutscher Geschäftspartner erlebte und mit anhörte, wie er sich mit ihnen unterhielt. Völlig selbstverständlich wirkte es, wenn er fließend – sofern diese kantige Sprache fließend genannt werden kann – mit ihnen sprach. Ich verstand kein Wort von dem, was sie redeten, und versuchte es auch nicht. Es ging mich nichts an, und ich wusste, wie Le Boche Leute hasste, die sich in Dinge einmischten, die sie nichts angingen.

Es war offensichtlich, dass er mit den algerischen und deutschen Geschäftspartnern dubiose Geschäfte betrieb. Matthieu war Teil – so weit hatte ich es verstanden – eines komplex verstrickten, riesigen Bauprojekts, das die Regierung in Algier mit einem deutschen Konsortium betrieb. Ein großangelegtes Bewässerungsnetz in der algerischen Wüste sollte errichtet werden sowie Schnellstraßen und Brücken, um *Le Grand Sud,*

Teile wenigstens der riesigen Saharagebiete dieses größten afrikanischen Landes zu erschließen. Das *Richard* schien in diesem Konstrukt eine Doppelfunktion zu erfüllen. Einerseits diente es als Treffpunkt und Zwischenstation unregelmäßiger, stets ohne Voranmeldung stattfindender Zusammenkünfte, bei denen Dokumente, Waren, Informationen ausgetauscht wurden. Andererseits war es eines von, wie ich meine, etlichen, in der Welt verstreuten Scheinunternehmen, deren Zweck es war, schmutziges Geld sauberzuwaschen. Alle Beteiligten wirtschafteten wohl hauptsächlich in die eigene Tasche. Wen kümmerte schon, ob die Bauvorhaben letztendlich umgesetzt wurden oder nicht? Auch ich kümmerte mich so wenig wie möglich um die Hintergründe und achtete lediglich darauf, meine Arbeit gut und verschwiegen zu erledigen.

Über die Jahre erwärmte sich der sonst so nüchterne Matthieu für mich, ein wenig zumindest. Im Spaß nannte ich ihn *Matthias*. Mit einem Lächeln verzieh er mir den Scherz. Erwischte ich ihn bei besonders guter Laune, nannte er mich im Gegenzug *Franz* und schürzte die Lippen.

Mein Betätigungsfeld erweiterte sich bald. Zusätzlich zum Rezeptions- und Frühstücksdienst übernahm ich die Organisation der Zimmermädchen. Manchmal wurde ich für Kurierdienste oder als Chauffeur eingesetzt oder vertrat Matthieu, wenn er wegen Dienstreisen verhindert war, bei Abendessen und anderen Veranstaltungen. Was immer für Abwechslung von meinem einseitigen Rezeptionsdienst sorgte, mir sollte es willkommen sein. Und für manchen Nebenjob gab es gutes Taschengeld extra.

Die besten Sondereinsätze waren, wenn ich ein Auto nach Genf zu transportieren hatte, um es in einer Werkstatt abzuliefern. Die Autos, die ich überstellte, waren an sich wertlos und unscheinbar wie die Garage, in der sie landeten. Ein alter grauer Fiat, ein silberner Innocenti, Gebrauchtwagen in akzeptablem Zustand, mit akzeptablen Fahrzeugpapieren im Handschuhfach und französischen, meist nicht Marseiller Kennzeichen. Ich mochte diese Überfahrten, denn sie brachten mich hinaus aus der Stadt und hinaus aus meinem Alltag an der Hotelrezeption. Matthieu versicherte mir, weder Drogen noch Waffen wären in die Karosserie eingearbeitet, aber Näheres vertraute er mir nicht an. Ich war davon überzeugt, dass die Autos mit Schwarzgeld vollgepackt waren, das in Genf auf einem Schweizer Bankkonto landen sollte. Diese Vorstellung, dass ich mit Hunderttausenden, vielleicht sogar Millionen Francs übers Land fuhr, betörte mich. Ich allein trug die Verantwortung für diese Überstellungen. Ich hätte mit meinem mittlerweile gefälschten Reisepass, der mich als François Thomas auswies, statt in die Schweiz in ein anderes Land fahren können, nach Portugal oder Großbritannien vielleicht, und mich von dort aus mit der Beute nach Südamerika oder sonst wohin absetzen. Ich hätte einen Entschluss fällen können, der mein Leben von einem Tag auf den anderen vollkommen verändert hätte. Auf einen Schlag hätte ich ein reicher und auch verfolgter Mann werden können.

Während ich in mäßigem Tempo die Autoroute du Soleil hochfuhr – Geschwindigkeitsüberschreitungen oder ähnliche Verkehrsdelikte waren mir ausdrücklich untersagt –, malte ich mir aus, bis in die Normandie durchzufahren und von Le Havre aus samt Auto und Ladung in französische Überseegebiete überzusetzen. In Guadeloupe, auf Martinique oder Réunion würde ich mit meiner Beute bis ans Ende meines Lebens Cocktails schlürfen. Oder um Matthieu noch besser zu entkommen, sah ich mich in Rio oder Nicaragua untertauchen. Auch die Idee der guten alten Fremdenlegion kehrte zurück. Ich würde in der Wildnis der Calanques das Auto aufschneiden und, nachdem ich die Geldscheine in einer Plastiktüte irgendwo zwischen dem Kalkstein vergraben hätte, wo niemand sie je finden würde, die Karre im Meer versenken. Danach würde ich ein paar Jahre als Söldner dienen und mir eine neue Identität erschaffen. Und schließlich würde ich unter neuem Namen, sagen wir, jetzt als Guillaume Dumont, zu meinem Schatz zurückkehren.

Im Schein der Mondsichel einer langen dunklen Winternacht buddle ich das Päckchen aus der harten Erde. Ich zähle die Scheine, ich teile sie in unterschiedliche Stapel auf, verstecke sie an verschiedenen Orten. Fortan führt Guillaume Dumont, wohin er auch geht, immer ausreichend Bargeld mit sich. Er fährt kleine und große Strecken mit dem Taxi, und der Hummer, den er im Restaurant bestellt, trägt, nachdem er gekocht ist, auf seinem Panzer die gleiche Farbe, wie das Haar dieses reichen, unbekannten Mannes hat, der das Hummerbesteck in seinen Händen hält. Ein Leben in bittersüßem Luxus führt Dumont, vielleicht in Nizza, vielleicht in Biarritz. Vielleicht auch in Paris, warum nicht?

Solche Hirngespinste, die ich, François Thomas, mir erlaubte, waren wie Urlaub für mich, große Abenteuer im kleinen Leben, Ausflüchte im Kopf, Luftschlösser eines Kleinganoven, die nie und nimmer der Wirklichkeit standgehalten hätten. Selbstverständlich war ich mir darüber im Klaren, dass mir selbst als Guillaume Dumont bis ans Ende meines Lebens keine ruhige Minute mehr bevorstünde. Le Boche hätte mich ausfindig gemacht. Er hätte an meine Tür in Nizza, Biarritz oder Paris geklopft. Er hätte im Taxi plötzlich auf dem Beifahrersitz gesessen und hätte sich zu mir umgedreht. Er würde fragen, ob mir der Hummer geschmeckt hätte. Mit eiskaltem

Gesichtsausdruck würde er sein schmutziges Geld zurückfordern. Ich biete ihm die Geldstapel an, die ich noch nicht verprasst habe.

– Was ist mit dem Rest?, will Le Boche wissen.

Verrückt hätte ich sein müssen, Zukunftspläne wie diese in die Tat umzusetzen, ein Narr wäre ich gewesen, hätte ich versucht, Matthieu zu hintergehen, und damit alles aufs Spiel gesetzt, was ich mir mittlerweile aufgebaut hatte. Mein Leben als Monsieur Thomas im Untergrund von Marseille war zwar nicht unbedingt glamourös, aber es fehlte mir an nichts. Matthieu vertraute mir, und das war so ziemlich das Beste, was einem Menschen wie mir passieren konnte. Niemals durfte ich sein Vertrauen verspielen. Wir hatten einen Komment, Matthieu verließ sich auf mich, er wusste, dass er auf mich zählen konnte, und solange ich ihn nicht enttäuschte, wusste auch ich, dass er mich, sollte es je zu Komplikationen kommen, jederzeit aus Schwierigkeiten herausziehen würde. Le Boche war ein Mann der Ehre, auch ich würde einer sein. Auch wenn wir nie darüber redeten, unsere Partnerschaft basierte auf diesem Kodex und auf bedingungslosem gegenseitigen Vertrauen.

Ich nahm die A7 also nicht weiter in den Norden, sondern nur bis Lyon und folgte, wie es mir aufgetragen war, der A40 ostwärts Richtung Genève. Brav reihte ich mich an der Schweizer Grenze ein. Freundlich grüßte ich den Zollbeamten. Ich zeigte ihm meinen Reisepass und behauptete, auf der Durchreise nach Österreich zu sein.

– Bis nach Wien muss ich heute noch fahren. Meinen Bruder besuchen. Der heiratet dort, wissen Sie.

– Nach Wien? Da haben Sie noch einen weiten Weg vor sich, Monsieur Thomas.

– Ich weiß, Monsieur. Ich weiß. Wem sagen Sie das!

In Genf lieferte ich das Auto samt Schlüssel im *atelier mécanique* der Garage Coppesco ab. Ich fragte nach Monsieur Seletti und wurde einem schlaksigen, aschfahlen Automechaniker zugewiesen, der außer *Bonjour* nicht geneigt schien, viele Worte mit mir zu wechseln. Erst als ich den Satz *Ich liefere den Wagen Richard zum Service ab* von mir gab, begann er, meine Sprache zu sprechen. Er nahm den Wagen in Empfang und händigte mir einen Zettel mit einer langen Nummer aus, einem Zahlencode, der wie eine Telefonnummer aussah. Matthieu hatte mich angewiesen zu kontrollieren, ob die 8 in dieser Zahlenreihe dreimal zu finden war. Falls nicht, hätte ich ihn unverzüglich kontaktieren müssen. Doch dazu kam es bei keinem meiner Genf-Ausflüge. Immer steckte ich das ölverschmierte Stück Papier mit den drei 8en mit meiner nach einem Händedruck mit Seletti ebenfalls ölverschmierten Hand zu anderen Fresszetteln in die Hosentasche und verabschiedete mich.

Zu Fuß flanierte ich in die Genfer Innenstadt und umkreiste den putzigen Hauptbahnhof. Ich setzte meine anonymen Schritte genüsslich auf den sauberen Schweizer Asphalt. Das kühle Bier, das ich mir im Britannia Pub die Kehle hinunterrinnen ließ, hatte ich mir voll und ganz verdient. Ich prostete mir selbst zu. Oft mietete ich mich, anstatt mit dem nächstbesten Zug zurück nach Marseille zu fahren, im über dem Pub liegenden Hotel Astoria ein und verbrachte eine Nacht in Genf. Auf dem Hotelbett streckte ich mich aus und fühlte mich wie ein wahrer Ganovenboss. Wäre es nicht zu riskant gewesen, Nutten ins Zimmer zu holen, hätte ich mich, um den Moment zu zelebrieren, mit der einen oder anderen Prostituierten amüsiert, die mir nachts in dieser Gegend zuzwinkerten, auch wenn sie in der Schweiz wohl mein Budget überschritten hätten. Eine Flasche Champagner hätten wir aufgemacht, wir zwei, nein, wir drei gar, eine blonde und eine schwarzhaarige Dame, beide mit endlosen Beinen, samtigen Haaren bis zu den Hüften und langen, geschmeidigen Fingern, mit denen sie mich streichelten und liebkosten, während der Schaumwein in meiner Kehle prickelte. Im Morgengrauen hätte ich rauchend am Fenster gestanden und zugesehen, wie die Damen, eine nach der anderen, das Hotel verließen und, ebenfalls rauchend, langsam aus meinem Blickwinkel verschwanden. Ich schnippte den Zigarettenstummel in hohem Bogen auf die Straße hinunter, legte mich noch ein paar Stunden aufs Ohr. Dann packte ich meinen Koffer.

Unerkannt, wie ich in die Stadt gekommen war, verließ ich sie nach einem schnellen Croissant und einem schwarzen Kaffee im Bahnhofsbistro am folgenden Morgen wieder. Ich nahm Platz in der zweiten Klasse und sah der Landschaft dabei zu, wie sie sich vor dem Fenster des TGV in vorüberhuschende Farbstreifen auflöste, die Vororte Genfs, die Vororte Lyons, Valence, Avignon, Arles. Ich folgte dem Lauf der Rhône vom Genfer See bis hinunter ins Delta, wo der Fluß ins Meer mündet und Marseille mich erwartete. Vom Gare Saint-Charles nahm ich die U-Bahn und den Bus zum *Richard*. Sobald ich Matthieu wiedersah, übergab ich ihm den Zettel mit den drei 8en und den restlichen Chiffren. Mein Auftrag war erfüllt. Ein weiteres Mal hatte ich gute Arbeit geleistet. Matthieu lächelte, soweit ein Mann wie er des Lächelns fähig war.

– *C'est bon. Merci,* sagte er.

Ich nickte.

– *De rien.*

Gerne wäre ich öfter für Matthieu nach Genf gefahren. Doch Abwechslungen wie diese blieben die Ausnahme in meinem kleinkriminellen Dasein.

Die meisten Tage im *Richard* reihten sich ereignislos aneinander. Ich saß an der Rezeption und achtete darauf, dass die Welt nicht auf mich und auf die Arbeit, die ich tat, aufmerksam wurde. Hin und wieder ging ich ins Café um die Ecke, um mich an dem alten Flipperautomaten zu versuchen, der dort aufgestellt war. Kugel um Kugel zielte ich durch eine Westernkulisse, vorbei an Desperados, Indianern, Kakteen oder Pferdekutschen. Manchmal hielt ich die Kugel so lange im Spiel, bis meine Handgelenke zu schmerzen begannen, manchmal erreichte ich derartig viele Bonuspunkte, dass ich die Freispiele, die mir zugestanden hätten, einfach verfallen ließ. Schon als Jugendlicher war mir aufgefallen, dass ich ein Talent für Flipper hatte. Doch was konnte man mit einer Begabung für Spielautomaten schon anfangen?

Ich kehrte an die Rezeption des *Richard* zurück oder hängte das *Complet*-Schild an die Tür und verzog mich in mein Zimmer, in dem zu jeder Nacht- und Tagesstunde die Brandung rauschte und ich, verborgen vor der Welt, auf dem Bett liegen und hinaus in die Ewigkeit starren konnte, bis mir die Augen zufielen.

Das Spektakulärste an meinem Leben war die Ahnung, dass es von einem Schlag auf den anderen mit der Ruhe vorbei sein hätte können. Irgendjemand hätte plötzlich die Tür aufreißen und mir die undurchsichtige Welt zerstören können, in der ich mich eingerichtet hatte. Ich war ein Findling. Ich wusste: Alles war mit einem Ablaufdatum versehen, alles war eine Frage der Zeit. Bei jedem Gast, der unangemeldet das *Richard* betrat, machte ich mich insgeheim dazu bereit, den Fluchtweg zu benutzen, den ich mir für Notfälle zurechtgelegt hatte. Von dem Kämmerchen hinter der Rezeption hätte ich durch eine Holzluke im Boden blitzschnell das Untergeschoss erreichen können. Dort war eine Feuertreppe angebracht, von der aus ich direkt ins Meer springen würde. Auch unter Wasser kannte ich mich in Marseille gut aus. Ich wusste, wie ich zu einem vorgelagerten Riff in der Catalans-Bucht tauchen konnte. Dort würde ich mich hinter dunklen, von Muscheln und Seeigeln bevölkerten Felsen verstecken oder, sollte es notwendig werden, weiter zu anderen Riffs und Bojen tauchen. Im Sommer zumindest, wenn das Wasser warm genug war, konnte ich, ohne gesehen zu werden, die ganze Halbinsel passieren, die an dieser Stelle in den Löwengolf hineinragt und den Alten Hafen vor den Mistralstürmen schützt. Von einer Deckung zur nächsten konnte ich auf Tauchstation gehen, ohne länger meinen Kopf über der Wasseroberfläche zu zeigen. Ich tauchte an den Signaltürmen vorbei, zwischen alten Fischernetzen, zwischen Treibgut hindurch, den zerklüfteten Felsen entlang, an die die Brandung unaufhörlich schlägt. Bis zur Hafeneinfahrt, bis zum Vieux-Port, bis in die Innenstadt konnte ich auf diesem Wasserweg gelangen. Auch wenn das Wasser im Hafenbecken ölig und dreckig war und nach totem Fisch und Benzin roch, notfalls konnte ich ungesehen zwischen den Hunderten Yachten und Booten hindurchschwimmen, die dort verankert waren. Ich hatte eine Stelle an der Hafenmauer ausfindig gemacht, wo ich mich, ohne Aufmerksamkeit zu erregen, aus dem Schmuddelwasser hieven hätte können. Von dort aus wäre ich im Panier oder im Labyrinth Belsunces verschwunden.

Ich war auf derartige Fluchtaktionen bestens vorbereitet. Mit niemandem aber, auch nicht mit Matthieu oder Lucy, teilte ich jemals mein Fluchtszenario, dem ich mit einer Mischung aus Angst und Lust entgegenblickte. Die Möglichkeit, dass es jederzeit zu diesem Kippmoment meines Daseins kommen konnte, erregte mich innerlich, aber ich behielt den Thrill für mich. In den langen Stunden an der Rezeption spielte ich wieder und wieder die Flucht durch, so oft, dass es mir irgendwann vorkam, als wäre ich auf diesem dramatischen Weg bereits einem Denunzianten oder Polizeispitzel entkommen. *Die Jagd auf ein Phantom* benannte ich den Kriminalfilm, der sich in meinem Kopf abspulte. Niemand wusste, wer er war, dieser gewisse François Thomas, niemand wusste, wo er sich befand. Derlei Nervenkitzel gaben meinem meist eintönigen Alltag einen Sinn. Die Fluchtoption aus ihm heraus wurde zum hauptsächlichen Inhalt meines Daseins. Auf Dauer würde dies als Erfüllung kaum reichen, vorerst aber wollte ich mich damit begnügen. Vielleicht hatte ich als Kleinkind genügend Aufregung gehabt und war nun an jenem Ort angekommen, wo ich hingehörte? Vielleicht hatte ich es bereits geschafft? Ja, ich weiß noch, wie ich dies tatsächlich dachte!

Das Denken war ohnehin die Hauptbeschäftigung, der ich in diesen Tagen nachging, ich dachte und dachte, dachte mich hinaus und fort aus meiner Umgebung, ein Fluchtszenario hier, ein anderes da. Mein Denken waren jedoch bloß Gedankenspiele, sie dienten nicht der Realität, die mich umgab, sie sollten mich von ihr ablenken, nicht weiterführen in sie hinein. Ich dachte in Spiralen, Gedankenkaskaden durchzogen mein Hirn, keinen Anfang hatten sie, kein Ende nahmen sie.

Was in der Wirklichkeit geschah, dem begegnete ich immer pragmatischer. Von Jahr zu Jahr wurde ich abgebrühter und schenkte den kriminellen Geschäften, in die ich mich verwickeln ließ, weniger Beachtung. Anstatt mir Sorgen zu machen, vertraute ich blind auf Matthieus Kompetenzen und den Deckmantel, den Marseille einem wie ihm zu bieten hatte. Immerhin lebten wir in einer Stadt, in der undurchsichtige Machenschaften zur Tagesordnung gehörten und die Camorra und andere mafiöse Geflechte seit Jahrzehnten verzweigte Parallelwelten aufgebaut hatten. Immer schon waren Waren und Menschen in den Marseiller Hafen gebracht worden, um hier eine Weile von der Oberfläche zu verschwinden und zu geeignetem Zeitpunkt unter anderem Etikett wiederaufzutauchen. So sonnendurchflutet die *Ville Phocéenne* war, so viel Schatten bot sie auch für alle möglichen Nebeneinkünfte. Was immer im *Richard* ausgetauscht und an Staat und Fiskus vorbeigeschwindelt wurde, in Marseille zählte dies zum Tagesgeschäft. Jeder profitierte davon. Auch ich. Auch die Kontaktbeamten im Stadtmagistrat oder bei der Steuerpolizei, die hin und wieder bei mir auftauchten, um ein Kuvert abzuholen, das Matthieu für sie hinterlegt hatte. Marseille lebte von kleineren und größeren Geschäften dieser Art. Nun war auch ich Teil des Systems geworden. Es lebte sich nicht schlecht darin. Sofern man nie auf die immerwährende Verschwiegenheit vergaß, die alles am Laufen hielt, hatte man wenig zu befürchten.

Matthieu war – davon war ich überzeugt – nur ein kleiner Fisch in diesem Netz weltweiter und mannigfaltiger Geldverschiebungen. Er strebte gar nicht danach, mehr als das zu werden, er wollte keine große Nummer im Milieu sein, sondern begnügte sich damit, seinen Teil des Puzzles abzudecken. Alles unter Kontrolle zu halten, das war zu tun, nicht mehr, nicht weniger. Genau so hatte Matthieu die Geschäftemacherei schon immer verstanden: lieber überschaubare Bereiche kontrollieren, als gierig und dumm zu werden und allzu riskant zu spielen. Die Emotionslosigkeit, mit der er zu Werke ging, schützte ihn, nie lehnte sich Matthieu zu weit aus dem Fenster, immer grenzte er von vornherein die Möglichkeiten ein. Es faszinierte mich, wie sachlich er in jeder Situation zu bleiben vermochte, ordentlich, sauber, ohne Aufmerksamkeit auf sich zu ziehen, verrichtete er die anfallende Arbeit. Er war *un professionnel,* ein Profi in allem, was er tat. Das Gaunerleben, das er vorlebte, konnte langfristig funktionieren. Die Gestalten der *Demimonde* hingegen, die im Whirlpool mit Callgirls Veuve Clicquot schlürften, während ihre Lakaien Drogen verschifften und Auftragsmorden nachgingen, es gab sie bloß in der Fiktion. Eher früher als später fielen ihnen die Champagnerflaschen aus den Händen, zerschellte das Glas am Boden.

Mit der Zeit färbte Matthieus nüchterner Ansatz auf mich ab. Die unerschütterliche Vernunft, mit der er den Dingen begegnete, zerstäubte bisweilen die Luftschlösser, denen ich mich hingab. Vielleicht würde ich unter seinem Einfluss mein Leben eines Tages nicht länger im Konjunktiv, sondern als trockene Abfolge von Tagen, Wochen, Jahren begreifen und fest mit beiden Beinen auf dem Boden zu stehen kommen? War das etwa die Lektion, die mir im *Richard* beigebracht wurde? Ohne Herkunft hatte ich keinen Ausgangspunkt, von dem aus ich mich bewegen konnte, und Monsieur Toulets Wertvorstellungen hatten mir die herkömmlichen Ziele vergällt, nach denen sich ein Franzose für gewöhnlich orientierte. Würde das *Richard* mir nun die ungezügelte Vorstellungskraft nehmen, in die ich mich rettete, dieses ungreifbare Dazwischen, dieses einzige Land, das mir geblieben war? Würde ich, wenn ich lang genug hierbliebe, werden wie Matthieu?

Ich wusste nicht, ob solch eine Wesensänderung für mich erstrebenswert war oder nicht. Beizeiten kam es mir jedoch so vor, als wäre ich bereits zu einem kleinen Boche mutiert. Ich dachte in Fakten, in Zahlen, in Aufträgen, die ich möglichst korrekt zu erledigen hatte. Von Woche zu Woche rückte mir die reale Welt näher, die ich bislang nur als eine von vielen Optionen akzeptiert hatte. Ich ertappte mich bei Überlegungen, ob vielleicht auch ich von einer deutschen Sippe abstammte. Meinem hellen Äußeren nach zu urteilen, wäre dies gut vorstellbar gewesen. Ein Dockarbeiter aus Kiel, ein Seemann aus Hamburg, ein Reeder aus Lübeck oder ein Soldat der deutschen Marine, den es für eine Weile nach Marseille verschlagen hatte, sie alle hätten meine Väter sein können.

Ich besorgte mir ein französisch-deutsches Wörterbuch und studierte es, wenn ich allein und gelangweilt an der Rezeption saß. Stets achtete ich darauf, dass Matthieu es nicht zu Gesicht bekam.

– *Der Abend ist lang*, sprach ich schwunglos in die Stille hinein, die sich im Rezeptionskämmerchen verfestigt hatte.

Ich versuchte, so deutsch wie möglich zu klingen.

– Der Abend ist lang. Die Nacht ist lang. Der Tag ist lang, sagte ich.

Ich weiß nicht, wie oft ich es wiederholte. Irgendwann klangen die Sätze in meinen Ohren wie die, die Matthieu hin und wieder in den Telefonhörer sprach oder mit seinen deutschen Geschäftspartnern wechselte. Sie erschreckten mich. Sosehr ich Le Boche respektierte, ich wollte nicht so sein wie er.

Wenn ich mich mit Lucy, die ich hin und wieder in einem Café traf, über die Veränderungen, die mich beschäftigten, unterhalten wollte – selbstredend ohne Näheres über Matthieu oder meine Arbeit preiszugeben –, dann tat sie dies als Zeitverschwendung ab.

– Du hast dich nicht verändert, sagte sie. Und falls doch, dann stört es mich nicht.

– Es mag ein bisschen komisch klingen ..., sagte ich umständlich, auch wenn ich Lucys Ungeduld kannte, mit der sie auf alles annähernd Philosophische reagierte. Aber ich fühle mich ja gerade durch meine Phantasie ein wenig in der Welt geerdet. Ich weiß nicht, ob ich mir erlauben kann, sie abzulegen.

– Phantasie hat einer oder eben nicht, sagte Lucy. Du kannst sie dir nicht abgewöhnen.

– Menschen ändern sich.

– Ja, alles ändert sich. Doch wenn Menschen versuchen, sich zu ändern, scheitern sie für gewöhnlich daran. Mach dir keine Sorgen.

– Vielleicht verändere ich mich, ohne dass ich es will? In eine Richtung, wohin ich gar nicht will, vielleicht fällt es mir nicht auf? Oder es ist zu spät, wenn es mir auffällt?

– Noch mag ich dich, wie du bist, François. Warum nur machst du dir ständig einen Kopf über Dinge, die irgendwo in der Zukunft oder in der Vergangenheit liegen? Dafür ist doch die Zeit zu schade.

– Zeit, Zeit ... Davon hab ich schließlich mehr als genug.

– Wir leben in der Gegenwart, François, hier und jetzt, du und ich, jetzt, in diesem Moment.

– Das Jetzt dauert drei Sekunden, sagte ich. Wenn ich diesen Satz zu Ende gesprochen habe, ist er bereits Vergangenheit.

– Soll ich dir nun alle drei Sekunden sagen, ob ich dich noch mag?

– Du nimmst mich nicht ernst, Lucy.

– Mon dieu, ich versuche, die ganze enorme Kiste voller Scheiße nicht ernst zu nehmen, mit der wir uns tagein, tagaus herumzuplagen haben. Wir leben, François, wir leben nun mal. Machen wir das Beste draus! Hör auf mit deinem Zukunftsgeschwafel und erzähl mir lieber, welche neuen deutschen Sätze du gelernt hast. *Sprich mir deutsch, mon petit Franz, oder sprich mir nicht.*

– Ich mag nicht mehr deutsch sprechen, sagte ich.

8

Die Jahre kamen und gingen. Hin und wieder erinnerte ich mich an meine Adoptivmutter, selten aber dachte ich an dieses Leben, in dem ich sie zurückgelassen hatte. Einmal hatte ich ihr aus Genf eine Postkarte geschickt.

Mit lieben Grüßen. Es geht mir gut, ich hoffe, dir auch.

Das sollte als Lebenszeichen reichen.

In meinem Kokon unterhalb der Küstenstraße, versteckt vor dem Rest der Stadt, wartete ich die Veränderungen ab, die eines Tages hereinbrechen würden. Erst dann würde ich mich dem Neuen stellen. Sollte doch das Schicksal über mich entscheiden, wenn ich schon selbst nicht dazu in der Lage war! Solange ich im *Richard* bleiben konnte, so lange würde ich bleiben. Erst zu gegebenem Anlass würde ich von der Feuertreppe springen und fortschwimmen, hinübertauchen in den Alten Hafen. Durch das verdreckte Hafenwasser tauche ich in das neue Leben, das mich im Panier oder in Belsunce erwartet. Ich ändere meinen Namen in François Le Goff.

– Ursprünglich kommt es von *der Schmied,* antworte ich, *le forgeron,* wenn ich zu diesem Namen befragt werde.

– Ist Ihre Familie denn im Handwerk tätig?

Ich lächle.

– Tatsächlich, ja, sage ich, mein Vater ist Goldschmied in der Bretagne. Aber da oben regnet es mir zu viel. Ich bin lieber im Süden und mixe Cocktails. Haben Sie den *Le Goff* schon probiert? Wodka, Ananas, Vanillezucker.

Eines Tages würde auch Lucy in die Bar kommen und einen Le Goff bestellen. Am Strohhalm würde sie ziehen, *pas mal* sagen und heiser lachen über mich und meinen Namen.

So weit aber war es noch nicht. Noch saß ich im *Richard* an der Rezeption und hieß François Thomas.

Von den wenigen Menschen, mit denen ich hier in Kontakt kam, fragte kaum einer nach meiner Herkunft, und wenn, dann nur, weil ihn mein für diese Stadt untypisches Aussehen neugierig machte. Für solche Gäste des Hauses erfand ich mich immer wieder neu. Allzu deutsche Geschichten traute ich mich nicht zu offerieren, dennoch machte ich mich des Öfteren zu einem ostdeutschen Einwandererkind, hin und wieder war ich auch russischer Herkunft, manchmal ein Rumäne, anderentags ein Ire. Blass und rothaarig wie ich war, standen mir viele Optionen zur Verfügung.

– Daher also der leichte Akzent!, fiel manchem Gesprächspartner auf. Ich hatte es mir schon gedacht!

Wenn Matthieu von meinen Geschichten erfuhr, amüsierte ihn das nur bedingt. Ich sollte bei der irischen Version bleiben, wies er mich an. Schließlich hieße ich im Nachnamen Thomas. Ich sollte aufhören, so viel zu schwafeln.

– Schon gut, schon gut, sagte ich.

Auch dass ich Matthieus Partner war, durfte ich niemandem, außer den ausgesuchten Männern, denen er mich persönlich vorstellte, verraten. Ansonsten erzählte ich zum Beispiel, dass ich nur aushilfsweise an der Rezeption säße, ein kleiner Nebenjob, um mir etwas dazuzuverdienen. In Wahrheit wäre ich Ziviltechniker und arbeitete in einem Vermessungsbüro im fünften Arrondissement. Nur Matthieus direkte Kontaktmänner ging unsere Zusammenarbeit etwas an. Lucy hatte ich zwar von meinem Job als Rezeptionist erzählt, aber auch bei ihr gab ich sorgfältig acht, auf keine Details einzugehen. Eine Frau wie Lucy akzeptierte natürlich, dass es sich nicht ziemte nachzufragen. Auch sie erzählte mir schließlich nichts von den Jobs, mit denen sie sich in Belsunce über Wasser hielt. Wenn wir uns sahen, redeten wir statt über die Arbeit lieber über Fernsehserien oder verschiedene Flipperautomaten, die es in den hiesigen Kneipen gab. Auch Lucy flipperte gern, wenn auch mit weniger Geduld als ich. Sie spielte aggressiv, hektisch, nur selten erlangte sie ein Freispiel.

– Du kriegst immer wieder ein neues Leben!, schimpfte sie. Ich nie. Verdammte Scheiße!

– Doch, doch, du auch, sagte ich.

Manchmal fluchte Lucy so laut, wenn ihr die Kugel zwischen den Flippern entwischte, dass wir aus den Touristencafés am Alten Hafen verwiesen wurden. Daraufhin beschimpfte Lucy die Lokalbesitzer, und ich genoss es, ihr dabei zuzuhören.

Sie war weiterhin eine Art Schwester für mich. Dass wir hin und wieder miteinander schliefen, wenn es sich ergab, änderte nichts an unserer geschwisterlichen Beziehung. Es war nichts weiter als bedeutungsloser Sex, Lucy war in dieser Hinsicht vollkommen unkompliziert. Wir machten keine Liebe, sondern wir vögelten einfach, reagierten uns aneinander ab, meist in einer der versteckten Felsbuchten, die es unweit des *Richard* gab. Das Meer spülte jede Menge Schwemmgut in diese Calanques, Plastikmüll, Dosen, Holzplanken. Lucy und ich versteckten uns hinter den schroffen Felsen und achteten darauf, auf keine alten Angelhaken oder Spritzen zu treten.

Ich war stets sehr darauf bedacht, dass Matthieu nichts von Lucy mitbekam. Ich wollte unbedingt vermeiden, dass er sie jemals im Hotel antraf. Einer, der so pedantisch wie Matthieu seinen Geschäften nachging, überließ nichts dem Zufall und konnte es nicht durchgehen lassen, dass sich Nichteingeweihte in seinem Wirkungskreis breitmachten. Über jeden Außenstehenden, der sein Hotel betrat, begann er, Nachforschungen anzustellen, und Frauen, die den Mund aufmachten, traf ich in Matthieus Gegenwart ohnehin nie an. Und ich kannte ja Lucy und wusste, wie unbeherrscht sie war. Nein, es war ausgeschlossen, die beiden einander vorzustellen. Besser, sie liefen sich niemals über den Weg!

Nur äußerst selten, wenn ich mit Sicherheit davon ausgehen konnte, dass Matthieu anderenorts beschäftigt war und nicht auftauchen würde, kam Lucy mit auf mein Zimmer.

Eines Sommerabends lag ich ausgestreckt auf meinem Bett, rauchte eine Zigarette, starrte auf das Meer hinaus, wartete, bis die Sonne darin versinken würde. Lucy lag neben mir, meine schwarze Schwester. Auch sie rauchte. Auch sie schwieg und überließ dem glühenden, vom Himmel rutschenden Sonnenball die Regie. Eine Etage höher hing das *Complet*-Schild an der Eingangstür des Hotels. Nur ein einziger Gast logierte im Haus, ein Durchreisender aus Montpellier. Er hatte nichts mit Matthieus Business zu tun und hatte sich als Monsieur Theodore Ackermann eingetragen.

Ein etwas kauziger Typ, der da nachmittags eincheckte.

– Haben Sie ein Zimmer für eine Nacht?, fragte er, und ich misstraute ihm nicht.

Es war wichtig, gelegentlich auch herkömmliche Gäste zu beherbergen, um den Schein eines gewöhnlichen Hotels zu wahren. Matthieu überließ es meiner persönlichen Einschätzung, wen und wie viele Gäste pro Tag ich aufnahm, solang genügend Zimmer frei blieben, über die er gegebenenfalls verfügen konnte. Das *Richard* inserierte nirgends, also beschränkte sich die Nachfrage ohnehin auf zufällig vorbeikommende Laufkundschaft. Anfragen per Telefon wies ich grundsätzlich ab.

– Ein Zimmer mit Meerblick bitte, sagte dieser Monsieur Ackermann. Wenn möglich, im obersten Stock, ganz außen, westwärts ausgerichtet.

Er sprach mit einer gedämpften, brüchigen Stimme, so als

hätte er wenig Kraft oder wollte niemanden stören. Die dünne, randlose Brille, die er trug, verrutschte ein wenig, als er sich bückte, um die beiden Taschen abzustellen, die er mit sich führte. Ich musste unversehens an Lucys Nickelbrille denken, fraglos aber trug dieser Mann ein moderneres, teures Modell. Es war heiß, die übliche Sommerhitze hing über der Stadt und drückte sich in die Gassen und Gebäude, selbst im Erdgeschoss des *Richard* hatte sich eine schwere, stickige Luft festgesetzt. Ich dampfte unter dem langärmligen Hemd, das ich als Rezeptionist zu tragen hatte.

Es wäre mir nicht in den Sinn gekommen, das Schwitzen des schmächtigen Mannes vor mir als Nervosität zu deuten.

– Ich seh zu, was ich machen kann, Monsieur, sagte ich und studierte wichtigtuerisch die leeren, nur zum Schein mit unnützen Markierungen versehenen Reservierungsbögen.

Monsieur Ackermann wartete geduldig, reglos stand er vor mir. Ich ließ ihn einige Augenblicke länger als notwendig warten.

– *Merci*, sagte er, als ich ihm schließlich sein Wunschzimmer zuwies.

Gefasst nahm er den Zimmerschlüssel in Empfang, umklammerte ihn, als wäre dies eine bedeutende Geste.

– Eine Frage noch, sagte er, bevor er sich wegdrehte. Hätten Sie vielleicht ein Blatt Papier und ein Kuvert für mich?

Ich kramte in der Schublade und fand einen Stapel mit *Hotel-Richard*-Kuverts, die vor meiner Zeit hier angefertigt worden waren.

– *Voilà, Monsieur.*

Wie eine Beute hielt er das Kuvert in seiner Hand und achtete darauf, es nicht zu zerknittern. Jeden einzelnen Handgriff schien dieser Mann sich ins Bewusstsein zu rufen, jede Belanglosigkeit war ihm ein Ereignis. Kurz betrachtete ich sein makellos rasiertes, graues Gesicht. Ich überlegte, wie alt er wohl war. Sicherlich war er deutlich jünger, als er aussah. Er musste einer jener Menschen sein, bei denen sich jedes überstandene Lebensjahr optisch manifestierte.

Er kehrte mir den Rücken zu und machte sich auf den Weg zu seinem Zimmer. Bedacht auf jeden Schritt, ging er leicht gebückt die knarrende Treppe hoch. Er erinnerte mich an einen Vogel. Einer Krähe glich er, einem Raben, der nicht flog, sondern auf den Füßen die Stufen hinaufhüpfte. Zuletzt verschwanden seine Schuhe aus meinem Sichtfeld, sauber polierte schwarze Halbschuhe, wie Geschäftsmänner sie tragen.

Seitdem hatte ich Monsieur Ackermann nicht mehr gesehen und nichts von ihm gehört.

Lucy und ich lagen auf dem Bett und überlegten und wetteten, wie lange es noch dauern würde, bis die Sonne ganz im Meer versunken war. Natürlich war ich im Vorteil, denn ich hatte den Sonnenuntergang von diesem Zimmer aus schon Hunderte Male beobachtet.

– Fünf Minuten, sagte ich.

– So schnell? Du bist verrückt! Zehn Minuten dauert es mindestens noch.

– Höchstens fünf, ich sag es dir, dann ist sie vollständig aus unserem Blickfeld verschwunden. Der ganze Feuerball. Bis zur allerletzten *éruption solaire*, die wir wahrnehmen könnten.

– Angeber, sagte Lucy.

– Stimmt, sagte ich.

Ich entschuldigte mich für meine Wichtigtuerei, aber ich hätte recht behalten. Keine fünf Minuten wären vergangen, bis der letzte Sonnenrest vom Himmel fiel. Doch bevor dies geschah und die Erde sich stoisch weiterdrehte, waren Lucy und ich bereits vom Bett gesprungen und beachteten den Sonnenuntergang nicht weiter. Die wie aufgeblasen wirkende, rot flimmernde Sonnenkugel war zur Hälfte am Horizont verschwunden, da platzte der Schuss hinein in den träumerischen Augenblick. Durch das hellhörige, leichtgebaute Haus drang der Knall wie ungedämpft zu uns durch. Ein einziger Knall, gefolgt von einem Klirren und kurzem Poltern. Selbst Lucy, die sonst kaum aus der Fassung zu bringen war, schreckte hoch. Instinktiv huschte ich zur Zimmertür und lauschte durch das dünne Holz, ob weitere Geräusche, Schritte, Schreie im Haus zu hören waren. Ich dachte an die Feuertreppe und stellte mich darauf ein, mit Lucy meinen Fluchtweg zu benutzen.

Doch kein weiterer Lärm folgte. Nichts. Nur die ewige Brandung von außen. Im Haus selbst machte sich eine unangenehme Stille breit.

– Was war das?, flüsterte Lucy.

Leicht geduckt stand sie jetzt hinter mir mitten im Zimmer: eine schwarze Silhouette vor dem Himmel, der sich in ihrem Rücken blutrot zu färben beginnt und in surrealen Farben leuchtet. Lucy scheint bereit zu sein loszurennen, wohin auch immer.

Ich ahne, dass der Lärm aus dem Zimmer drei Stockwerke über uns gekommen ist.

– Monsieur Ackermann, sage ich.

– Monsieur Ackermann?

– Der Gast im obersten Stock. Der einzige Hotelgast heute.

Lucy findet schneller als ich die Fassung wieder.

– Du musst nachsehen, was passiert ist, sagt sie. Diesen Knall hat man sicher bis auf die Straße hinaus gehört, bis hinüber zum Strand.

Wie gelähmt stehe ich eine Weile an der Tür. Tausend Gedanken schießen mir durch den Kopf, keinen einzigen bin ich imstande festzuzurren. Vielleicht warte ich darauf, dass Lucy mich an der Hand und mitnimmt.

Sie tritt auf mich zu und legt ihre Hand auf die Türklinke.

– Du darfst jetzt keine Zeit verlieren, sagt sie.

Sie sagt *du*, nicht *wir*. Sie meint, dass *ich* jetzt handeln muss. Dies hier ist *mein* Terrain. Der Zeitpunkt ist gekommen, da *ich* Verantwortung übernehmen muss.

– François!

Vorsichtig öffne ich die Tür. Der dunkle, leere, stumme Flur. Im Haus ist nichts mehr zu hören. Kein Geräusch, eine einschüchternde Stille. Nur weit hinter dem Schweigen des Hauses kann ich ein wenig Straßenlärm und das Meeresrauschen ausmachen.

Lucy schiebt mich zur Treppe vor. Ja, sie hat recht, jetzt liegt es an mir. Ich muss handeln. Sachte setze ich einen Schritt nach dem anderen auf den alten Laufteppich und schleiche die Treppen hinauf ins Erdgeschoss.

– Du musst von hier verschwinden, sage ich, oben angekommen, zu ihr.

Meine Stimme klingt verändert, kälter, klarer. Sie klingt, wie sie nie zuvor und nachher nie wieder geklungen hat. Lucy widerspricht dieser Stimme nicht. Sonst widerspricht sie immer, allem, jedem. Jetzt überlässt sie mir den Moment.

Ein Mann wächst mit seinen Aufgaben, das hat mein Adoptivvater immer wieder gesagt.

Ist das das neue Leben für mich? Nicht Barkeeper, sondern Detektiv, Agent, Spion? Der Mann fürs Grobe?

Kein Mensch ist im Erdgeschoss zu sehen. Keinerlei Veränderung, als wäre nichts geschehen. Nur die Stille hängt stiller als sonst zwischen den Wänden.

Lucy ist knapp hinter mir. Ich spüre, wie sie mich gegebenenfalls überholen würde, an der Hand nehmen würde, mich mit sich nehmen würde. Jetzt aber muss es nicht sein. Zum ersten Mal bin ich jetzt der große Bruder und sie die kleine Schwester. Wir schleichen an der Rezeption vorbei, die Wand entlang.

Hochmut kommt vor dem Fall, auch das hat Monsieur Toulet gern gesagt.

Ich entriegle die Haustür. Ich spähe auf die Straße hinaus.

– Sieh zu, dass du von niemandem gesehen wirst, sage ich.

Ich spüre, wie Lucy abwägt, ob sie mich allein der Situation überlassen kann. Ob ich denn wisse, was ich tue, will sie fragen. Ob ich mir sicher sei? Wahrscheinlich zweifelt sie an meiner Kompetenz, ich aber lasse ihr keine Zeit zu zweifeln. Ich schiebe sie hinaus und bleibe hölzern im Flur stehen.

– *Vas-y,* sage ich.

Der Lärm vorbeifahrender Autos, Mopeds, Omnibusse überdeckt meine Worte.

– Du bist nie hier gewesen. Dies alles hier ist nie geschehen.

Meine Stimme ist weiterhin klar, kalt, fremd.

Lucy wirkt verblüfft. Vielleicht ist sie beeindruckt von meiner Schärfe. Vielleicht findet sie mich lächerlich. In jedem Fall aber kennt sie die Regeln dieser Welt, in der wir uns verdingen. Sie weiß: Im *Richard* hat sie nichts verloren.

Schnell drücke ich ihr ein Küsschen links und eines rechts auf die Wange. Show-Küsschen. Hier ist nichts passiert. Zwei Menschen verabschieden sich nach Sonnenuntergang. Lucy sieht mir in die Augen. Ich nicke, vielleicht, vielleicht auch nicht. Kaum nehme ich Lucy überhaupt noch wahr. In meinen Gedanken bin ich bei Monsieur Ackermann, um den ich mich zu kümmern habe. Er muss oben in seinem Zimmer sein. Er hat das Haus nicht verlassen. Niemand ist eingedrungen. Monsieur Ackermann muss geschossen haben. Er hat einen Schuss abgegeben, einen einzigen bloß.

– Okay, bis später, sagt Lucy.

– Bis später. Ich melde mich!

Hastig schließe ich die Tür hinter ihr, versperre sie, sperre Lucy aus den Problemen aus, die die meinen, nicht die ihren sind.

Einen Moment lang lehne ich noch an der Wand.

Danach war ich auf mich allein gestellt. Weiterhin versuchte ich zu handeln, wie Le Boche gehandelt hätte. Seine Nüchternheit hätte mich durch die Situation leiten können. Doch ich spürte, wie mir die Souveränität abhandenkam, von dem Augenblick an, da Lucy das Hotel verlassen hatte. Ohne sie war ich verloren. Und mit ihr hätte ich nicht bleiben können.

Von der Rezeption aus rief ich Matthieu an. Mein Herz klopfte. Ich hoffte, Matthieu würde es nicht durch den Hörer erraten können.

– Zimmer 11, sagte ich. Komm. Bitte. Sobald du kannst.

Kaum hatte ich den Hörer aufgelegt, war es mir peinlich, wie unselbständig ich agierte. Die Angst in meiner Stimme, sie musste ihm aufgefallen sein.

Ich entschied, nicht auf Matthieu zu warten, sondern mich selbst auf den Weg die zwei Stockwerke hoch zum Zentrum der Erschütterung zu machen, die unser Hotel ergriffen hatte. Eine Entscheidung, die ich bald bereuen sollte.

Behutsam, aber ohne Zeit zu verlieren, setzte ich einen Schritt vor den anderen, langsamer, geräuschloser, je weiter hinauf ich kam. Ein Indianer auf Kriegspfad schlich die Treppen hoch. Ein roter Kopf, unbewaffnet. Er schlich sich an Monsieur Ackermanns Zimmer an.

Im gesamten Hotel herrschte diese Totenstille und ein rötlich mattes Totenlicht, das vom Westen her in die Hausgänge fand.

Vor der Tür zu Zimmer 11 verharrte ich. Die Zeit blieb stehen. Ich legte das Ohr an die Tür. Ich lauschte dem Nichts. Zaghaft klopfte ich an.

– Monsieur Ackermann? Sind Sie da?

Mehrfach klopfte und fragte ich, ohne Antwort zu bekommen.

Dann zog ich den Universalschlüssel, der all unsere Hotelzimmertüren öffnete, aus meiner Hosentasche. Widerstandslos ließ er sich ins Schloss führen. Monsieur Ackermann hatte zwar abgesperrt, nicht aber den Schlüssel innen stecken lassen.

Ich öffnete die Tür einen Spaltbreit und klopfte zur Sicherheit ein weiteres Mal. Das blutrünstige Licht des untergegangenen Tages schob sich wie gebündelt in den Türspalt hinein.

– Monsieur Ackermann?, fragte ich.

Ich sah ihn. Den Rücken mir zugewandt, saß er in sich zusammengesunken auf einem weißen Plastikstuhl. Er musste diesen vom Balkon ins Zimmer geholt haben. Direkt an der Schwelle zur weit geöffneten Balkontür hatte er den Stuhl abgestellt. Von ihm aus blickte Ackermann zum Meer hinaus, der verschwundenen Sonne hinterher. Seine Beine waren im Türrahmen verankert und hielten, ihre Muskulatur erstarrt, den leblosen Körper in Sitzposition. Der Kopf – vielmehr das, was davon geblieben war – war nach vorne gebeugt. Auch im diffusen Gegenlicht war zu erkennen, wie die Schläfe aufgerissen war. Unweigerlich folgte mein Blick sogleich der anzunehmenden Flugbahn des Geschosses, das Ackermanns Haupt durchbohrt hatte, und fiel auf dunkle Spritzer auf der im Abendrot leuchtenden Tapete.

– *Merde,* hauchte ich und konnte meine Augen lange nicht von der Stelle an der Wand lösen, wo sich eine Mischung aus Blut, Fleisch, Knochen, Hirnmasse verteilt hatte.

Der Anblick dieser an der Wand klebenden Fetzen, die eine Patrone aus Ackermanns Schädel herausgerissen hatte, prägte sich in meinem Gedächtnis ein. Noch Monate später tauchte dieses Bild vor mir auf, wenn ich die Augen schloss oder etwas erblickte, das mich daran erinnerte, Hundekot, Erbrochenes, sonst welchen Dreck. In dem Moment, als ich die Spuren sah, die der Kopfschuss auf der Wand hinterlassen hatte, aber nahm ich sie, taub vom Schock, das Fühlen verweigernd, als nichts als Schmutz wahr. Menschenschmutz. Matthieu und ich würden ihn wegputzen müssen. Ich notierte in meinem Kopf, was getan werden musste, notierte, was geschehen sein musste, ich gab vor, professionell mit der Situation umgehen zu können, als hätte ich derlei schon erlebt. Doch ich hatte noch nie zuvor einen Toten gesehen. Allein stand ich in einem engen, vom Abendrot durchfluteten Zimmer hinter ihm. Nie wieder würde ich ihn vergessen.

Eine Weile funktionierte ich noch. Ohne Emotionen zu zeigen, verschaffte ich mir einen Überblick, auch ich jetzt in einer Art Totenstarre.

Die Kugel war offensichtlich im Spiegel an der seitlichen Wand eingeschlagen. Unzählige Scherben bedeckten den Boden. Schräg unterhalb des in sich gekrümmt sitzenden Toten entdeckte ich den Revolver, mit dem er sich erschossen und den er anschließend fallen lassen haben musste. Eine kleine, handliche Waffe, altmodisch, wie aus einer vergangenen Welt. Die Szenerie erinnerte an Westernfilme. So makaber sie war, sie hatte geradezu etwas Heroisches. Ein Mann, der sich das Leben genommen hatte, kauerte auf einem Stuhl, ein Schattenriss vor der gekräuselten Wasserfläche, die sich vor ihm in die Ewigkeit spannte. Die glühende Sonne und die Wellen mussten das Letzte gewesen sein, was er gesehen hatte. Nun hielt er sich in Stellung, als könnte er sich selbst im Tod nicht losreißen von dem Anblick, den das abendlich funkelnde Meer ihm bot. Das Bild, in das ich geraten war, war absurd. Eine Zeitlang wirkte es dermaßen unwirklich, dass ich mir einbildete, Filmblut klebte an der Wand, und nicht Monsieur Ackermann, sondern eine Puppe saß vor mir.

Doch es war kein Filmset. Es war die Realität, zwar noch entrückt, aber ich konnte mich ihr nicht entziehen. Sie war auf dem Vormarsch. Allmählich spürte ich, wie keine Taubheit der Welt sie noch lange wegschieben würde können. Ich begann den Tod zu riechen. Trotz der geöffneten Balkontür stand die Luft im Raum. Die Meeresbrise reichte nicht ins Totenzimmer hinein. Ich roch Monsieur Ackermann, roch, was er sich angetan hatte, ich fühlte die Endgültigkeit der Tat. Noch machte ich mich stark. Doch mit jedem Detail begann die Sackgasse, in die ich geraten war, mich zu verschlucken.

In Zeitlupe trat ich tiefer in den Raum hinein. Gebückt. Ich näherte mich dem Toten, als wollte ich auf Augenhöhe mit ihm bleiben. Vielleicht befürchtete ich, in Ohnmacht zu fallen. Tunlichst vermied ich, in das Gesicht des Selbstmörders zu blicken. Seine Hände hingegen betrachtete ich ausgiebig. Der graue Zeigefinger, der abgedrückt und die Tat vollendet haben musste, hing wie die übrigen Finger der rechten Hand schlaff zu Boden. Es wirkte, als wollte er auf den Revolver zeigen, wollte er mir den Revolver zeigen, der unter ihm lag, aber er hatte jegliche Spannkraft verloren. Die linke Hand wiederum lag verkrampft im Schoß des Mannes. Ein Kuvert – jenes, das ich Monsieur Ackermann nachmittags ausgehändigt hatte – klemmte zwischen Daumen und Handballen. Selbst der abrupte Tod hatte diesen Griff nicht lösen können. Dieses Kuvert war das Erste, was ich an mich nahm. Bedachtsam zog ich es aus der Leichenhand. *An denjenigen, der mich findet,* war in schnörkelloser Schrift darauf geschrieben. Der Fleck am Rand des Kuverts – Blut, das von der Kopfwunde hinabgetropft sein musste – fiel mir erst auf, als ich ihn versehentlich mit meinem Daumen verwischte. Sofort streifte ich das Blut an meiner Jeans ab und faltete den an mich adressierten Brief mehrfach zusammen und steckte ihn in meine Hosentasche. Ich handelte rein instinktiv, ich folgte keinem Plan. Ich beugte mich zu der Waffe hinunter. Ohne zu prüfen, ob sie noch geladen war – schließlich konnte ich zu diesem Zeitpunkt nicht wissen, dass Ackermann Russisch Roulette gespielt hatte –, steckte ich sie ein. Schwer wog sie in meiner Hosentasche. Sie brachte mich aus dem Gleichgewicht.

Als Nächstes entdeckte ich zwischen den Scherben auf dem Boden die an ihrer Vorderseite aufgerissene Patronenhülse. Sie hatte sich wie eine Blume geöffnet und die tödliche Ladung von sich gegeben. Ich steckte auch sie in meine Hosentasche. Dann zog ich die dünnen Vorhänge des Zimmers zu. Außer Schiffen und Booten, die vorbeifahren hätten können, hatte niemand Einsicht in dieses Zimmer, dennoch erschien es mir notwendig, den Tatort vor der Außenwelt zu verbergen. So berechtigt diese Überlegung war, es wäre besser gewesen, ich hätte es nicht getan. Denn kaum waren die Vorhänge zugezogen, verwandelte sich das himmlische Leuchten der Abenddämmerung im Inneren des Zimmers zu einem matten, stumpfen Licht. Plötzlich sah alles in diesem Raum anders aus, bösartiger, bedrohlicher, realer und surrealer zugleich. Ich befand mich nicht länger in einer Westernkulisse, sondern war in einer Gruft gefangen, der tote Ackermann kauerte neben mir auf dem Stuhl, sein Totenschädel grinste mich düster an. Fast hätte ich die Vorhänge sofort wieder aufgerissen. Doch dazu war es bereits zu spät.

Schiere Panik überfiel mich rücklings wie ein brutaler Schlag. Von einer Sekunde auf die andere begann ich heftig zu zittern. Mir wurde eiskalt. Ich stand direkt an dem Toten, mein Bein berührte das seine. Der Raum, in dem wir beide uns befanden, fing an, sich zu drehen. Ich weiß noch, wie ich Ackermanns Brille, die ihm nicht von der Nase gerutscht war, als Ausgangspunkt der Kreisbewegungen wahrnahm. Seine Augen unter dem Glas waren geschlossen, aber ich rechnete damit, dass er sie jederzeit aufreißen könnte, ebenso seinen Grinsemund. Vielleicht lebte er ja doch noch? Von einem Moment auf den anderen würde seine Hand mich am Hosenbein packen.

Eine alles durchdringende Schwäche überkam mich. Alle Energie verließ mit einem Mal den Körper, die Muskeln versagten, das Gewicht der Waffe in meiner Hosentasche zog mich schräg nach unten. Beinahe stürzte ich in den Schoß der Leiche, die aber hatte ich mit einer unkontrollierten Bewegung meines Fußes aus ihrer Sitzposition gebracht. Sie fiel mit einem dumpfen, schwerfälligen Rutschen zu Boden. Der Stuhl kippte zur Seite. Ich taumelte, ich stolperte über den Leichenhaufen. Ich folgte der Schwerkraft, folgte dem Toten, ich ging mit ihm zu Boden. Halb über dem Stuhl, halb über der Leiche kam ich zu liegen. Ein Menschenhaufen waren wir zwei jetzt, Ackermann und ich, halb tot, halb lebendig. Mit meinem Finger erspürte ich Blut. Ob es warm oder kalt, ob es meines oder Ackermanns war, vermochte ich nicht zu sagen.

Da schrie ich los. Ich konnte nicht anders. Ich schrie, wie ich noch nie geschrien hatte. Durch die Vorhänge und die offene Balkontür hindurch wird man mich weit hinaus aufs Meer gehört haben. Ich strampelte mich hysterisch von dem Toten frei. In meiner Beklemmung trat ich Ackermann mit dem Fuß ins Gesicht und schlug ihm die Brille von der Nase. Es muss den Anschein gehabt haben, als kämpfte ich mit einem Toten.

So schnell ich konnte, von unfassbarem Ekel ergriffen, robbte ich weg von ihm. Scherben des Spiegels bohrten sich in meine Hand. Das Blut trug dieselbe Farbe wie das Abendlicht in unserer Gruft. Alles war nur mehr dieses rötliche, matschige Braun.

Irgendwie schaffte ich es, zu der nach wie vor halboffen stehenden Zimmertür zu gelangen. Dort blieb ich, an den Türrahmen gelehnt, in mich zusammengekrümmt hocken. Ich hatte weder die Kraft weiterzukriechen, noch aufzustehen. Ich presste den Kopf zwischen meine schlotternden Knie, sodass ich nichts mehr sehen musste von all dem Horror, in den ich geraten war.

In dieser geduckten Stellung verharrte ich, ich weiß nicht, wie lange, an Ort und Stelle. Immer wieder lugte ich verstohlen zu der Leiche hinüber, ob sie sich noch bewegte. Zwischen dem Rauschen der Brandung bildete ich mir hin und wieder ein, Ackermann röcheln zu hören. Doch es war nur mein eigenes, schweres Schnaufen. Ackermann rührte sich nicht mehr. Keine zwei Meter von mir entfernt lag er wie deformiert seitlich am Boden. Ein wenig Abstand hatte ich wenigstens zwischen den Toten und mich gebracht. Ich zwang mich, mich auf meinen eigenen Atem zu konzentrieren. Ich wartete, bis mein Puls sich halbwegs beruhigte. Mit der Dämmerung wurde es bald immer dunkler um uns herum. Vielleicht wäre ich, weil ich zu nichts anderem fähig schien, die ganze Nacht hier sitzen geblieben.

Irgendwann aber hörte ich, wie sich unten die Haustür öffnete. Schritte hörte ich. Zielstrebige Schritte herauf zu mir. Herauf zum Zimmer 11.

Wenig später stand Matthieu in der Tür.

– *Merde,* sagte auch er.

9

An denjenigen, der mich findet:

Bloß eine 16,6-prozentige Wahrscheinlichkeit besteht, dass Sie mich und meinen Brief hier finden werden. Vielleicht sind Sie der dünne, rothaarige Mann von der Rezeption, der mir dieses Kuvert, dieses Blatt Papier reichte und dieses Zimmer zur Verfügung stellte, um mein Vorhaben zu realisieren. Es tut mir leid, Sie in die Sache hineinzuziehen. Doch es ist, wie es ist. Für mich wird die Erkenntnis zu spät gekommen sein, durch meine Tat jedoch werden wenigstens Sie verstehen können: Nicht bloß das unabwendbare Schicksal entscheidet über uns, über Sie, über mich. Wir haben etwas mitzureden. Wir können uns der Willkür entziehen.

Ich wollte heute ein für alle Mal herausfinden, ob ich in dieses Leben eingreifen kann, das mir entgegen grundsätzlicher Überzeugungen zusehends vorbestimmt zu sein scheint und an welchem ich zugrunde gehe. Seit meiner Studienzeit habe ich nicht vergessen, dass die Möglichkeiten des Freitods oder der Fahnenflucht immer gegenwärtig sein müssen, wenn es darum geht, eine Situation zu betrachten.

Tagtäglich gehe ich wie programmiert in ein Büro, wo ich nie sein will, aber immer bin. Tagtäglich gehe ich heim zu einer Frau, die ich gleich wenig liebe wie alles andere auf der Welt. Sosehr ich es versuche, ich schaffe es weder, aus dieser Lebensarbeit eine Genugtuung zu ziehen, noch aus ihr auszubrechen. Heute aber, wenn auch nur für ein paar Stunden, will ich der Gleichgültigkeit entkommen, mit der ich mittlerweile begonnen habe, allem und jedem, auch mir selbst zu begegnen. Heute endlich überwinde ich die Angst – und zwar nicht jene, die aus meiner Verantwortlichkeit dem Leben gegenüber entstehen könnte, sondern jene, die mich selbst am Leben hindert. Heute finde ich heraus, wie es um mich steht.

Ich kaufte diese Smith & Wesson letzten Monat in Belle de Mai.

Ein 38er Kaliber. Sie ist klein, schwer, massiv. Sie ist ehrlich. Auch ein kleineres Modell würde den Zweck erfüllen, meinte der Italiener, der sie mir verkaufte, aber er hatte keine im Angebot. Nur eine einzige Patrone wollte ich. Er schenkte sie mir. Mannstoppend wäre sie, sagte er. Sobald sie auf Widerstand stieße, zerlegte sie sich. Es gäbe keine Überlebenschance. Das wäre gut, meinte ich. Ich will keine zweite Chance. Es ist die einzige Patrone, die ich je besaß und je besitzen werde. Der Revolver entscheidet. Drei Wochen lang habe ich ihn nun durch die Stadt getragen, nie gesichert. Das Schicksal hätte jederzeit abdrücken können. Nichts aber ist geschehen. Heute will ich nicht länger warten. Heute wird der Abzug durchgezogen, ein einziges Mal bloß, egal, ob sich die Patrone in der ausgewählten Trommelbohrung befindet oder nicht. Ich schwöre, kein zweites Mal abzudrücken. Erwische ich, was wahrscheinlich ist, ein leeres Patronenlager, werde ich aufstehen, die geladene Waffe ins Meer werfen und dieses Blatt Papier zerreißen. Ich werde heim zu meiner Frau gehen und mein Restleben ertragen, denn ich werde herausgefunden haben, wie unabänderlich es ist. Ich werde aus meiner todesnahen Erfahrung heraus diesen Umstand akzeptieren können und mich in mein Dasein hineinfinden. Wie Sisyphos werde ich das Los erdulden und eine verschwiegene Freude daran entwickeln. Denn ich weiß dann, dass es stimmt: Mein Schicksal gehört mir, mein Fels ist meine Sache. Wenn ich den heutigen Sonnenuntergang überlebe, werde ich mich restlos überzeugt davon geben können, dass es tatsächlich kein Schicksal gibt, das durch Verachtung nicht überwunden werden kann. Ich werde mein zukünftiges Leben durchstehen, alles, was da kommen mag.

Also sitze ich jetzt hier, am schönsten Platz Marseilles. Niemand weiß, wo ich bin. Außer der rothaarige Rezeptionist. Er stört mich nicht. Niemand vermisst mich. Allein sitze ich meiner Bestimmung gegenüber. Ich betrachte, wie die Sonne vom Himmel fällt. Wenn sie halb im Meer versunken ist, werde ich die Augen schlie-

ßen. Blind werde ich die Trommel entriegeln. Sie rotieren lassen, so fest ich kann. Dann sie wieder einklappen. Es ist schwer, den Spanner meiner Smith & Wesson mit dem Daumen zurückzuziehen. Doch selbst mit schwitzenden, zittrigen Fingern werde ich es schaffen. Double-Action, sagte der Italiener. Bei gespanntem Abzug bedarf es dann nur mehr einer minimalen Bewegung des Zeigefingers, um einen Schuss auszulösen. Ich werde die Waffe fest an die Schläfe pressen. Erst wenn ich diese Position erreicht habe, werde ich die Augen wieder öffnen. In die untergehende Sonne werde ich starren und bis drei zählen. Drei Sekunden, dann abdrücken. Danach wird es entschieden sein. Entweder beginnt mit der Abenddämmerung das Restleben, das ich erdulden werde, oder eben nicht. Entweder werfe ich die Waffe samt Patrone in die Brandung. Oder ich lasse sie fallen. Und überreiche mit toten Fingern Ihnen diesen Brief.

10

Über Monate hinweg behielt ich Monsieur Ackermanns Brief. Er war ein Vermächtnis an mich. Ich zeigte ihn niemandem, ich sprach mit keinem ein Wort darüber, aber ich konnte ebenso wenig verleugnen, dass ich mich von diesem Schreiben zur Verantwortung gezogen fühlte. Auch wenn ich es nicht einzuordnen wusste und mich dagegen sträubte: Es kam mir vor, als ginge durch den Brief eine Verpflichtung auf mich über. Ackermann – sofern das überhaupt sein echter Name war – hatte mich zu seinem Verbündeten gemacht. Ich war der einzige Mitwisser, niemanden sonst hatte er einbezogen. Warum gerade mich? War dies reiner Zufall, oder hatte er mich bewusst gewählt? Hatte er geahnt, dass ich eine ähnlich im Schicksal verlorene Seele war? Hatte er mich etwa gar länger schon beobachtet und gezielt als Komplizen auserkoren? Ich überlegte, ob Ackermann sogar meinen Namen gekannt haben könnte und mich im Abschiedsbrief nur nicht namentlich erwähnte, um mich nicht abzuschrecken. Womöglich wollte er erreichen, dass ich von selbst in seine kryptischen Überlegungen hineinfand. Aus freien Stücken sollte ich sein Selbstfindungsexperiment weiterführen, war es das, was er mit diesen Zeilen beabsichtigt hatte? Wollte er mich in die Fallgrube der Freiheit leiten? Wollte er, dass auch ich, sein rothaariger Rezeptionist, eines Tages eine Smith & Wesson an meine Schläfe hielt und dem Schicksal eine einzige Patrone zur Verfügung stellte? Dass auch ich demjenigen, der mich finden mochte, einen Brief hinterließ, der einer Unterrichtung glich? Wie viele Menschen würden sich erschießen müssen, bis der Beweis für die Selbstverantwortlichkeit unserer Existenz erbracht sein würde?

Dieser Auftrag, der mir zwischen den Zeilen übermittelt worden sein mochte, lastete lange und schwer auf mir. Was immer er ausdrückte, sosehr ich ihn zu enträtseln versuchte, ich durfte nicht zulassen, dass das verquere Denken, das Ackermann das Leben gekostet hatte, noch tiefer in mein Selbstempfinden einsickerte, als es bereits geschehen war. Tag und Nacht verfolgte mich, was ich gesehen, gerochen, gespürt, gelesen hatte. Ackermanns Schreiben bezeugte, dass ich mir all dies nicht bloß einbildete, es bewies, dass ich nicht verrückt war, und gleichzeitig leitete es mich in den Wahnsinn. Ich fühlte mich hingezogen zu diesem Brief und zugleich von ihm abgestoßen. Am liebsten hätte ich ihn fortgeworfen, aber das brachte ich nicht übers Herz. Er stand mir zu nahe, als dass ich ihn einfach verschwinden hätte lassen können. Ich trug ihn die kommenden Tage und Wochen ständig in der Hosentasche. Abends, wenn ich allein in meinem Zimmer war, zog ich ihn hervor und las ihn aufs Neue. Wieder und wieder, in der Hoffnung, die Botschaft zweifelsfrei zu entschlüsseln, die Ackermann mir übermittelt hatte, oder sie ein für alle Mal als etwas zu entlarven, das mich nichts anging. Wer war ich, dass ich mich um diesen desillusionierten Büroangestellten zu kümmern hatte, dessen Leben zu Ende gegangen war, bevor es jemals begonnen hatte! Doch wohin ich mich in jenen Tagen auch bewegte, Ackermann begleitete mich auf Schritt und Tritt. Ein doppelt gefalteter, blutverschmutzter Umschlag beulte die Gesäßtasche meiner Jeans aus, die ich zwar gewaschen hatte, die meinem Empfinden nach aber nie mehr sauber wurde. Irgendwann ertrug ich nicht länger, wie sie meine Haut berührte und wie der Brief durch den Jeansstoff hindurch mich berührte. Die Sätze Ackermanns klebten wie eine Tätowierung auf meinem Hintern. Da warf ich die Hose in den Müll, den Brief aber behielt ich von nun an in meinem Kleiderschrank versteckt, in eine Socke gewickelt, wo niemand ihn finden und auch ich ihn mit der Zeit vergessen würde. Später nahm ich ihn sogar nach Amerika mit, in Sorge darüber, was in meiner Abwesenheit im *Richard* geschehen würde. Doch sosehr er mich auch beschäftigte, keinem Menschen erzählte ich je davon. Dieser Brief blieb mein und Ackermanns Geheimnis. Lucy berichtete ich nur, dass ein Pechvogel sich versehentlich beim Russisch Roulette erschossen hätte und sie dies für sich behalten sollte. Auch Matthieu erfuhr nie von dem Schreiben, das ich dem Toten aus der Hand genommen hatte.

Ruhig und gefasst war Matthieu an jenem verhängnisvollen Abend geblieben, als er Ackermann und mich im Zimmer 11 vorgefunden hatte.

– *Merde.*

Mehr sagte er nicht.

Vor mich hin stammelnd berichtete ich ihm, dass der Mann

sich selbst erschossen hätte. Matthieu reimte sich das Restliche selbst zusammen. Er sah, in welchem Zustand ich mich befand, und wusste, dass kaum etwas Vernünftiges mit mir anzufangen war.

– Wir müssen die Leiche verschwinden lassen, sagte er.

Er prüfte, ob die Vorhänge gut zugezogen waren. Dann schaltete er das Licht an und machte sich daran, den Tatort zu durchsuchen. Ich sollte keine Fragen stellen, gab er mir zu verstehen. Ich sollte einfach nur tun, was er anordnete.

Matthieu wollte wissen, wo die Waffe war. Ich zog sie aus der Hosentasche und reichte sie ihm. Auch die Patronenhülse, die ich eingesteckt hatte, händigte ich ihm aus. Matthieu entriegelte die Trommel des Revolvers und sah, dass sich keine weitere Patrone darin befand. Kurzerhand trat er hinaus auf den Balkon und warf die Mordwaffe so weit er konnte ins Meer. Stumm beobachtete ich ihn dabei, beobachtete, wie der Revolver durch die Luft segelte. Danach nahm Matthieu die Decke vom Bett, breitete sie am Boden aus und wickelte Monsieur Ackermann darin ein. Ich verspürte eine große Erleichterung, als nichts mehr von dem Toten zu sehen war.

– Hilf mir, ihn hinunterzutragen, sagte Matthieu.

Er ging voraus. Ich versuchte, meine Aufgabe so gut wie möglich zu erledigen. Mehrfach aber drohte ich auf der engen Treppe hinzufallen, so schwach war ich. Unendlich schwer kam Ackermann mir vor.

Irgendwann erreichten wir das Erdgeschoss und legten das Leichenbündel bei der Rezeption ab.

– Du lässt alle Aufzeichnungen, alle Indizien, die belegen, dass dieser Mann jemals hier eingecheckt hat, verschwinden, sagte Matthieu. Achte darauf, dass du nichts übersiehst. Nichts! Ich hole das Auto.

Unverzüglich machte er sich auf den Weg. Von außen sperrte er die Tür ab.

Die folgenden Minuten, die ich allein mit dem in die Decke gerollten Ackermann verbringen musste, kamen mir wie eine verdammte Ewigkeit vor. Ich stand an der Rezeption und blickte immer wieder zu dem Toten hinunter. Ich flehte, dass er sich nicht bewegen würde. Beinahe redete ich auf ihn ein, aber ich beherrschte mich, so gut es ging. Ich suchte den Meldezettel heraus, den Ackermann ausgefüllt hatte, und zerriss ihn in so kleine Teile, bis ich sie nicht weiter zerreißen konnte. Zuunterst steckte ich sie in den Müllsack. Ich versuchte, mich ganz auf die Arbeit zu konzentrieren, die getan werden musste. Penibel vernichtete ich alles, was auf Ackermanns Aufenthalt und sein existenzialistisches Experiment hinweisen könnte. Zimmer 11 war nicht vermietet worden. Das gesamte Hotel war an jenem Abend leer geblieben. Eine enorme Müdigkeit ergriff mich. Hätte nicht die Leiche zu meinen Füßen gelegen, ich hätte mich selbst auf dem Boden ausgestreckt. Ich sehnte Matthieus Rückkehr herbei. Ich zählte die Sekunden, da hörte ich von außen den Motor seines Citroëns und erkannte das Licht seiner Scheinwerfer. Matthieu stellte das Auto auf dem Gehsteig direkt vor dem Hoteleingang ab, sodass wir Monsieur Ackermann in der Totendecke sowie all sein Gepäck vom Hausgang geradewegs auf den Rücksitz des Fahrzeugs verfrachten konnten. Matthieu warf eine weitere Decke darüber. Dann entließ er mich.

– Geh in dein Zimmer, sagte er. Lösch das Licht im gesamten Haus. Öffne niemandem die Tür, unter keinen Umständen. Verstehst du? Ich komm so schnell wie möglich zurück und kümmere mich um den Rest.

Ich gehorchte. Eine Weile blieb ich noch im dunklen Hausflur stehen. Ich hörte, wie Matthieu von außen die Haustür doppelt verriegelte. Ich hörte den Motor des Citroëns starten. Ich hörte, wie er losfuhr. Eine fürchterliche Einsamkeit kam über mich. An der Rezeption stand Monsieur Ackermann. Ein Zimmer mit Meerblick, sagte er, seine Stimme gedämpft, brüchig. Ich ging an ihm vorbei die Treppe hinab ins Untergeschoss. Die Tür meines Zimmers stand noch immer offen, Lucy und ich hatten sie nicht hinter uns geschlossen. Du musst nachsehen, was passiert ist, hatte Lucy gesagt. Ich hatte nachgesehen. Nun blickte ich über den Balkon aufs Meer hinaus, das im fahlen Licht des aufgegangenen Mondes wie ein silberner Panzer schimmerte. Ich spürte, wie sich das Meer beständig hob und senkte in meinem Körper. Ich spürte Ackermanns Brief in meiner Hosentasche. Doch erst am nächsten Tag würde ich ihn hervorholen und lesen. Kein Licht im gesamten Haus, hatte Matthieu befohlen.

Mit der schmutzigen Kleidung, die ich trug, und ohne mir Gesicht oder Hände zu waschen, ließ ich mich irgendwann auf mein Bett fallen. Ich sank so tief in die Matratze ein, dass ich meinte, nie wieder aufstehen zu können.

– Höchstens fünf, murmelte ich. Dann ist sie vollständig aus unserem Blickfeld verschwunden. Der ganze Feuerball.

– Angeber.

In der Dunkelheit konnte ich Lucy gar nicht sehen.

So lange hielt ich meine Augen geöffnet, bis ich spürte, wie die Augäpfel austrockneten. Doch sehen konnte ich nichts als das Schwarz der Decke über mir und das schimmernde Nachtmeer draußen.

– Du bist nie hier gewesen. Dies alles hier ist nie geschehen, sagte ich zu Lucy.

Irgendwann nahm ich Geräusche im Haus wahr. Matthieu, der nun sämtliche Spuren beseitigte, die Monsieur Ackermanns Tat im Hotel und in Zimmer 11 hinterlassen hatte. Die Aufräumarbeiten drangen durch die Stockwerke zu mir herunter. Matthieu kümmerte sich um alles. Ich schloss die Augen und wusste, dass ich nun nichts mehr tun musste, außer Matthieu beim Arbeiten zuzuhören.

11

Im September setzte Matthieu mich darüber in Kenntnis, dass er einen neuen Auftrag für mich hätte. Frühmorgens saßen wir auf dem kleinen Balkon hinter der Rezeption zusammen, wo wir uns ungestört unterhalten konnten.

Ich war in den vergangenen Wochen wieder zu Kräften gekommen, aber es war Matthieu nicht entgangen, wie lethargisch ich seit der Ackermann-Geschichte meine Arbeit verrichtete. In diesem Zustand, in den ich gerutscht war, stellte ich mehr eine Belastung als eine Hilfe für ihn dar.

– Es wird dir guttun, ein wenig Abstand zu gewinnen, sagte er.

Ich nickte.

Matthieu hatte begonnen, sich Sorgen zu machen, einerseits um mich, andererseits um seine Geschäfte. Ich hatte mich als Schwachstelle in seinem System entpuppt. Die unbeholfene Art, wie ich mit Ackermann verfahren war, hatte Matthieu zu verstehen gegeben, dass er sich auf mich nicht blind verlassen konnte. Ich war nicht stabil, nicht selbständig genug, außergewöhnliche Aufgaben würde mir Matthieu in Zukunft nicht anvertrauen können. Er würde mich nicht fallenlassen, davon war ich überzeugt, ich würde sein Handlanger bleiben, aber er würde mich von nun an im Auge behalten.

Da ich davon auszugehen hatte, dass Matthieu mich observierte, brach ich den Kontakt zu Lucy weitgehend ab. Zwar telefonierten wir hin und wieder, aber ich scheute davor zurück, mich mit ihr zu verabreden. Ich durfte sie nicht noch weiter als bereits geschehen in dieses immer mehr mit einem Fragezeichen versehene Leben hineinziehen, in das ich mich verstrickt hatte. Es war ein Kartenhaus, das, trotz aller Professionalität, mit der Matthieu agierte, von einem Moment auf den nächsten zusammenkrachen konnte. Ich musste Lucy davon fernhalten, weniger denn je durfte ich riskieren, dass Matthieu auf sie aufmerksam wurde.

Des Öfteren dachte ich an die Feuertreppe, auch wenn mir das Vertrauen in diesen Fluchtweg abhandengekommen war. In Ackermanns Fall hatte er sich als nutzlos erwiesen. Ich zweifelte daran, ob ich, sollte der Notfall eintreten, das *Richard* rechtzeitig verlassen würde können. Wenn ich nachts auf meinem Bett lag und die Angst überhandnahm, die zu meinem ständigen Begleiter geworden war, bezweifelte ich sogar, ob ich dieses Hotel überhaupt jemals aus freien Stücken verlassen würde können. Würde Matthieu mich jemals wieder gehen lassen? Und falls ja: Wohin konnte ich denn gehen, was konnte ich denn tun? War der Mensch an seinen Schicksalsfäden aufgehängt, konnte er niemals werden, wozu er sich machte. Und wollte ich das Gegenteil beweisen, müsste ich wie Ackermann riskieren, mich selbst zu erschießen. Hätte ich Pech, würde mein erreichtes Wissen keine Millisekunde halten. Was ich auch tat, nie würde ich mein eigenes Wesen definieren, sondern das Nichts bleiben, das ich immer schon gewesen war.

In düstere Gedanken stürzte ich mich. Ich kam mir eingesperrt vor, aber gleichzeitig wusste ich nicht, was ich mit der Freiheit angefangen hätte. Die Wege der Freiheit beklemmten mich. Frei zu sein bedeutete, das Gewicht der Welt zu schultern. Dazu fühlte ich mich nicht in der Lage. In meiner Verzweiflung zog ich sogar in Betracht, heimlich zu flüchten und zurück nach Malmousque zu meinen Adoptiveltern zu gehen, zurück in die Geborgenheit, in die Unaufrichtigkeit, für eine Weile zumindest, um mich dort zu verstecken, oder sei es auch nur, um wenigstens die Adoptivmutter zu besuchen. Ich verspürte ein Verlangen, sie wiederzusehen. Klein und verloren fühlte ich mich. *Maman,* hätte ich zu ihr gesagt. Doch ich widerstand, denn ich wusste: Monsieur Toulet würde an ihrer Seite stehen. Die Flucht zurück in ihre Arme war keine Option, denn in die seinen hätte sie mich geführt.

Besser tat ich, was ich immer schon von Éveline Toulet gelernt hatte: ausharren, abwarten, meine schweigende Existenz aussitzen, sie durchstehen. *Das Leben sucht sich uns aus, nicht umgekehrt,* hatte *Maman* einmal zu mir gesagt. Es brauchte unser Zutun nicht. Der Tag würde kommen, darauf hatte meine Adoptivmutter immer vertraut, da würde alles anders sein. Was immer uns einengte, es würde vorübergehen. Neues würde geschehen, wenn die Zeit dafür gekommen war. Was sollte man Russisch Roulette spielen, um dies oder das Gegenteil zu beweisen? Es reichte aus, sich einfach damit zufriedenzugeben, mit dem Unwissen, mit der Unvollkommenheit. Sich abzufinden mit sich.

So gelang es mir nach und nach, Monsieur Ackermann aus meinem Kopf zu drängen. Mit dem Ende der Sommerhitze löste ich mich allmählich von ihm. Noch immer spukte das Ereignis in meinem Gedächtnis herum, gerade, wenn ich allein an der Rezeption saß, tauchte der kauzige Herr gern mit seinen zwei Taschen vor mir auf, *merci encore,* sagte er, die Augen hinter seiner randlosen Brille blickten durch mich hindurch. Doch ich schaffte es immer besser, ihn von mir wegzuschieben, je mehr Zeit verstrich, desto mehr hörte ich auf, bei jedem Sonnenuntergang an Ackermann und seinen Brief zu denken, den ich in einer Socke zwischen meinen Kleidern im Schrank versteckt hielt.

Zimmer 11 hatte ich ein einziges Mal wieder betreten, um mich davon zu überzeugen, wie sorgfältig Matthieu aufgeräumt hatte. Das Zimmer war inzwischen vollständig renoviert und strahlte als Prunkstück unseres Hotels. Wann immer einem Gast eine besonders schöne Unterkunft zugeteilt werden sollte, bekam er die 11. Ich hatte sogar ausdrücklich Anweisung, dieses Zimmer möglichst oft, bei jeder Gelegenheit, die sich bot, zu vermieten. Es sollte von Neuem beseelt werden, und als die Wochen vergingen, zeigte dieser Plan nach und nach Wirkung. Ich meinte förmlich zu spüren, wie mit jedem neuen Gast ein wenig Normalität zurückkehrte in unser Haus und in mein Leben. Jeder Hotelgast trug ein Stückchen des Albtraums fort, der sich hier abgespielt hatte. Nicht länger hatte ich die Last allein in meinem Kopf zu tragen. Ich musste nur geduldig bleiben, irgendwann würde sie ganz aus mir hinausgetragen sein.

– Es ist das schönste Zimmer, das wir haben, sagte ich zu einem jungen Pärchen, das eines Nachmittags eincheckte. Ich gebe es Ihnen zum selben Preis wie ein Standardzimmer, wenn Sie wollen.

– Das ist sehr freundlich von Ihnen, sagte die Frau, eine junge, blonde Französin mit Pferdeschwanz.

Abends lauschte ich an der Zimmertür und hörte, wie sie und ihr Liebhaber sich im Sonnenuntergang liebten, genau an jenem Ort, wo sich Wochen zuvor Ackermann das Hirn aus dem Kopf geblasen hatte.

Am folgenden Morgen fragte ich die beiden auf der Frühstücksterrasse, ob sie gut geschlafen hätten.

– Hat Ihnen das Zimmer gefallen?

– Absolut, sagte der kahlköpfige, frisch rasierte Mann. Es ist wirklich formidabel!

Er tunkte sein Croissant in den Kaffee, bevor er abbiss.

Nein, nein, sagte ich mir, ich musste mir keine Sorgen machen. Wieder und wieder, mantrisch sprach ich mir Mut zu, und da ich so viel Zeit mit mir allein verbrachte, fiel es mir gar nicht auf, wie ich mich mit mir selbst unterhielt. Die Dinge würden sich regeln, sagte ich mir. Wenn es so weit war, würde irgendjemand kommen und auf Neustart drücken. So, wie es immer geschah. Freispiel, François, würde er sagen. Einer wie du erhält ständig eine neue Chance. Andere gehen verloren, Menschen wie du tauchen unermüdlich auf aus dem Nichts.

Er sollte recht behalten.

Matthieu saß mir auf dem kleinen Balkon gegenüber und kam auf meinen neuen Auftrag zu sprechen. Er hatte mich nicht abgeschrieben, er gab mich nicht auf, er würde sich auch weiterhin um mich kümmern.

– Es ist etwas Ähnliches wie die Autotransporte nach Genf, sagte er im Licht des anbrechenden Tages. Du kennst ja das Prozedere. Es ist ein vergleichbarer Zahlencode, der dir am Zielort ausgehändigt werden wird. Nur wird der Ort diesmal New York und nicht Genf sein. Und es ist kein Auto, das du zu überbringen hast, sondern bloß ein Stück Papier. Da kann nichts schiefgehen.

– Das ist gut, sagte ich. Okay.

Mehrmals im Jahr war in großer Eile ein Scheck nach New York zu transportieren, den Matthieu oder einer seiner Laufburschen persönlich bei einer Bank in Manhattan abliefern musste. Um möglichst wenig Aufmerksamkeit zu erregen, wechselten die Kuriere ständig. Die nächste Übergabe würde Ende September stattfinden, diesmal sollte ich es sein, der sie abwickelte. Der Scheck musste so schnell wie möglich einem Mister Reynolds in der Downtown-Zentrale der Chase Bank übergeben werden. Ich durfte keine Zeit verlieren, denn jede verlorene Minute bedeutete verlorene Zinsen.

– Wenn es so weit ist, bekommst du von mir dein Flugticket, das versiegelte Kuvert mit dem Scheck und einen weiteren Umschlag in die Hand gedrückt. In diesem befindet sich ein zweiter Scheck für deinen Lohn. Viertausend Dollar. Mister Reynolds wird ihn dir an Ort und Stelle auszahlen, sobald alles erledigt ist. Mit dem Geld kannst du dir ein paar Tage oder Wochen freinehmen und dich in New York City vergnügen, wie du willst. Du warst ohnehin noch nie dort, stimmt's?

Selbstverständlich hatte ich keine Wahl. Diesen Auftrag abzulehnen, stand außer Frage, ich vergeudete nicht eine einzige Sekunde mit dem Gedanken daran. Im Gegenteil: Die Vorstellung, bald Tausende Kilometer vom *Richard* entfernt zu sein und mit Taschen voller Dollarscheinen durch Manhattan zu spazieren, beflügelte mich. Etwas Besseres hätte ich mir in meiner Situation gar nicht erträumen können.

– Das *Richard* sperren wir zu, bis du wiederkommst, sagte Matthieu. Jedes anständige Hotel macht hin und wieder Ferien.

Mit einem so liebenswürdigen Lächeln, wie ich es noch nie an ihm gesehen hatte, reichte er mir die Hand, und wir schlugen auf unsere Abmachung ein. Die Sonne war über den Hügeln im Südosten der Stadt aufgegangen und schien mir direkt ins Gesicht. Nachdem Matthieu weg war, blieb ich noch eine Weile auf dem Balkon sitzen. Ich schloss die Augen und versank in einer orangen Welt. Zukunft, dachte ich, ich mochte keine Vergangenheit haben, aber eine Zukunft hatte ich.

Es war ein September, wie selbst Marseille ihn selten erlebte. Jeden weiteren Tag bis zu meiner Abreise brannte die Sonne von früh bis spät auf unsere Stadt herab.

Eines Vormittags Ende des Monats tauchte Matthieu, wie üblich ohne Voranmeldung, im Hotel auf. Ich saß an der Rezeption und sah ihn durch die Haustür treten. Bereits im Näherkommen nickte er mir zu. Ich wusste: Der Augenblick war gekommen.

– Du hast fünf Minuten, um deine Sachen zu packen, sagte er.

Er hatte bereits ein Taxi für mich gerufen, das mich zum Flughafen brachte.

– Auf bald, sagte Matthieu, als wir uns verabschiedeten.

– Auf bald, sagte ich.

Es war das letzte Mal, dass ich ihn zu Gesicht bekommen habe.

Welcome to the United States of America, war in riesigen Lettern am *JFK*-Flughafen zu lesen, wo ich noch am selben Tag landete. Eine Neue Welt erwartete mich. Vielleicht würde wirklich alles hier neu sein, überlegte ich, alles anders?

Herzlich lächelte ich dem Immigration Officer zu, der meinen gefälschten Pass kurz inspizierte und ihn dann abstempelte.

– *Have a good day*, sagte der Beamte und wies mich in sein Land.

Le Nouveau Monde, dachte ich. Ungeduldig setzte ich einen Schritt in sie hinein.

Teil Zwei

FREISPIEL

1

Die Neue Welt: neu, anders – vielleicht –, aber deswegen nicht besser. Was mir in den Sinn kommt, das sind die zehn unwirtlichsten Orte unseres Planeten, die *Ten worst places to be.* So weit reichte mein Englisch noch, sogar ich konnte, zumindest anhand des eindrücklichen Bildmaterials, dem Artikel des *Weatherwise*-Magazins folgen, das ich in einem Café in New York zufällig in die Hände bekam. Die zehn lebensfeindlichsten Gegenden der Erde waren darin aufgelistet, Orte, an denen menschliches Fortleben faktisch unmöglich ist und für den, der es dennoch versucht, nichts als eine unerträgliche Strapaze bedeutet. Auch ich scheine nun an solch einem Ort angekommen zu sein.

Doch nein!, sage ich mir wieder und wieder vor – immer noch, mehr denn je spreche ich mit mir selbst –, *non!*, wiederhole ich, so schlimm ist Montréal nicht! Zwei Tage, zwei Tage werde ich es wohl noch aushalten, zwei Nächte vielmehr! Ich rufe es in die Nacht hinein, die um mich herum klirrt und heult und tobt und rast. Der 28. November, in den ich hineingelaufen bin, ohne zu schlafen, er ist bereits überstanden. Nur der 29. noch. Am 30. hebt abends meine Maschine ab.

– *Seulement deux nuits!*, brülle ich in den Nordwind, der viel zu rasch den Winter in die Stadt gebracht hat.

Ich verschlucke mich an meinen eigenen Worten, denn der Sturm, mein größter Widersacher, stößt sie hinab in meinen Rachen. Sobald ich den Mund öffne, fährt er grob in mich hinein, wie er in alles hineinfährt, das er erreicht, und er erreicht die ganze Stadt, das ganze Land, jede Straße, jedes Haus, alles ist sein jetzt, alles soll ihm gehören, auch ich. Und dennoch weiß ich, an welchen Orten es mir noch schlechter ergehen würde. Montréal steht nicht auf der *Weatherwise*-Liste. Auch wenn mich niemand hören kann, ich schreie diese Gewissheit hinaus in die Schneenacht. Montréal ist weit entfernt von den *Top Ten*, ein Durchschnittsort irgendwo auf der Nordhalbkugel, nicht mehr, nicht weniger.

Ein Durchschnittsort auch die gottverlassene Nische in der Innenstadt, wo ich jetzt Zuflucht suche, der überdachte Eingangsbereich des geschlossenen Kaufhauses unweit der Métro-Station McGill, aus der ich vertrieben worden bin, als die Grüne Linie kurz nach eins ihren Betrieb einstellte.

– Um halb sechs kannst du wiederkommen. Sofern du ein Ticket hast, meinte der mit Schlagstock, Taschenlampe und Werkzeugen behängte Sicherheitsbeamte.

Er sprach Englisch mit mir. Der zynische Ton in seiner Stimme war nicht zu überhören. Ich fauchte auf Französisch zurück.

– Um halb sechs bin ich entweder erfroren, sagte ich, oder ich stehe auch die restlichen Stunden noch durch, bis die Einkaufszentren öffnen.

Dann gab ich klein bei und verzog mich.

Unter unseren Füßen – das weiß er wie ich – schlagen die riesigen Shoppingmalls der Montréaler Innenstadt weitverzweigte Wurzeln. Über unzählige, klimatisierte Gänge sind sie miteinander verknüpft. Shoppingkatakomben. Unterirdische Glaspaläste. Eine Vitrine nach der anderen. Imbissstände, Parkbänke, Restaurants, ohne Zahl, ohne Anfang oder Ende. Brunnenanlagen, Kinos, Cafés. Alles in Sicherheit gebracht vor dem rauen Klima, mit dem man hier zu kämpfen hat, alles Stockwerke hinunter, unter die Erde verlegt.

Tagsüber halte ich mich in diesen unterirdischen Passagen auf. Auch im *Richard* wohne ich ja unterhalb der Straße, ich bin es gewohnt, mich im Untergrund zu verstecken. Wenn ein Wachmann kommt und mich auf das Schild *Merci de ne pas flâner* hinweist, nicke ich und mache, was ich unter Flanieren verstehe: Ich gehe ein paar neonbeleuchtete Ecken weiter und setze mich wieder hin, atme die warme, trockene Kunstluft ein, halte Ausschau nach nur halb verzehrten, appetitlichen Portionen. Kaum einer isst bei diesen Imbissbuden auf, was er bestellt. Die Einheiten sind zu groß, die Qualität ist kläglich. Bislang hat niemand meine Bitte abgeschlagen, seine Reste übernehmen zu dürfen. Im Gegenteil, ich bekam bereits einen Hamburger, eine Pizza und etliche Becher Kaffee spendiert. Auch auf eine *Poutine* wurde ich eingeladen, aber sogar hungrig fiel es mir schwer, diesen Haufen in Bratensoße aufgeweichter Pommes frites hinunterzuschlucken.

Ich will nicht wählerisch sein. Solange die Unterstadt geöffnet ist, geht es mir gut. Verspüre ich ein Verlangen nach Tageslicht, gehe ich hoch zur großen Bibliothek, wo die Toiletten sauberer sind als unter der Erde, geräumiger, weniger frequentiert. Den halben Tag habe ich gestern dort verbracht. Ich setzte mich im überhitzten dritten Stock in einen Lehnsessel bei der Comics-Abteilung und ließ mich von einem *Superman*-Band einschläfern. Nach der schlaflosen Nacht zuvor war das keine superheldenhafte Leistung. Schnell sank ich in mich zusammen, sank in einen traumlosen Schlaf, wurde nur hin und wieder vom eigenen Schnarchen geweckt. Erst zur Sperrstunde um 18 Uhr wurde ich des Ortes verwiesen und schleuste mich aus Mangel an Alternativen ins U-Bahn-Netz ein.

Ja, die Tage vergehen schnell in Montréal. Nur die Nächte, in denen mit dem Schlaf der Kältetod droht, ziehen sich in die

Länge, dehnen, strecken sich ins Unerträgliche. Sie fürchte ich. Doch nein, Frank, weise ich mich zurecht, zwei läppische Schneenächte wirst du wohl noch überstehen, Frank!

Aus der Métro-Station gespuckt, die vom Wachmann sogleich hinter mir verriegelt wurde, kämpfte ich ein paar Schritte gegen den Nordwind an, bis ich meinte zu erfrieren. Ich bog um die Ecke eines schwarzen Wolkenkratzers, ein Koloss aus Stahl und Glas, der jeder Witterung trotzt, und fand Unterschlupf am überdachten Nebeneingang des Kaufhauses. Bei diesem Wetter blieb mir nicht die Wahl, nach Besserem zu suchen.

Allzu schlecht ist er doch gar nicht, dieser Ort, höre ich durch das Gejaul des Sturms eine entfernte Stimme sagen, die die meine sein könnte, ja, die – es dauert ein wenig, bis ich mich davon überzeuge – tatsächlich die meine ist. Wenigstens sind wir einigermaßen windgeschützt. Ich rede in der Mehrzahl von mir selbst, das fällt mir auf, das werde ich korrigieren. Ich bin doch allein, äußerst allein. Es liegen keine anderen Obdachlosen herum, die entweder bereits tot oder unsagbar anstrengende Kollegen sind. Falls ich sterben muss, dann bitte nicht in ihrer Gesellschaft. Doch was rede ich da? Ich werde nicht sterben! Ich bin ein Findling, selbst an diesem Unort werde ich gefunden werden, bevor es zu spät ist.

Vom Abzug eines Entlüftungsschachtes im Gehsteig zieht warme Luft herüber – bilde ich mir zumindest ein. Abgestande Abluft aus den U-Bahn-Schächten, verbrannter Gummi, Bremsbeläge, Mundgeruch der Fahrgäste. Ich rieche diese Restwärme mehr, als sie zu fühlen. Ich schmecke sie. Eine Fußbodenheizung hast du sogar, Frank!

Neun Stunden liegen zwischen meinem Rauswurf aus der Métro und dem Öffnen der Läden um zehn Uhr morgens. Über zwei Stunden sind vergangen. Keine sieben Stunden also noch, dann kann für die Menschen dieser Stadt der sonntägliche Kaufrausch beginnen, und ich habe eine weitere Winternacht auf offener Straße überstanden. Keine sieben Stunden, vierhundert Minuten. Vierzig Stunden bis zu meinem Abflug, 2400 Minuten. Ich zähle alles mit. Das habe ich mir so angewöhnt. Jede Minute löse ich von mir ab, eine nach der anderen.

2

Matthieu hatte keinen früheren Flug finden können, sagte er, als ich freitagvormittags mit ihm telefonierte. Ich hatte keine Geduld und nicht genügend Kleingeld, um die Situation am Münztelefon länger mit ihm zu verhandeln. Ich hatte Matthieu im *Richard* angerufen, wo er Bürokram zu erledigen hatte, wie er es nannte. Er saß in meinem Rezeptionskämmerchen, unendlich weit entfernt von mir. Der Empfang war miserabel.

– Wir müssen den Laden endlich wieder aufsperren, verstehst du!, sagte Matthieu. Wenn du nächste Woche nicht auftauchst, kannst du bleiben, wo immer du bist.

– Ich will ja zurück, so schnell wie möglich!

Montag, 18:55, Air France, notierte ich, Ticket wird am Schalter hinterlegt.

– Es ist alles bezahlt, sagte Matthieu.

– *Bon. Merci.*

Der Telefonapparat fraß mein Geld, so gierig, dass ich mit dem Nachwerfen der Quarters kaum nachkam. Er wollte gefüttert werden und nahm mir die allerletzten Cents ab, die ich besaß.

– Kannst du dieses Wochenende noch durchhalten?, fragte Matthieu.

– Klar, sagte ich.

– *Bonne chance!*

– *Merci!*

Dann war die letzte Münze, die ich in meinen Taschen hatte, verschluckt und die Leitung getrennt. Das Freizeichen ertönte. Ich hatte nicht mehr hören können, wie Matthieu *auf bald* sagte, aber mit Sicherheit hat er das gesagt.

Eine Weile hielt ich den toten Hörer an mein Ohr, wohl weil ich nichts Besseres zu tun wusste. Ein Summton drang unangenehm aus dem Lautsprecher. An die Stelle von Matthieus Stimme trat ein unabänderliches Geräusch, kalt und monoton. Willenlos würde es sich in alle Ewigkeit erstrecken, würde niemand den Hörer zurück auf die Gabel legen. Auch das wäre eine Beschäftigung gewesen: einem Freizeichen stunden-, tage-, wochenlang zuzuhören, um zu sehen, ob es sich irgendwann von selbst abschaltete. Ich gab dem Signalton ausreichend Gelegenheit, sich abzuschalten, ich weiß nicht, wie lange ich zuließ, dass er sich in mein Trommelfell bohrte. Die größtmögliche Vereinsamung lag in diesem blechernen Klang, ein Gefühl des Abgeschnittenseins, das sich bis in mein Innerstes ausbreitete. Das trostlose Freizeichen beschrieb, wie die Welt mich ausgestoßen hatte.

Bevor einer wie ich immer wieder aufgefunden wird, muss er wohl immer wieder verlassen werden. Er muss sich verlieren, bevor ihn jemand finden kann. Ich war jetzt ein Mann am Ende seiner Sackgasse, ein Einsiedler in der Millionenstadt, ein Idiot ohne Dach über dem Kopf. Eine entsetzliche Endgültigkeit, so wie ich sie in Monsieur Ackermanns Brief erkannt hatte, meinte ich im nicht endenden Summen aus dem Hörer zu erkennen. *Drei Sekunden, dann abdrücken,* hatte Ackermann geschrieben. *Danach wird es entschieden sein.* Von der Telefonzelle, an der ich mich festhielt, bis nach Marseille reichte der Ton, über sechstausend Kilometer geradewegs hinüber in den Osten, bis in das Haus hinein, in dem Ackermann sich erschossen hatte, und trotzdem brachte mich dieses fürchterliche Summen meiner Stadt keinen Zentimeter näher. Im Gegenteil. Mein Abflug rückte in ungeheuerliche Ferne. Ich hatte keine Ahnung, wie ich die Zeit überbrücken sollte, bis das Flugzeug abhob, ohne auch nur einen einzigen Dollar zu besitzen. Es war noch nicht einmal Freitagmittag. Wie sollte ich die kommenden achtzig Stunden überstehen, vier Tage fast und vor allem drei Eisnächte?

Der Signalton hielt den Finger in die Wunde. Er quälte mich. Doch ich konnte nicht von ihm lassen. Ich ließ die Drei-Sekunden-Intervalle verstreichen, eines nach dem anderen. Ein Jetzt nach dem anderen zog durch meinen Kopf. Ich quälte mich selbst, indem ich den Ton auf mich einwirken ließ. Ich quälte mich, wollte mich quälen. Ich bestrafte mich für meine Dummheit. Bestrafte mich für Anni, meine Dummheit!

– Anni!

Von einer Sekunde auf die andere durchfuhr es mich.

Mit voller Wucht knallte ich den Hörer auf die Gabel und beendete die Tortur. Ich schaltete das Selbstmitleid ab, das mich überkommen hatte. Nun war die Leitung unterbrochen, meine Verbindung nach Frankreich war abgeschnitten.

Ich war ein Findelkind, sagte ich mir vor. François Thomas oder Toulet, kaum wusste ich es selber noch, François, der in Amerika zu Frank geworden war, ein Ire, ein Franzose, ein Ostdeutscher vielleicht, einer, der wieder und wieder gerettet werden würde. Eines Tages mochte die Zeit gekommen sein, den Kreislauf zu unterbrechen, doch nicht hier, nicht jetzt, an einem vom Frost angenagten Freitag Ende November in Montréal!

Der Telefonhörer musste für meine Dummheit büßen. Mehrere Male schlug ich mit ihm auf die Halterung ein. Schwarzes Plastik splitterte von der Ohrmuschel ab. Ich schlug weiter. Irgendwann ließ ich ihn fallen und hämmerte mit der Faust gegen die gewölbte Plexiglasscheibe. Erst als ich Blutspuren sah und ein stechender Schmerz die Hand durchfuhr, hörte ich auf. Alles war Annis Schuld. Wie konnte ich bloß!

In der anderen Hand hielt ich den Zettel, auf dem ich Matthieus Informationen mitgeschrieben hatte. Montag, 18:55, hatte ich hingekritzelt. Spätestens dann würde all dies hinter dir liegen, Frank, versuchte ich mich zu beruhigen. Anni und ihr Montréal. Hinter dir. Tief atmete ich durch. Eins. Zwei. Beruhige dich, Frank. *Besuch mich, wenn du willst. Ich würde mich freuen.* Auch das auf einen Zettel gekritzelt. Drei. Besuch mich, wenn du willst! Meine ganze Trümmerwelt eine einzige Kritzelei. Eine blutverschmierte, zerknitterte Kritzelei!

– Aaaah!

Jeder an der Straßenecke hörte es. A wie Anni. Mein Gesicht verkrampfte sich. Eine entsetzliche Fratze brüllte da über die eiskalte Straßenkreuzung an der Rue Berri hinweg. Die Passanten sahen auf. Die Skateboardfahrer, die Penner, die adretten Studentinnen. Die alte Dame mit dem Hut warf mir einen kurzen, angsterfüllten Blick zu und beschleunigte ihren Schritt. Aaaah! Ein Verrückter. Ein Verzweifelter. Bei weitem nicht der einzige in dieser Gegend. Und doch, er könnte gefährlich sein. Ich schrie sie an, die Alte und die anderen Menschen, die an einem Freitagmittag von der U-Bahn zu dieser heruntergekommenen Universität oder zum Gare d'Autocars oder in die Boutiquen, Cafés oder sonst wohin im Quartier Latin strömten. Ich schrie sie an, als wäre Anni unter ihnen. Ich knurrte sie an, trieb sie an, trieb sie auseinander. Sie waren eine aufgescheuchte Herde. Sie stoben auseinander. Ich schaffte es, sie alle zu vertreiben.

Dann ließ ich, von einem Moment auf den anderen, davon ab.

In großer Hektik, als hätte ich einem Plan zu folgen, knöpfte ich meine pelzgefütterte Jacke so fest ich konnte zu und begann, die Anhöhe in Richtung Plateau hochzueilen. Fluchtartig rannte ich die Straße hinauf, ich trachtete danach, so rasch wie möglich wegzukommen von dem Ort meiner Rage und vom zerschlagenen Telefonhörer. Völlig außer Atem erreichte ich wenige Minuten später den Scheitelpunkt des Hügels. Einen Moment hielt ich inne und blickte mich in alle Richtungen um. Doch wohin ich auch schaute, überall waren nur kältestarre Häuser und lebloser Asphalt auszumachen. An einem solch trüben Novembertag bewegten sich keine Menschen zwischen dem Stein und Beton, in dieser sich ins Nichts erstreckenden Ebene bot sich niemand an, dem ich die Schuld an meiner Misere zuweisen hätte können. Nur vereinzelt fuhren Autos die breiten, kurvenlosen Straßen der frostigen Stadt entlang, aus ihren Auspuffen wie aus den Schornsteinen der Häuser und der Fabriken am Horizont dampfte weißer, schmutziger Rauch, der im weißen, schmutzigen Himmel erstarrte.

Ich riss mich von dem trostlosen Anblick los. Lange genug würde ich ihm noch ausgesetzt sein. Ich begann zu marschieren, zügig entfernte ich mich aus der Innenstadt, als würde ich vor ihr davonrennen. Noch war es wenigstens hell, ich aber wollte nichts mehr sehen, sondern nur mehr stur geradeaus dahinziehen, bis meine Zeit in dieser unbemannten Asphaltwelt abgelaufen war. In meiner Erschöpfung gelang es mir allmählich, mich zu beruhigen und die Kontrolle über mich zurückzugewinnen. Nach und nach verlangsamte ich das Schritttempo und schaute verstummt auf den kalten, harten Boden unter mir, sah mir dabei zu, wie ich wie auf einem Laufband stoisch einen Fuß vor den anderen setzte. Links, rechts, links, rechts. Kilometer für Kilometer. Achtzig Stunden lang würde ich mir nun beim Gehen zusehen. Die Stunden abgehen. Umwege aus der Stadt hinaus nehmen. Achtzig Stunden irgendwie überstehen, achtzig Stunden Winter in Montréal.

Während ich die endlose, kerzengerade Rue St-Denis mit ihren schicken Modegeschäften entlangschritt, kamen mir plötzlich die sibirischen Dörfer, die patagonischen Anden-Gipfel, der K2 oder die Gebirgsregionen Alaskas in den Sinn, von denen ich im *Weatherwise* gelesen hatte. Ich entschied, an ihnen festzuhalten, der Gedanke an diese schlimmsten Unorte des Planeten beruhigte mich. Bewusst dachte ich mich ganz in sie hinein, ich dachte mich in ihnen fest und mit ihnen aus meiner Umgebung fort, ich stellte mir Schlimmeres vor, als das, worin ich gefangen war. So harsch mir der kanadische Winter in den kommenden Nächten auch entgegenschlagen würde, dem Vergleich mit den Winterstürmen, die unablässig die Bouvet-Gletscherinsel im Südatlantik peitschten, konnte er unmöglich standhalten. Ich schwor mir, nicht aufzugeben. Ein *Stürmchen,* nicht mehr wäre der Québecer Nordwind doch bloß, sagte ich mir. An einem Zebrastreifen hielt ich an und lachte über dieses Wort.

– Ein Stürmchen, lachte ich.

Blinkend zählte die Fußgängerampel die Sekunden herunter. Ein fünfzehnsekündiger Countdown bis zur roten Hand. Ich zählte mit. *Trois. Deux. Un.* Starr blieb die Null eine Weile stehen. Wieder war ein Jetzt vergangen. Erst als das weiße Zeichen zum Weitergehen erschien, setzte ich meine ziellosen Wege fort.

In Marseille hatte ich kein einziges Mal in meinem Leben eine rote Ampel abgewartet, außer mein Adoptivvater war in meiner Nähe gewesen.

Eine Windbö schoss harsch um die Ecke. Als hätte sie es auf mich abgesehen.

– Was willst du?, fuhr ich sie an. Ich gehe ja schon. Ich gehe ja schon.

Und ja, ich ging weiter und weiter, in den Nachmittag, in den Abend, in die Nacht hinein. Ich meinte, vielleicht nie wieder mit dem Gehen aufhören zu können.

3

Heute nun bin ich zum Stillstand gekommen, einen Tag und fast zwei Nächte später. Knapp vier Uhr morgens ist es, Sonntag. Viel kälter, sage ich mir, kann es heute nicht mehr werden.

In mich zusammengekauert verharre ich am Kaufhauseingang in der Innenstadt. Der Schneesturm tanzt durch die Avenue Union. Er fordert mich auf, mit ihm zu tanzen, einen Todeswalzer in den Sankt-Lorenz-Strom hinein, dessen Wasser klirrt und klumpt. Ich kann nicht mehr. Auf Umwegen suchte ich dieser Stadt zu entkommen. Auf meinen Umwegen bin ich in ihrem Zentrum gelandet. Ihr Häftling bin ich, im Gefängnishof habe ich meine Runden gedreht, nun untersagt sie mir das Weitergehen. Zu kalt und zu stürmisch ist es, um sich zu bewegen, zu kalt und zu stürmisch, um stehen zu bleiben. Ich presse mich gegen die eisige Stahlwand, lasse mich an sie gelehnt zu Boden rutschen. Ich mache mich so klein wie möglich, verstecke mich in mir, wie ich es an der Tür von Zimmer 11 getan habe. Ich murmle, stammle, rufe irgendetwas vor mich hin, in der Hoffnung, es möge mich warm halten.

– *Rigolo!*, rufe ich in mich und in den Sturm hinein, der bereits in mir wohnt.

Kaum höre ich die Rufe. Doch die Stimmbänder schmerzen. Das ist gut. Jede Stelle meines Körpers schmerzt. Das ist gut. Wer Schmerz empfindet, lebt, erinnere ich mich.

Monsieur Rigolo taufte ich den kanadischen Winter, der gestern auf der Rue St-Denis noch kraftlos, heute aber mit großer Macht von den Schneeflächen der Laurentides her, aus den arktischen Weiten nördlich der Stadt bis in jede ihrer Ritzen drängt. Die Eiskristalle, die er mit sich führt, sie schlagen mir ins Gesicht.

– Wer, denkt ihr, dass ihr seid?, frage ich sie.

Sie aber lachen mich nur mit ihren schrillen Stimmchen aus. In Schwärmen jagen sie an mir vorbei. Ha, ha, Frank, ha, ha, höre ich sie spotten.

HaHaHa hieß das Kuriositätengeschäft, auf dessen hölzerner, mit infantilen Malereien lachender Grimassen verzierten Veranda am Boulevard St-Laurent ich der gestrigen Winternacht trotzte. Gegen Mitternacht ließ ich mich dort nieder, noch hatte es kaum Minusgrade, und der Wind war zu schwach, um die trockene Kälte zu multiplizieren. Stundenlang hätte ich es auf den rot gestrichenen Holzplanken ausgehalten. Doch ich hatte sie nicht für mich allein. Zu viele von uns gab es, die sich die Nachtquartiere Montréals teilen mussten. In der Dunkelheit drängten die Nachtgestalten herbei, Gestrandete wie ich, nur dass sie für immer gestrandet zu sein schienen. Zu tief waren sie in den Straßen versunken, um diesen jemals wieder zu entkommen. Einer nach dem anderen begannen sie, mir Gesellschaft zu leisten, auch Pärchen waren unter ihnen, manche mit Hunden, die sich kaum von ihnen unterschieden, sie schoben Einkaufswagen oder rollende Abfalleimer vor sich her, sie karrten Decken, Schlafsäcke, Weinflaschen herbei. Hunderte lungerten wie ich bei Temperaturen knapp über dem Gefrierpunkt in dieser Gegend herum, hingen von einem Tag in den nächsten hinüber, versuchten, eine Nacht nach der anderen zu überleben, oder auch nicht, wie auch immer. Ihr Wille war längst gebrochen, sie ertrugen die Umstände nur noch, weil sie keine andere Wahl hatten, bis es eines nahen Tages damit vorbei sein würde. Sie redeten zu mir in ihrer Sprache, die zu verstehen ich mich sträubte. Mal warfen sie mir englische Brocken zu, mal französische, mal anderes, vielleicht frei Erfundenes. Antworten erwarteten sie keine.

Mir dienten diese Kreaturen als Warnung. Auch ich hatte in der Kälte und Hoffnungslosigkeit dieser Nacht bald jegliche Ambitionen verloren, wenigstens aber bemühte ich mich noch, mich von meinen Leidensgenossen abzugrenzen. Ich würde montags die Straße verlassen und zurück nach Marseille fliegen, hielt ich mir vor Augen, ich würde schaffen, was sie nicht schafften. Ich hatte ein Ziel, sie hatten keines mehr, ich zählte die Stunden, Minuten und Sekunden, sie hatten längst das Zählen aufgegeben. Der Rhythmus der Zeit spielte in ihrer Straßenwelt keine Rolle mehr, denn chancenlos waren sie in der Gegenwart verhaftet. Ich sonderte mich von ihrem Elend ab, und dennoch merkte ich, wie ich durchrutschen und auf ihre Seite wechseln, wie rasch ich ihre Wahrnehmung hätte annehmen können. Hätte ich nicht trotzig an meinen Flieger geglaubt, der montags um 18:55 Richtung Marseille abheben würde, wie schnell wäre ich wie sie mit nichts anderem mehr beschäftigt gewesen, als nur nicht zu krepieren?

Womöglich hatte auch ihr Abstieg mit einer Anni begonnen?, überlegte ich.

Nein, so dumm konnte niemand sein!

Niemandem erzählte ich davon, auch nicht dem Sozialarbeiter, der plötzlich auf der *HaHaHa*-Veranda auftauchte. Ich fühlte mich von ihm nicht angesprochen. Er musste die anderen meinen, die die Nacht im Freien verbrachten. Mit großer Geste wies ich seinen Vorschlag zurück, mich im Obdachlosenasyl anzumelden.

– Das *Maison du Père*, sagte er.

– Ich bin kein Obdachloser.

Ob ich lesen könne, fragte er allen Ernstes, ein milder, vergebender Tonfall in seiner Stimme, als redete er mit einem Kind oder Geisteskranken. Ein paar Tage lang hatte ich kein Dach über dem Kopf und keinen Sou in der Tasche, schon wurde mir jede Fähigkeit und Würde aberkannt. *Das Maison du Père bietet 170 Notbetten*, stand auf dem Informationsblatt, das er mir aushändigte. *Jede Übernachtung kostet einen symbolischen Dollar, höchstens fünfzehn Nächte pro Monat sind gestattet. Wer einen Platz bekommt, hat strenge Hausregeln zu befolgen, an oberster Stelle die obligatorische Dusche.*

Ich sagte dem Streetworker nicht, dass ich selbst den einen symbolischen Dollar nicht besaß. Ich verkniff mir jegliches Interesse an seinem Angebot. So tief unten war ich nicht, dachte ich. Fast hätte ich es gesagt. Stattdessen sagte ich: Danke, aber ich kann bei Freunden unterkommen.

Er schmunzelte. Tausendmal hatte er wohl schon einen solchen Satz gehört.

– Wohnen sie hier in der Gegend, deine Freunde?, fragte er.

– Jaja, nicht weit von hier.

Ich zeigte mit dem Finger den St-Laurent hinauf und machte mich sogleich daran, in diese Richtung loszumarschieren.

– Ich kann dich gerne begleiten.

– Nicht nötig!

Ich hatte weder Lust, an abendlichen Diskussionsrunden der Anonymen Alkoholiker teilzunehmen, noch im Morgengrauen vor dem *Maison* auf die Straße gesetzt zu werden, gemeinsam mit Dutzenden jungen und alten Männern, die in einem Klüngel stehen blieben, weil sie nicht wussten, wohin sie gehen sollten. Manche stellten sich sofort wieder für die nächste Nacht an, drängten sich in ein um viele Ecken gezogenes Geländer, das als schmale Gasse zur Eingangstür führte. Andere, Geschäftstüchtigere, suchten tagsüber ihre abgesteckten Reviere an den umliegenden Verkehrsampeln auf, um Windschutzscheiben zu putzen. Wieder andere gingen im Viertel kleinen Geschäften nach oder bettelten, um wenigstens den einen Dollar für die Nacht zusammenzubringen.

An kalten Tagen bildete sich schon vormittags eine lange Schlange vor der Eingangstür. Ich hatte sie selbst gesehen, als ich wenige Tagen zuvor noch in einer anderen Liga gespielt und das Geld besessen hatte, um im *Labelle* zu übernachten, das nur einen Steinwurf vom *Maison* entfernt war und dessen Standard nur unmerklich höher war. Statt *Hotel Labelle* hätte es sich Refugium nennen sollen, *Refuge Labelle*, das wäre ehrlicher gewesen. Drei Nächte lang hatte ich dort mein letztes Geld verschwendet, aber wenigstens hatte ich im *Labelle* nicht die Kleider am Empfang abgeben und nach der Dusche Hausunterwäsche anziehen müssen wie jene, die den Kampf um die letzten Betten im *Maison* gewannen.

Nur ein kleiner Teil der Landstreicher kam nachts von der Straße weg. Der Rest blieb im Freien. Ich blieb im Freien. Ich machte, dass ich fortkam. Ich stapfte, das *HaHaHa* in meinem Rücken, den Boulevard St-Laurent entlang durch die Eisnacht, ich drehte mich noch einige Male um, um zu sehen, ob mir der Streetworker folgte. Doch der hatte bereits andere Sorgen. Er war mit anderen Herumliegenden beschäftigt, mit Menschen, die aussahen wie Müllsäcke. Sie hatten es dringender nötig als ich, dass er sich um sie kümmerte.

Irgendwann hatte ich mich so weit von ihnen entfernt, dass sie nur mehr wie Knäuel wirkten, unscharfe Schmutzflecken im Dunkel der Nacht. Ich hatte sie weit hinter mir gelassen, ich musste mich nicht länger mit ihnen abgeben. Unbeirrbar marschierte ich weiter, bei roten Ampeln hielt ich nicht mehr an. Ich ging in den Norden der Stadt und von dort zurück in den Süden der Stadt, durchwanderte sie, bis ich umzufallen drohte, wanderte weiter, bis ich weder denken noch reden, noch meine steif gefrorenen Finger bewegen konnte, hielt durch, während eine Stunde blechern in die nächste fiel und irgendwann in derselben unausweichlichen Novemberfinsternis, von der ich mich nie mehr loszusagen meinte, die Türen zur Métro und hinunter in die *Ville Souterraine* geöffnet und deren polierte Einkaufsmeilen freigegeben wurden.

Ich trat durch ihre Lichtschranken. Die Neonbeleuchtung blendete mich, als ich ungelenk und halb taub vor Kälte hinunterstrauchelte, beinahe stürzte ich über die Rolltreppe hinab, so entkräftet war ich. An der ersten Nische, die ich fand, sank ich in mich zusammen, ein kleiner Mauervorsprung, wo ich absitzen konnte. Nun endlich war ich gerettet, nun endlich konnte ich sitzen bleiben, ohne zu sterben, endlich verschnaufen, endlich mich aufwärmen. Die erste Nacht war überstanden.

– Klar kann ich das alles ein paar Tage lang überstehen, hatte ich Matthieu versichert.

Tage. Nächte. Ich hatte keine Ahnung gehabt, wovon ich rede.

Als ich nun allmählich auftaute und zu mir kam, begann ich unweigerlich, noch bevor ich an Essen oder Trinken dachte, jeder jungen zierlichen Frau, die im bald einsetzenden morgendlichen Betrieb an mir vorbeikam, nachzublicken und zu überlegen, ob sie Anni sein könnte. Vielleicht würde ich sie ja zufällig entdecken?

Eine gutgelaunte Angestellte der Van-Houtte-Kaffeehauskette wurde auf mich aufmerksam. Sie sah Anni zwar in keiner Weise ähnlich, aber sie spendierte mir einen Kaffee.

– *Merci,* sagte ich. *C'est très gentil.*

Das dünne Gebräu war die Belohnung dafür, dass ich meine erste Nacht auf der Straße überstanden hatte. Zwei Nächte noch galt es zu meistern. Ich trank in winzigen Schlucken. Vielleicht nickte ich auch kurz ein. Irgendwann war der Kaffee jedenfalls kalt. Irgendwann leer. Auch die Van-Houtte-Verkäuferin war nicht mehr da.

Und Anni hatte ich nirgends entdeckt.

Währenddessen stürzte das Thermometer ab. Sobald ich mittags aus den Shoppingkatakomben hinaus ans stumpfe Tageslicht trat und der Wind mich zurückwies, wusste ich: Die zweite Nacht würde schwieriger werden.

Ich sollte recht behalten.

4

Wenigstens macht mir niemand den Kaufhauseingang streitig, in den ich mich verkrieche. Nach und nach werde ich zugeschneit. Ich zittere, keuche, knurre, singe, ich klatsche in die Hände, stampfe auf den Boden. Klack. Klack. *If you're happy and you know it, clap your hands.* Klack, klack. *If you're happy and you know it, stomp your feet.* Klack. Klack.

Der Klang von gefrorenem Fleisch. Ein hohles, helles Klacken. Ein Geräusch wie jenes, das Monsieur Ackermanns Plastikstuhl machte, als er umfiel und die Leiche auf den Boden rutschte.

Bei Picard kaufte ich in Marseille manchmal tiefgekühlte

Steaks. Ich zog sie aus den riesigen Gefriertruhen heraus, und wenn eines zu Boden fiel, weil es zu kalt und rutschig zum Tragen war, konnte man es im ganzen Laden hören, dieses unnatürliche Geräusch, weder an Holz noch an Metall erinnerte es, dermaßen eindringlich war es, eben genau weil es sich nicht zuordnen ließ. Sogar jetzt im Schneegestöber Montréals würde sich dieser Klang durchsetzen. Doch niemand ist da, um ihn zu hören.

Auch ich wäre besser nicht hier, sondern hätte diese zweite Straßennacht im *Maison* verbringen sollen – eine Einsicht, die zu spät kommt. Morgen aber, denke ich. Morgen muss es sein. *550, Boulevard René-Lévesque Est.* Laut spreche ich mir die Adresse vor, die ich aus Langeweile so oft gelesen habe, dass ich sie im Schlaf wiedergeben könnte. Im *Joual* spreche ich sie aus, dem Québecer Dialekt, der mich irritiert, das langgezogene Kaugummifranzösisch, über das wir Mutterländer lachen, bis uns das Lachen vergeht. *Demain, cinq cinquante, Boulevard René-Lévesque Est. Demain.* Morgen. Dutzende Male wiederhole ich die Adresse, *cinq cinquante,* als käme ich ihr dadurch näher. *Boulevard René-Lévesque Est.* Morgen, 550. Wenn es das für mich noch gibt: morgen.

Warm wird mir auch dadurch nicht. Ich entscheide, auf den Gehsteig zu kriechen und mich bäuchlings auf das Abluft-Gitter zu legen. Dann werde ich von oben zwar zugeschneit, von unten aber warm gehalten, Nase, Bauch, die Schuhe hineingegraben in die Gummiluft, die hochsteigt.

4 Uhr 15. Der Kältepol der Nacht. Ich krieche aus meinem Versteck.

Die Eiskristalle sind lebendig geworden. Sie toben, wüten, laufen Amok auf offener Straße, die ihnen allein gehört, eine irre Raserei. Wie Geschosse prallen Eispartikel an mir ab. Sie zerschneiden meine Wangen mit feinen Klingen. Ich spucke zurück. Sonst habe ich ihnen nichts entgegenzusetzen. Die Spucke bleibt in meinem Bart hängen, verklumpt im Schal, der längst Teil meines Körpers geworden ist. Meine Kleidungsschichten sind Schutzschichten im Kampf gegen Monsieur Rigolo und die Schrotladungen von Eispatronen, die er durch die Stadt hetzt.

– Rigolo, du Arschloch! brülle ich.

Seine Frostböen heulen zurück, zerstäuben meine Stimme, reißen sie mit sich zum nächsten Häuserblock, wo niemand ist, zum nächsten, wo niemand sein kann, weil überhaupt niemand mehr hier ist, weder Geschäftsleute noch Studenten oder Touristen, niemand außer mir.

Ich erreiche das Gitter am Gehsteig. Gesicht nach unten lasse ich mich niedersinken. Ich bohre mich hinein in das bisschen Wärme des Entlüftungsschachts.

Würde man mich so auf dem Gehsteig liegen sehen, käme man zur Überzeugung, ich wäre tot. Ein Winteropfer. Wieder hat es einen Obdachlosen erwischt. Wie ganz Downtown ist er gestorben. Alle sind verschwunden, nur er ist hier, liegt am Boden, ein Mann, der in dieser Stadt nichts weiter zu suchen hat.

Seit dem Wachmann, der mich vor Stunden aus der Métro geworfen hat, habe ich keinen Menschen mehr gesehen. Ich blicke hinab in das tiefe Schwarz, hinunter ins Labyrinth der Kanäle Montréals. Kurz überlege ich, Annis Zettel, den ich Idiot noch immer bei mir trage, aus der Jackentasche zu wühlen, ihn zu zerknüllen und durch das Gitter in das bodenlose Loch hinabfallen zu lassen. Dann wäre er, was er ist: Abfall.

Doch ich bewege mich nicht mehr. Ich starre in die Innereien der Straße. Bald trocknen meine Augen so aus, dass ich sie schließen muss.

Sogleich schwebe ich in eine grenzenlose Finsternis. Es ist, als würde ich an Gewicht verlieren. Es scheint, dass auch der Sturm über mir an Wut und Kraft verliert.

Beim Zahnarzt fiel mir immer auf, wie sich der Schmerz vervielfachte, wenn ich auf dem Zahnarztstuhl die Augen zumachte. Im geschlossenen Eigenraum schaukelten Schmerzen und Angst sich gegenseitig hoch, bis ich panisch die Augen aufriss und den Zahnarzt bei der Arbeit in meinem Mund beobachtete oder, besser noch, mich auf seine Assistentin konzentrierte, deren Gesicht nur wenige Zentimeter von meinem entfernt war. Ihr Kinn, ihre Lippen, jede Hautunreinheit, jeder Speichelfaden kam mir gelegen, alles war schöner als das, was meinen Zähnen angetan wurde. Mit geschlossenen Augen war es unmöglich, sich abzulenken.

Jetzt aber ist es andersrum. Halte ich die Augen geschlossen, wird mir wärmer. Als würde ich eine Tür schließen und den Winter aussperren.

Ich lasse mich in das Nichts fallen, das sich vor mir eröffnet. Punkte, Striche, Farben entdecke ich. Konturen, Gebilde. Wie Nordlichter zuerst. Bald formieren sie sich zu stehenden und laufenden Bildern. Die Innenseiten meiner Augenlider werden zur Leinwand. Die warme Abluft projiziert Aufnahmen auf meine geschlossenen Augen, Abbildungen ausgetrockneter Hitzegegenden. Ich sehe Landstriche, die unerträglicher Hitze ausgeliefert sind. Die Glut, die täglich die iranische Lut-Wüste verbrennt. Afrikanische Sandmeere. Die Fotografien aus dem *Weatherwise*-Magazin werden lebendig. Die Bilder springen. Algerien. Niger. Der Tschad. Jeden Tag springt die Temperatur über vierzig Grad hinauf und hinunter. Ab einem bestimmten Punkt ist Hitze von Kälte nicht mehr zu unterscheiden. In meinem Augenkino ist selbst die Antarktis heiß, die Wostok-Station der Russen auf über dreitausend Meter

Seehöhe im Landesinneren des Eiskontinents, die Nummer eins der zehn unwirtlichsten Orte unseres Planeten. Ich bin am Endpunkt angelangt, weiter hinein in die Feindlichkeit geht es nicht. Von nun an hört alles nur auf. Die Bilder werden schwächer, flacher, verschwommener. Sie dünnen sich aus, ich verliere sie. Vielleicht schlafe ich ein? Ich schlafe, ich erwache nicht wieder, nie wieder will ich erwachen. Ich bin kein russischer Forscher, nein. Ich bin ein dünnhäutiger, rothaariger Marseillais. Ich kann das hier nicht überstehen. Montréal hat sich seinem Herrscher, dem Winter, ergeben. Ich darf dasselbe tun. Ich ergebe mich. Die Abluft aus dem Boden bettet mich in die letzte Nacht.

Und plötzlich fällt mir Oimjakon ein. Ich weiß nicht, warum. Deutlich steht dieses Wort vor mir. Von rechts nach links gleiten seine Buchstaben über meine Augenlider. O i m j a k o n. Eine Ortschaft in der russischen Teilrepublik Sacha. Platz zehn der Liste.

Ich erinnere mich an das Foto der gefrorenen Brücke. Hunderte Eis- und Schneeschichten haben sie verformt zu etwas unwirklich Schönem, etwas Bewundernswertem und Furchterregendem. Die Brücke von Oimjakon. Eisweg über Eisfluss. Eiszapfen, die bis hinein ins meterdick gefrorene Wasser reichen, eine chaotische Skulptur, beleuchtet von Straßenlaternen, die so eisverkrustet und schneeverweht sind, dass nichts als eine Idee von Licht aus ihnen dringt.

Unvergleichlich kälter als in Montréal muss es in diesem Moment in Oimjakon sein.

In Zeitlupe forme ich meine Lippen zu einem O.

– Oooh, hauche ich durch das Gitter hinunter in den Boden.

Warmluft sauge ich durch das Gitter und meine O-Lippen in mich zurück.

– Oooh. Oooh. Oooh.

Ich lasse Luft aus mir hinabfallen, nehme Luft von unten auf.

– Oooh-i-m. O-i-m.

Ich spüre, dass ich immer noch lebe.

In Oimjakon wäre ich nicht mehr am Leben.

– O-i-m-j-a-k-o-n.

Auch auf der Bouvet-Insel nicht. Nichts außer vereinzelten Flechten und Moosen hält dort dem ewigen Winter stand. Kein Forscher bleibt länger als ein paar Stunden auf dem Eiland. Montréal hingegen ist eine schöne Stadt. *Une belle ville,* sagte Anni.

Anni!

– Anderthalb Millionen Einwohner hat Montréal, sagte sie.

– Marseille auch fast, sagte ich.

Ich dachte wirklich, das konnte kein Zufall sein, wie wir beide aus vergleichbaren M-Städten kamen. Auch dachte ich an M wie *Maman,* Monsieur, Matthieu. Ich sprach das alles nicht laut aus, aber ich lächelte, lächelte Anni an, und Anni lächelte zurück. Dann ging ich auf die Toilette und sah sie nie wieder. Ich suchte sie, aber ich fand sie nicht. Nur den Zettel fand ich, auf dem sie mir ihre Adresse hinterlassen hatte. *Besuch mich, wenn du willst,* hatte sie geschrieben. *Ich würde mich freuen.*

Umständlich krame ich jetzt mit meinen unbeweglichen Fingern diesen Zettel aus der Tasche. Ich bekomme ihn zu fassen. Ich zerknülle ihn. Ich stecke ihn mir in den Mund, zerkaue ihn, beiße auf ihn, so fest wie möglich, bis ich ihn schmecken kann. Das Papier. Die Tinte. Den Dreck. Es schmeckt ekelhaft.

Dann öffne ich den Mund und hauche den Zettel durch das Gitter hindurch hinunter in die Dunkelheit. Meine Augen sind nun weit geöffnet. Ich sehe dem Zettel beim Hinunterfallen zu. Ich blicke ihm nach, schnell aber entzieht er sich meinem Blick und verliert sich in der Finsternis. Er ist jetzt nicht mehr Teil von mir, sondern Teil von Montréal.

Danach verliere ich keine Zeit und raffe mich auf.

Es tut weh, sich auf dem Gehsteig hochzukämpfen, alles tut weh. Doch tatsächlich: Der Sturm hat ein wenig nachgelassen. Vielleicht hat er das. Ich schleiche zurück zum Kaufhauseingang und drücke mich so fest ich kann in die Ecke hinein.

Kurz nach fünf ist es. Beinahe ist nun auch diese Nacht überstanden.

5

Wie schnell es geht. Wie schnell sich ein solcher Abstieg vollzieht!

Keinen Monat ist es her, da saß ich in diesem New Yorker Café auf der Fifth Avenue, die Taschen voller Dollars, schlürfte einen XXL-Cappuccino, streute Zimt und Kakaopulver auf den Milchschaum und blätterte durch die Seiten des *Weatherwise*-Magazins. Ich stellte mir vor, wie schrecklich all diese Orte waren, wo es Menschen bisweilen hin verschlug. Wie schlimm es die Einwohner von Oimjakon erwischt hatten. Ich hörte nicht auf, dieses Bild der gefrorenen Brücke anzustarren. Minus siebzig Grad, dachte ich. Wie halten die das nur aus?

Wenige Tage, nachdem ich von den Hitze- und Kältepolen der Erde gelesen hatte, traf ich Anni, die kleine, zarte Füchsin in der Alcatraz-Bar. Meine Euphorie über die Vereinigten Staaten hatte sich bereits gelegt. Es war wie mit dem Geldgürtel, in dem ich das Bargeld aus der Chase Bank getragen hatte. Kurz nach der Ankunft in Manhattan war er prallgefüllt gewesen, im Lauf der folgenden Wochen dünnte er sich zusehends aus. Je weniger Dollarnoten ich besaß, desto sinnloser fühlte sich ein Aufenthalt hier an. Ich begann mir Gedanken darüber zu machen, was der ungehemmte Kapitalismus mit den Leuten machte. In dieser Stadt, die noch mehr Schmelztiegel als Marseille war, vermischten sich Menschen aus der ganzen Welt, aber statt die Errungenschaften aus allen Kulturen zusammenzutragen, einigten sie sich auf den kleinsten gemeinsamen Nenner: Geld. Es stand über allem, alle rannten ihm hinterher und hörten auf, sich um den Rest zu kümmern. Ich hatte Geld, zumindest eine Weile trug es mich durch die amerikanische Gesellschaftsordnung. In den kommenden beiden Monaten aber – von meinem Eintreffen in New York mit Matthieus Scheck in der Hand bis zu dem mittellosen Zustand, in dem ich heute versuche, Tage und Nächte wie ein Straßenköter im eisigen Montréal zu überstehen – änderte sich dies. Im Laufe der Zeit habe ich den schleichenden Fall durch alle Schichten des Systems erfahren. Von oben nach unten rutschte ich durch, bis es scheinbar nicht mehr tiefer ging.

Vielleicht tut der Aufprall deshalb so weh, weil der Start in Manhattan ein so hohes Niveau hatte? Ich konnte den Reißverschluss des Geldgürtels kaum zuziehen, so viel *fric* hatte ich hineingestopft. Erfolgreich hatte ich die Chase Bank aufgesucht und Herrn Reynolds ausfindig gemacht. Ich hatte ihm, ohne viele Worte zu verlieren, Matthieus Kuvert mit dem Scheck überreicht.

– *Thank you, Sir,* sagte Herr Reynolds und händigte mir nach kurzer Prüfung der übergebenen Papiere einen Zettel mit einem jener Zahlencodes aus, die ich von den Autotransporten nach Genf kannte.

Ich prüfte, ob dreimal die 8 zu finden war. Danach reichte

ich Herrn Reynolds den zweiten Umschlag. Nach kurzer Sichtung dieses Schecks zahlte mir der Bankangestellte meinen Lohn aus: viertausend Dollar in bar. Höflich verabschiedete ich mich und fragte, wo die Toiletten zu finden waren. Im Klo der Chase Bank packte ich all die Dollarscheine in den Geldgürtel. Dann trat ich aus der Bank hinaus ins Licht der tiefstehenden Sonne, die Manhattan wie ein Juwel beleuchtete. Beinahe hätte ich einen Jubelschrei von mir gegeben. Wie der König von New York kam ich mir vor. Ich stolzierte die Steintreppe des Bankgebäudes zur Straße hinunter und ahnte nicht, dass mit diesen Schritten mein Abstieg begann.

Wohl war ich vom Schein der Banknoten in meinem Gürtel geblendet. Die ersten Tage wohnte ich in einem teuren Hotel, im erstbesten, das mir während einer rein der Akklimatisierung dienenden Taxifahrt durch Midtown aufgefallen war. Der verglaste Eingang des Hauses hatte mir zugesagt.

– *Stop!*, hatte ich dem Fahrer von der Rückbank aus zugerufen. Hier will ich aussteigen!

Ich gab dem Mann ein ordentliches Trinkgeld, das er zu schätzen wusste. Feierlich stieg ich aus seinem Wagen, und geradezu weltmännisch betrat ich, nachdem ich mich kurz und mit Genugtuung mit meiner neuen Nachbarschaft vertraut gemacht hatte, die Lobby des Viersterne-Hauses. Ich warf der Dame an der Rezeption ein freundliches Lächeln zu und fragte sie nach der höchsten Etage, die sie mir anbieten konnte. Irgendetwas mit *Top Floor* prasselte aus ihr heraus, und ich bewertete es mit einem *Great*. Ob ich in bar oder mit Karte zahlen wolle, fragte sie mich. In bar, antwortete ich – was für eine Frage! –, und in größter Selbstverständlichkeit blätterte ich ihr die Banknoten auf den Tresen. Aus einer Laune heraus hätte ich ihr fast erzählt, dass wir Kollegen waren und auch ich an einer Hotelrezeption arbeitete, aber ich zügelte meine Zunge, auch weil es mir zu mühsam und umständlich gewesen wäre, dies mit meinem beschränkten Englisch auszudrücken.

Wenige Minuten später ließ ich hinter mir die Tür meines Zimmers in den Rahmen fallen. Reglos blieb ich eine Weile an Ort und Stelle stehen. Durch das Panoramafenster vor mir sah ich, wie sich das goldene Licht der Abendsonne in den Glasfassaden der Wolkenkratzer spiegelte. Ich war wie Ackermann zu solch einer glühenden Stunde in einem Hotelzimmer angekommen, nur plante ich nicht wie er, mein Leben auf die Probe zu stellen, sondern wollte es bestaunen. Den Moment in vollen Zügen auskostend trat ich vor zur Scheibe und presste meine Nase ans Glas. Vielleicht hundert oder mehr Meter unter mir waren, klein wie Spielzeugautos, unzählige gelbe Taxis, blaue Busse, Lastwagen, Limousinen zu erkennen, und Schwärme von Menschenminiaturen, lebendig gewordene Spielzeugfiguren, bahnten sich daneben ihre hektischen Wege aneinander vorbei. Alles drängte sich zwischen phantastischen Häuserschluchten hindurch. Weit, weit unter mir. Noch.

Ein paar Tage später übersiedelte ich in ein kleineres Bed & Breakfast, das mir vernünftiger erschien. Schmuddelig zwar im Vergleich, aber gemütlich in gewisser Weise. Auf lange Zeit würde ich mir auch das nicht leisten können, also begann ich, die Inserate für kurzfristige Untermieten durchzublättern, und stieß auf Andys Annonce. Es dauerte keine Woche, da landete ich in Andys vollgestopftem *Sublet* im East Village, wo der Wind so ungehindert durch die Fenster zog, dass ich nicht aufhören konnte, ständig zu kontrollieren, ob sie denn wirklich geschlossen waren.

Immer kleiner wurden die Gebäude, die ich bewohnte, immer niederer lagen die Etagen, von denen aus ich auf immer schmutzigere Straßen blickte. Ich befand mich in gleichmäßigem Fall, ein Absturz, so geschmeidig und heimtückisch, dass ich ihn erst im Nachhinein begriff. Erst jetzt, ganz unten, da ich mit verzweifeltem Gesicht nur mehr senkrecht hinaufschauen kann, einer glatten, abweisenden Stahlfassade entlang, die sich in den Schneehimmel erstreckt, verstehe ich, was geschehen ist. Nur im Rückblick erkenne ich, wie blind ich war. Geld macht blind. Liebe offensichtlich noch viel mehr. Beides zusammen verbündete sich gegen mich. Ich sollte froh sein, von beidem nichts mehr zu haben.

In den Wochen in New York, bevor ich auf Anni traf, fehlte mir ein Partner, der mir einen Blickwinkel von außen ermöglicht hätte. Wären Matthieu, dem ich geschrieben hatte, dass ich noch ein wenig in New York zu bleiben plante, oder Lucy bei mir gewesen, hätten sie mir wohl gespiegelt, wie meine Tage in die Sinnlosigkeit trieben. Arglos ließ ich mich von allem blenden, was mir in den Weg kam. Vor allen Dingen die Flipperautomaten, die es in dieser Stadt in unerhörtem Ausmaß und unwiderstehlicher Vielfalt gab, zogen mich in ihren Bann. Auch die blankgeputzten Shoppingmalls, die Cafés, die Bars, die Parks mit ihren Eichhörnchen und berittenen Polizisten dienten meiner Zerstreuung, die neue Umgebung lenkte mich von mir selber ab und höhlte mich mit all ihrer Ablenkung aus. Ohne ein verankerndes Gegenüber driftete ich fort, wurde ich immer selbstgerechter, immer einsamer inmitten der Metropole, immer eindimensionaler wurde meine Auffassung von der Welt. In Manhattan war ich jeden Tag umgeben von allem und doch von nichts, weil ich mich auf nichts von allem einlassen konnte. Teil des amerikanischen Dilemmas war ich geworden, getäuscht von einer vielgestaltigen Welt, die ihre Bestandteile nicht zusammenführte, sondern sie verkümmern ließ. Statt dass Völker aus aller Welt sich hier zusammenfanden, verloren sich ausgehöhlte, amputierte Kulturen nebeneinander, wie ich mich verlor. Die gesamte Welt, und ich als Teil von ihr, kulminierte in einer leeren Blase und tat dies mit solcher Selbstverständlichkeit, dass ich nicht auf die Idee gekommen wäre, es zu hinterfragen. Ich begriff es erst, als die Blase zerplatzte. Im Grunde führte ich in New York bereits ein Pennerleben, nur hatte ich noch Geld und ein Dach über dem Kopf, deshalb nahm ich das Abgleiten nicht zur Kenntnis. Ein unspektakuläres Rutschen aus der Welt war es, ein steter Fluss hinaus aus der Gesellschaft. Ohne mir dessen bewusst zu sein, schob ich mich selbst immer weiter an den Rand hinaus. Ich begann, Menschen aus dem Weg zu gehen, weil ich mich nicht zu ihnen zählte. Ich zog mich aus den Gesprächen heraus, in die ich allerorts mit den redseligen Amerikanern verwickelt wurde. Ich schob es auf mein miserables Englisch, das mit den Wochen statt besser immer schlechter wurde. In New York redeten zwar viele auf mich ein, mehr, lauter, schneller als mir lieb war, stets dieselben nichtsnutzigen Phrasen gingen auf mich nieder, aber im Grunde unterhielt ich mich mit niemandem.

Wenigstens schrieb ich meiner Adoptivmutter eines Tages eine wohlmeinende Postkarte. Ich gab mich darin offener als in jener, die ich ihr aus Genf geschickt hatte.

Die Amerikaner, du würdest sie nicht mögen, schrieb ich, *aber vielleicht würde dir New York trotzdem gefallen, auch wenn man das Meer hier nie zu Gesicht bekommt. Ich hab in den Staaten einen Job zu erledigen, aber eines Tages werden wir uns wiedersehen.*

Von solch schwelgerischen Worten abgesehen hatte ich den Weg in die Vereinsamung eingeschlagen. Machtlos, ahnungslos glitt ich darauf zu. Und bevor ich all dies erkannt hätte, stieß ich auf Anni. Sie öffnete mir die Augen. Und stieß mich in den Abgrund.

6

Am 9. Oktober bezog ich diese kleine, bis an die Decke mit Ramsch vollgestopfte Wohnung genau an der Ecke zur First Avenue, die ich in dem Inserat entdeckt hatte und für sechs Wochen anmietete. Andy, mein Vermieter, verreiste nach Paris, wie er mir erzählte. Er freute sich, einen waschechten Franzosen während seiner Abwesenheit in der Bude zu wissen, *I love the french*, meinte er, und er hatte mir einen dementsprechend freundschaftlichen Preis gemacht. In bar händigte ich ihm die Miete samt Kaution aus.

– *See you in november*, sagte Andy, als er zum Flughafen aufbrach und mich in seiner Wohnung zurückließ.

– Grüß mir Frankreich, sagte ich.

Einen weiteren Schritt meines Niedergangs hatte ich vollzogen, denn nun war ich für anderthalb Monate an eine Stadt und eine Wohnung gebunden, die mir nicht guttaten.

Schon in der zweiten Woche begann ich, den Moment herbeizusehnen, wenn Andy zurückkommen und mir die Kaution zurückzahlen würde. Nichts würde mich dann noch länger hier halten. Mit dem Kautionsgeld wollte ich mir sofort einen Last-Minute-Flug nach Marseille buchen und einen Strich unter meine New Yorker Zeit ziehen. Doch noch war es nicht so weit. Bis zu Andys Rückkehr mussten meine Dollars reichen.

Alle paar Tage zählte ich das Geld, das ich besaß. Ein dickes Bündel Fünfzig- und Zwanzig-Dollar-Noten war es gewesen, das mir Herr Reynolds am Schalter ausgehändigt hatte. Inzwischen war der Stapel deutlich geschrumpft. Doch ich lag im errechneten Schnitt und machte mir keine Sorgen.

Mit Gummibändchen band ich je hundert Dollar zu schmalen Rollen zusammen und befestigte diese mithilfe eines Bindfadens und eines Klebebands an der Innenseite des bodenlosen Sicherungskastens in Andys Küchenwand. Kein Einbrecher würde sie dort entdecken. Selbst wenn man den Sicherungskasten öffnete, erkannte man nichts von meinem Versteck. Im Dunkel des Wandinneren war der Streifen Klebeband praktisch nicht auszumachen, von dem die Bindfäden mit den Geldrollen hinabhingen. Das Geld selbst war höchstens zu erahnen, leuchtete man mit einer Taschenlampe in die Finsternis hinunter. Wie Weihnachtsbaum-Dekoration baumelten dort die Geldscheine, ein Hunderter-Bündel neben dem anderen.

Regelmäßig zählte ich den Weihnachtsbaumschmuck. Meine größte Sorge war, dass ein Faden sich lösen und ein Päckchen auf den Boden im Inneren der Wand fallen könnte. Von dort hätte ich es unmöglich wieder herausfischen können. Mit größter Vorsicht näherte ich mich jedes Mal dem Geldversteck und hielt die Luft an, wenn ich eine der Rollen hochzog.

Ende Oktober hingen noch sechs Rollen im Sicherungskasten. Ein guter Schnitt. Ich entschied, mich für meine Sparsamkeit zu belohnen. Es war Freitag, und ich startete in das Wochenende, indem ich mittags ein japanisches Lokal aufsuchte. Danach, es war mir zur Gewohnheit geworden, trank ich einen extragroßen Cappuccino im Café an der Fifth Avenue. Spätnachmittags zog ich weiter in die Alcatraz-Bar. Dreckige Rock 'n' Roll-Musik dröhnte aus einer altersschwachen Jukebox. Außer mir und der tätowierten Kellnerin vergeudeten nur drei, vier gebückte Gestalten auf Barhockern hier ihre Zeit. Ich kam weder wegen der Endzeit-Atmosphäre in diese Bar noch wegen der wässrigen Drinks, die ausgeschenkt wurden. Vielmehr hatte ich etwas durchaus Sportliches im Sinn: Ich war besessen von dem Gedanken, am Flipperautomaten im Hinterzimmer den Highscore zu knacken, an der *Addams-Family*-Maschine, die neben den Toiletten stand. Endlich wollte ich auch in dieser Bar schaffen, was ich in fünf anderen Lokalitäten des Viertels bereits vollbringen hatte können.

Mittlerweile hatte mein Flippern überhandgenommen. Fanatisch spielte ich gegen die in mir aufbrechende Leere an, täglich warf ich Münzen in die Schlitze der Automaten und gab dafür mehr Geld als für Lebensmittel aus. Ich hämmerte auf die Druckknöpfe ein, bis meine Fingerkuppen schmerzten. Nun war der *Addams Family* im *Alcatraz* an der Reihe. Auch hier wollte ich meinen Namen an die oberste Stelle in die Liste der vier besten Spieler setzen. *Frank* wollte ich eintippen, so wie ich es mir angewöhnt hatte, mich zu nennen. Diesen Namen sollten die Spieler, die nach mir an dem Gerät ihr Glück versuchten, als Messlatte lesen: *Frank*. Ihn sollten sie jagen. Auch wenn sie nicht wussten, wer er war. Wenn ich überhaupt ein Ziel in diesen New Yorker Tagen verfolgte, dann war es das: mir als *Frank* an den Flipperautomaten des East Village einen Namen zu machen. *Frank* als Pinball Wizard zu etablieren. *Frank*, das Phantom. Alle wichtigen Highscores sollten von ihm vorgegeben werden. Jeder, der Flipper spielte, sollte sehen, dass *Frank* vor ihm schon da gewesen war. *Frank*, die Legende. Ich. Oft ging ich nachmittags in die Bars, um in Ruhe spielen, in Ruhe trainieren zu können. An diesem Tag stand das *Alcatraz* auf meiner Agenda.

Den Namen *Frank* hatte ich mir bereits im Lauf meiner ersten Woche in New York angeeignet. Wann immer die Amerikaner sich an *François* versuchen mussten, verschluckten sie dieses Wort und würgten einen Laut hoch, der entfernt an ein gelispeltes *French* erinnerte und von dem ich mich nicht angesprochen fühlte. Auch meinen Nachnamen – Thomas – sprachen sie anders als wir Franzosen aus. Da ich als Findelkind ohnehin nicht wusste, was mein Name war, erleichterte ich den New Yorkern und mir das Leben und gab mich in Folge als *Frank* aus.

– *Fränk?* Das ist ein ungewöhnlicher Name für einen Franzosen, nicht?, hatte Andy bei meinem Vorstellungsgespräch für seine Wohnung bemerkt.

Er hatte in Vorbereitung seiner Reise ein paar Monate Französisch gelernt. Er könne sich nicht helfen, erzählte er, aber diese Sprache wäre so voller Kultur und knisternder Erotik. Eine ganz furchtbare Leidenschaft für das Französische hegte er.

Ich kicherte ein wenig dumm und beschämt und meinte dann, um möglichst rasch den Absprung aus dem Gespräch zu schaffen, dass er das *Frank* ruhig mit a statt ä aussprechen könne, wenn er wolle, dann klänge es französischer: *Franque.*

– Meine Freunde tun das auch, behauptete ich.

– *That's great,* sagte Andy und bedankte sich. *That's so cool, Franque!*

Bald rutschte er ins *Fränk* zurück.

Frank also war ich geworden, und das wollte ich auch in der Bestenliste des *Addams-Family*-Flippers festhalten. So oft wie möglich wollte ich die Kugel auf seinen elektrischen Stuhl, hinter die drehbare Bücherwand, in den Safe, den Sumpf, den Friedhof schießen. Ich wollte, dass Fester mir half, die Multi-Balls zu knacken. Ich hoffte, dass Thing mir mit dem magischen dritten Flipper beistand. Einen Quarter nach dem anderen warf ich nach. Ich weiß nicht, wie oft ich Dollarscheine an der abgewetzten Bar wechselte. Wortlos legte die Kellnerin mir die Münzen auf den Tresen.

Doch ich verfehlte mein Ziel. Der *Addams Family* lag mir

nicht. Vielleicht hatte ich auch einen schlechten Tag erwischt. Hin und wieder bestellte ich einen Bourbon zum Verschnaufen, dann versuchte ich mein Glück aufs Neue. Bei einem Versuch nach dem anderen aber scheiterte ich. Raúl Juliá und Anjelica Huston, die vom Flipper zu mir herunterlächelten, sie brachten mir kein Glück. Je später der Abend wurde, desto betrunkener, desto schlechter wurde ich. Allmählich kamen immer mehr Gäste in die kaum ausgeleuchtete Bar. Bisweilen trat einer an meinen Flipperautomaten heran und meinte, mich herausfordern zu müssen. Irgendwann taten mir Finger und Handgelenke weh und ich gab auf. Ich entschied, meine Enttäuschung in einem letzten *Bourbon on the Rocks* an der Bar zu ertränken, bevor ich heimging.

Kurz vor Halloween war das an jenes Gefängnis, dessen Namen es trug, erinnernde *Alcatraz* mit Totenköpfen, Spinnennetzen und Hexenhüten dekoriert und ähnelte einer billigen Geisterbahn. In den Fernsehern links und rechts des Tresens lief nicht *Addams Family*, wie ich es erwartet hätte, sondern wurden grauenvolle Horrorfilme gezeigt, einer nach dem anderen. Wann immer ich hinsah, rann dickes Blut in großen Mengen zu Pfützen zusammen, ständig wurde irgendjemand gemeuchelt, meist waren es hübsche, junge Frauen, die abgeschlachtet wurden. Wenn ich meinen Blick von den Bildschirmen losriss, erblickte ich in der dunklen Bar Plastikratten, Plastikvampire, Plastikzombies. Spinnweben, die mich an Zuckerwatte erinnerten, hingen von der schwarzen Decke herab. Ich fragte mich, ob auch der schwarze Lippenstift und die Piercings der Kellnerin zur Halloween-Dekoration gehörten.

Inzwischen war die Bar gutbesucht. Leute schrien herum und tranken mehr, als ihnen guttat. Hin und wieder verfing sich ein Gast in einem der Spinnfäden von der Decke und riss

Teile davon herunter. Einer dieser losen Fetzen baumelte fast in das Whiskey-Glas hinein, das Anni an der Bar bestellte. Sie schien es nicht zu bemerken, also wies ich sie darauf hin.

– *Attention*, sagte ich auf Französisch.

Ich hatte nicht die Absicht gehabt, sie auf Französisch anzusprechen. Es passierte von selbst. Später würde ich es als Umstand deuten, wie auserwählt wir beide füreinander waren.

– *Ah, ouais, bon, merci!*, sagte sie, ebenfalls auf Französisch.

– *De rien*.

Dann erst fällt uns beiden auf, dass wir Französisch miteinander sprechen.

– Kommst du aus Frankreich?, fragt sie.

Im Dunkeln sehe ich die Frau kaum. Doch was ich zu erkennen meine, genügt, um mich aus der Fassung zu bringen.

– Ja …, stammle ich. Du auch?

– Aus Québec. Kanada, weißt du.

Die Frau, die mir den Atem nimmt, ist schlank und zart, eine feenhafte Gestalt. Obwohl sie neben dem Barhocker steht, auf dem ich sitze, ragt sie nicht über mich hinaus.

– Québec?, sage ich, ein wenig hölzern. Montréal?

– *Ouais*, Montréal.

– Es ist kalt dort oben, was?

– Ja, kalt, und wie!

Sie antwortet schneller, als ich denken kann.

– Dort ist es kälter als an jedem anderen Ort, kommt mir manchmal vor.

Ich höre ihr zu, und es gefällt mir, wie ihre Sprache durch die Silben schlurft. Was immer diese Frau jetzt sagt, es würde mir gefallen, ich würde es genießen. Ihr will ich nicht ausweichen, im Gegenteil, ich muss sie im Gespräch halten, auch wenn ich ungeübt bin darin. Gerade in den vergangenen Wochen bin ich ja zusehends verstummt.

– Irgendwo ist es immer kälter als da, wo man ist, sage ich, weil mir nichts Besseres einfällt. Und kälter als irgendwo sonst ist es auch immer da, wo man ist.

– Was?

Zum Glück ist mein Gequatsche im Lärm eines Gitarrensolos untergegangen, das aus der Jukebox kreischt.

Kurz mime ich ein Luftgitarrensolo und nicke zur Jukebox. Anni – bald werde ich ihren Namen kennen – lacht.

Danach rücke ich ihr ein wenig näher, um weiter mit ihr sprechen zu können.

– Kürzlich habe ich von Orten gelesen, da ist es sicherlich kälter als dort, wo du herkommst, sage ich.

Ich wundere mich selber darüber, wie gesprächig ich plötzlich bin.

– Warst du denn schon in Montréal?, fragt sie.

– Nein, noch nicht.

– Versuch doch mal, einen Winter dort zu überstehen, dann reden wir weiter.

– So lange will ich nicht warten, sage ich.

– Was?

– Ich unterhalte mich lieber jetzt gleich mit dir, hier an Ort und Stelle, ohne den ganzen Winter abwarten zu müssen, sage ich.

Es muss der Whiskey sein, den ich seit Stunden trinke, der aus mir spricht, und die Euphorie darüber, endlich in meiner Muttersprache reden zu können – jener meiner Adoptivmutter zumindest, der einzigen Sprache, die ich wirklich beherrsche. Wohl liegt es auch am Adrenalin, das mir ins Blut schießt, dass ich so redelustig bin, seit diese Frau neben mir aufgetaucht ist.

Eine Weile zeigt sie keine Reaktion und begutachtet konzentriert das Flaschensortiment hinter der Bar. Sie schwenkt dabei ihr halbleeres Whiskeyglas. Vielleicht war die Musik zu laut und sie hat mich nicht verstanden?

Plötzlich wendet sie sich wieder mir zu.

– Wie heißt du?, fragt sie.

– François, sage ich. Und du?

– Anni.

– *Santé*, Anni.

– *Santé!*

Während wir uns zuprosten, blicke ich ihr das erste Mal direkt ins Gesicht.

Anni weicht meinem Blick nicht aus. Sie hält ihm stand. Es ist wie eine Feuerprobe. Wir bleiben aneinander kleben. Anni gewährt mir, sie zu betrachten, und gleichzeitig mustern ihre Kastanienaugen mich. Das bilde ich mir zumindest ein, dass in diesem Moment ihr Blick den meinen erwidert. Eine Zeitlang verschwindet die alberne Gruselwelt, die uns umgibt. Die Musik in der Bar verschwindet, die Zeit verschwindet. Nur Annis blasses, mit Sommersprossen übersätes Gesicht leuchtet in der Dunkelheit vor mir, als wäre es vom Schein des honigfarbenen Whiskeys angestrahlt, den sie in ihrer Hand hält. Ich bestaune die Schatten, die ihre Wangenknochen werfen, der rechte etwas höher als der linke, nichts linear, nichts langweilig symmetrisch an ihr. Alles an Annis Gesichtszügen wirkt außergewöhnlich, extraordinär. Ihre nur halb geöffneten, glänzenden Augen blicken gleichzeitig an mir vorbei und graben sich in mich hinein. Was denkt sie? Was sieht sie in mir? Mit einem flachen Silberblick hebelt diese feingliedrige Frau die Welt aus, die ich kenne. Alles wird weggetragen, alles, was ich je gesehen habe, stellen Annis undurchdringbare, alles durchdringende Augen in Frage. Es befremdet mich, es erschreckt mich, weit mehr als all die Horrordekoration um uns herum.

Annis schmal gezeichnete, erdbeerrote Lippen öffnen sich. Kurz nehme ich das Schimmern ihrer Vorderzähne wahr. Dann leert sie mit einem Schluck ihren Whiskey. Ich tue dasselbe. Der Bourbon brennt in meiner Brust. Ich kneife die Augen zusammen und kehre in die Bar zurück, in der wir uns befinden.

Dieser vorbeigezogene Moment wird mir für immer erhalten bleiben. Wieder und wieder werde ich ihn erleben, in einer Intensität, die zu- statt abnimmt. Irgendwann wird er einem Trugbild zu gleichen beginnen, einer Halluzination, die nicht wahr sein kann, aber wahr sein muss und sich in mir festigt, Annis Gesicht vor mir, so nah und klar und gleichzeitig fremd und unergründlich.

– Nimmst du noch einen?, fragt sie.

Dass sie denselben *Wild-Turkey*-Bourbon trinkt wie ich, wenn auch pur, nicht wie ich auf Eis, überrascht mich nicht. Wir sind füreinander bestimmt, davon bin ich bereits überzeugt. Ich sage es nicht, aber ich bin nah daran.

Während ich zwei Gläser bestelle, setzt sich Anni auf den freien Barhocker neben mir. Ich spüre, wie meine Handteller zu schwitzen beginnen.

– Woher kommst du?, fragt sie.

– Marseille.

Unsere Whiskeys sind eingeschenkt.

Anni beobachtet mich dabei, ich fühle es, wie ich der Kellnerin Dollarscheine zuschiebe und die beiden Gläser in Empfang nehme. Anni begutachtet mich. Vielleicht gefällt ihr die Form meiner Hände, die Form meiner Finger? Irgendwo habe ich einmal gelesen, dass Frauen darauf besonderes Augenmerk legen.

– Auf Marseille und Montréal!, sagt sie und prostet mir zu.

– M und M, sage ich und bin mir nicht sicher, ob Anni es hört.

Ich schwenke mein Glas und starre auf die Eiswürfel, die hin und her schaukeln.

Was ich in New York mache, fragt Anni, und um ihr zu antworten, rücke ich meinen Barhocker ein kleines Stück weiter in ihre Richtung. Während ich irgendetwas von einem Übersetzerjob erzähle, den ich in der Stadt erledigt habe, und von ein paar Urlaubstagen, die ich anhänge, komme ich Anni so nahe, dass ich ihren Geruch wahrnehme, einen Duft, der mich an eine bestimmte Pflanze oder Blume erinnert, aber ich komme nicht dahinter, welche es ist.

Wir reden weiter und weiter über Dinge, die keine andere Bedeutung haben, als die Verbindung zwischen uns zu stärken, und ich erkenne den Flaum, der Annis glatte Wangen überzieht. Ich stelle mir vor, sanft über ihn zu streichen.

Bei einem weiteren Wild Turkey erzählt sie, dass sie einen Freund in der Stadt besuchen wollte, sich aber herausgestellt habe, dass er nicht länger ihr Freund sei.

– New York scheint etwas mit den Köpfen der Menschen anzustellen, sagt sie.

Ich nicke mit großer Überzeugung.

– Ja, das tut es!

Wie eine Fremde wohne Anni jetzt in der Wohnung dieses ehemaligen Freundes. Deplatziert. Froh sei sie, wenn sie zurück im Bus nach Montréal säße.

– Zurück hinauf in die Kälte also, sage ich.

– Ja, neun Stunden kerzengerade hoch in den Norden.

– Für mich sind es neun Stunden im Flieger, quer über den Ozean.

Wir beide lallen zusehends. Als hätten sich auch unsere Dialekte einander angepasst.

– Was zählt, sind nicht die Reisestunden, sagt Anni, sondern das, was dich am Ziel erwartet.

– Ich weiß nie, was mich erwartet.

– Dann geht es dir wie mir. Ich weiß meist weder, woher ich komme, noch, wohin ich gehe.

– Wie meinst du das?

– So wie ich es sage.

– Das musst du mir näher erklären, sage ich. Aber warte einen Moment, ich bitte dich, ich muss ganz schnell auf die Toilette.

Ich machte mir keine Vorstellung davon, dass dies die letzten Worte sein würden, die ich mit Anni wechselte. Seit Stunden musste ich dringend auf die Toilette. Um bereit für alles Weitere zu sein, das mich mit Anni erwarten würde, musste ich mich unbedingt erleichtern. Ich kämpfte mich an anderen betrunkenen Gästen vorbei zu den Klos, die daran zu erkennen waren, dass sie noch dunkler als der Rest dieser Kneipe waren.

Der Mann, der ins Pissoir neben dem meinen zu zielen versuchte, stützte sich mit einer Hand von der Wand ab und murmelte irgendetwas, das ich nicht verstand, in meine Richtung. Er war ein Riese und trug einen schwarzen Lederhut. Ich glaube, er hielt die Augen geschlossen. Ich antwortete nicht. Das Pissoir unter mir drehte sich. Ich tat es meinem Nachbarn gleich und drückte die Augen zu, so konnte ich die Spiralen in meinem Kopf abbremsen. Bald stützte auch ich mich wie er mit der rechten Hand von der schmierigen Wand ab.

Ein einziger Gedanke beherrschte mich: dass Anni ebenfalls ein Findelkind war. Ich wollte es zur Sprache bringen, sobald sich Gelegenheit dazu ergab. Ich dachte daran, mit Anni aus der Bar hinaus ins Freie zu gehen, mit ihr durch die New Yorker Häuserblocks zu spazieren, durch die Nacht zu bummeln. Ich würde mit ihr über die Avenue A flanieren, wie ich mit Lucy die Corniche entlanggegangen war, nur dass Lucy eben meine Schwester und Anni meine Geliebte war, die Frau meines Lebens. Ich malte mir so einiges aus, was aus mir und Anni werden konnte. Ich verschwendete meine Zeit.

Wie lange ich tatsächlich in der Toilette geblieben war, weiß ich nicht, aber als ich fertig gepisst hatte, stand der Riese mit dem Lederhut noch immer in unveränderter Position neben mir. Vielleicht war er eingeschlafen? Jedenfalls hatte er aufgehört, vor sich hin zu reden, und nahm keine Notiz davon, dass ich das Klo verließ.

Irgendwann gelangte ich zurück zur Bar, und es war zu spät. Anni war verschwunden.

Zuerst vermutete ich, auch sie sei auf die Toilette gegangen, und nahm meinen Platz am Tresen wieder ein. Ungeduldig erwartete ich ihre Rückkehr. Ich blickte in der Kneipe umher und trank meinen Whiskey in kleinen, gehetzten Schlucken. Ein Mann mit Baseballkappe und strähnigen, blondierten Haaren, die ihm bis zum Bauch reichten, trat näher und fragte, ob der Platz neben mir frei wäre.

– Nein, *sorry*, sagte ich. Besetzt.

– Wirklich?

– Ja, wirklich.

Immer wieder blickte ich in Richtung der Toiletten. Vielleicht sollte ich im Damenklo nachsehen? Vielleicht war Anni schlecht geworden?

Ich leerte mein Glas. Nur die Eiswürfel schmolzen darin nun langsam vor sich hin. Auch Annis leeres Glas stand auf dem Tresen. Gerade wollte ich die Kellnerin fragen, ob ihr aufgefallen sei, wohin meine Begleiterin verschwunden war, da erblickte ich das kleine Stück Papier, das unter Annis Glas geschoben war. Sofort zog ich es heraus und las. Vor Aufregung zitterten meine Hände.

Ich musste schnell los, entschuldige. 400, rue de Rigaud, #521. Besuch mich, wenn du willst. Ich würde mich freuen! Anni

Mit dem Zettel in der Hand stürzte ich Hals über Kopf aus dem *Alcatraz* auf die Straße. Ich blickte die Avenue A hinauf und hinunter, so weit ich sehen konnte, panisch starrte ich nach links in die achte Straße und nach rechts in den Tompkins Square Park hinein.

– Anni!, rief ich, zweimal, dreimal, kraftlos, nutzlos, verzweifelt.

– Anni!

Einige Passanten mussten mich gehört haben, aber niemand drehte sich nach mir um. Es war, als existierte ich nicht.

– Anni!

Mein Rausch war von einem Augenblick auf den anderen verflogen, und dennoch meinte ich, nicht klar sehen zu können. Planlos machte ich mich auf den Weg. Ich suchte die Gegend in sämtliche Richtungen ab, ein ums andere Mal. Lange gab ich nicht auf, wieder und wieder versuchte ich, Anni zu erspähen, aber irgendwann verließen mich alle Hoffnungen und alle Kraft. Ich kehrte zurück und lehnte mich an die Hausmauer vor dem *Alcatraz*. Ermattet, entkräftet, ernüchtert rutschte ich zu Boden. Unfähig, wieder aufzustehen, blieb ich auf dem Gehsteig sitzen und rührte mich nicht weiter.

Vielleicht würde sie wiederkommen?, dachte ich, soweit ich des Denkens noch fähig war.

Doch nur das Tageslicht kam viele Stunden später wieder und weckte mich aus dem trunkenen Schlaf, in den ich an der Hausmauer gesunken war. Ein Straßenmensch war ich in dieser Nacht geworden. Hämmernde Kopfschmerzen durchfuhren meine Schläfen, der Wild Turkey war ein Cold Turkey jetzt. Kalt bis auf die Knochen war mir. Eine Weile meinte ich, ich müsste mich übergeben. Zittrig richtete ich mich auf.

Das *Alcatraz* war längst geschlossen. Ich presste mein Gesicht ganz an die schmutzige Scheibe und warf einen Blick hinein, hielt die Hände wie Scheuklappen an den Kopf, um besser durch das spiegelnde Glas sehen zu können, ich suchte den Platz an der Bar ab, soweit ich ihn erkennen konnte, an dem wir Stunden zuvor gesessen hatten, Anni und ich.

Keine Spuren von uns waren zu erkennen. Keine Spur von Anni. Ich konnte mir das alles doch nicht bloß eingebildet haben! Ich besaß doch den Zettel, den Anni mir hinterlassen hatte! Ich hatte ihn in meine Jackentasche gesteckt. Nun kramte ich ihn umständlich hervor. Behutsam faltete ich das Papier auseinander. Viele Male las ich Annis Nachricht. Ich starrte in die Buchstaben hinein, die sie für mich geschrieben hatte, starrte reglos durch ihre Schrift hindurch in das Nichts, das mir geblieben war.

Irgendwann steckte ich das Stück Papier vorsichtig wieder weg und schlich, schlotternd wie ein geprügelter Hund, davon. Fahrig kramte ich an der Haustür den Schlüssel zu Andys Apartment aus der Hosentasche. Jede einzelne Stufe kämpfte ich mich hoch in den dritten Stock, jeder einzelne Schritt eine Mühsal. Mit letzter Kraft schaffte ich es, die drei Schlösser der Wohnungstür zu entriegeln. Schwer schlug die Tür hinter mir zu. Ohne meine Schuhe auszuziehen, ließ ich mich aufs Sofa fallen.

7

Anni hatte eine wahrlich wunderbare Handschrift. Unzählige Male bewunderte ich in den folgenden Tagen und Wochen den Schwung in ihren Zeilen. Immer tiefer ließ ich mich in die Vereinsamung sinken. Wenn mich Leute auf der Straße, im Treppenhaus oder sonst wo ansprachen, reagierte ich meist nicht einmal. Weiterhin verbrachte ich viel Zeit an Flipperautomaten, sinnlos vergeudete Zeit, denn nur halbherzig versuchte ich mich an den Highscores. Mechanisch reagierten meine Finger, wenn die Kugel herabrollte, lange hielt ich sie im Spiel, ja, aber ohne groß zu punkten, denn stumpf und leidenschaftslos schoss ich sie von einer Ecke der Spielfläche zur anderen. Manchmal trug ich *Frank* an vierter oder dritter Stelle der Topscore-Liste ein. Doch es war nicht mehr als reiner Zeitvertreib, im Grunde interessierte es mich nicht. Auf nichts anderes vermochte ich die Konzentration zu lenken als auf die Frage, wo Anni wohl geblieben war. Vielleicht dachte auch sie an mich, gerade jetzt, genau in diesem Moment? Vielleicht suchte auch sie nach mir? Anni kannte weder meinen vollen Namen noch meine Adresse, sie hatte keine Anhaltspunkte außer: François, Marseille. Ich hatte von Andys Apartment gesprochen, aber ich hatte nicht erwähnt, wo genau es lag. Es bedurfte eines riesigen Zufalls oder meines Zutuns, damit wir uns wiedersahen.

Tagelang patrouillierte ich durchs East Village, alle Straßen rund um das *Alcatraz* ging ich unermüdlich ab, in der Hoffnung, auf Anni zu stoßen. Sie hatte mir die Straße nicht genannt, in der ihr Freund, den sie besucht hatte, wohnte, jener Freund, der ihr nicht länger einer war. Ich spähte in sämtliche Cafés, Bars, in die Hauseingänge der Gegend hinein. Jeden Abend schaute ich mindestens einmal im *Alcatraz* vorbei, setzte mich an die Bar, wo wir gesessen hatten. Doch alles war vergeblich, nirgends war sie oder auch nur eine Frau zu entdecken, die ihr ähnlich gewesen wäre, nichts ähnelte Anni, nichts kam an das heran, was ich in ihr gesehen hatte und von Tag zu Tag heftiger herbeisehnte. Die Art, wie Anni geredet, gelacht, wie sie mich angesehen, in mich hineingesehen hatte, ging mir nicht aus dem Kopf und ließ dort keinen Platz für anderes. Niemals in meinem Leben hatte ich ein solches Begehren verspürt, jemanden wiederzutreffen. Das Verlangen, meine Adoptivmutter wiederzusehen, das hin und wieder in mir hochstieg, war nicht vergleichbar mit diesem brennenden Wunsch, Anni wiederzufinden.

In der zweiten Novemberwoche steigerte es sich derart, dass ich, in Andys Wohnung sitzend, in Andys Bett liegend, ja sogar unter der Dusche begann, die Gespräche weiterzuführen, die Anni und ich an der Bar geführt hatten.

– Wer nicht weiß, woher er kommt, sprach ich laut vor mich hin, der braucht jemanden, der ihm dabei hilft, sich zu erinnern.

– Du und deine Bourbons werden keine große Hilfe sein, sagte Anni. Ein paar Gläser noch, dann werden wir beide morgen nicht mehr wissen, was wir heute geredet oder getan haben.

– Dann kann ich dir morgen wenigstens dieselben Fragen wieder stellen und mich von Neuem über deine Antworten freuen.

– Als solch einen Langweiler hätte ich dich gar nicht eingeschätzt! Willst du denn bloß so wenig über mich wissen?

– Nein, nein!, sagte ich so rasch wie möglich. So hab ich das nicht gemeint! Ehrlich, ich könnte gar nicht aufhören, dich über dich und deine Welt auszufragen, würdest du es mir erlauben.

– Nur zu. Nur zu, sagte sie.

Dann küsste Anni mich mit ihren Erdbeerlippen auf die Wange, hin und wieder auch auf den Mund. Bald konnte ich die Wirklichkeit und meine imaginierte Welt kaum noch auseinanderhalten und nicht länger unterscheiden, was Anni und ich tatsächlich geredet hatten oder ich mir bloß einbildete. Wenn ich nachts die Lider schloss, sah ich Annis Gesicht vor mir, und von Nacht zu Nacht wurde es begehrenswerter. Das Funkeln in ihren Augen begleitete mich durch die zermürbenden Wochen, die ich abzuwarten hatte, bis Andy am 20. November aus Paris zurückkehren, die Kaution zurückzahlen, mich freisetzen würde, endlich mich befreien würde aus dem Kerker, in dem ich mich gefangen hielt.

Immer weniger Geld hing im Sicherungskasten. Am 13. des Monats zog ich den letzten Bindfaden hoch. Fünf Zwanzig-Dollar-Scheine. Ich wusste, dass ich nun haushalten musste, um die letzte Woche bis zu Andys Rückkehr zu überstehen. Allmählich verabschiedete ich mich von der Idee, *Frank* auf allen Flippern zu etablieren. Stattdessen schmiedete ich einen neuen Plan: Mit Andys retourniertem Kautionsgeld würde ich keinen Flug nach Marseille buchen, sondern ein Busticket lösen.

– Neun Stunden kerzengerade hoch in den Norden, hatte Anni gesagt.

400, rue de Rigaud, stand auf ihrem Zettel. Apartment Nummer 521.

Längst war in meinem Herzen beschlossen, dass ich Anni nachreisen würde. Doch noch gestand ich es mir nicht ein. Noch ließ ich die Tage vergehen und hoffte ich, sie würden schnell vergehen.

Am 16. November kam der Schneesturm. Unaufhaltsam schob sich vom Süden her ein Blizzard auf New York City zu. Im Fernsehen, im Radio, in der U-Bahn, überall wurde gewarnt und angekündigt, wann er die Stadt erreichen würde. Am Vortag war er bereits über Washington, D.C., hergefallen und hatte eine weiße Schneise entlang der Ostküste gezogen. Über Nacht nun hatte er weiter an Kraft gewonnen. In den frühen Morgenstunden erreichten die Schneemassen die südlichen Vororte von New York. Kurz darauf verschwand die Stadt vor meinen Fensterscheiben. Von Andys Apartment aus wurde ich Zeuge, wie alles Leben von der First Avenue hinweggeblasen wurde. Jegliche Farben wurden ausgelöscht, nur mehr konturloses Weiß war binnen weniger Stunden dort zu erkennen, wo zuvor Manhattan gewesen war.

Aus Marseille kannte ich Schnee so gut wie nicht. Alle paar Jahre fielen im Winter ein paar Flocken. Wann immer sich dies ereignete, stürzte die Stadt ins Chaos. Der kleinste Schneeregen brachte Marseille zum Erliegen, keine Busse fuhren mehr, die Autos mit ihren Sommerreifen blieben hängen, Schulen wurden geschlossen, Büros verwaisten, weil niemand sich auch nur bemühte, zur Arbeit zu kommen. Beim geringsten Anlass ergab sich Marseille anstandslos der Witterung.

In New York nun erlebte ich, wie ein Schneesturm die Infrastruktur tatsächlich zusammenbrechen ließ. Ein übermächtiger Gegner stürzte sich auf den Big Apple und erschütterte ihn in seinen Fundamenten. Nichts, niemand vermochte sich ihm in den Weg zu stellen, bloß verstecken konnte man sich, und das taten die New Yorker ohne Ausnahme. Sie verbarrikadierten sich in ihren Wohnungen und Schlupflöchern, sie sperrten ihre Geschäfte, ihre Läden, ihre Lokale zu. Achteinhalb Millionen Einwohner gingen in Deckung, ich einer von ihnen. Aus dem Versteck heraus beobachteten wir, wie der unnachgiebige weiße Herrscher sich die Stadt zu eigen machte. Ich sah, wie sich die Häuserschluchten in Schneefelder verwandelten. Der Schmutz der Stadt verschwand unter frischen Schneeschichten, die sich übereinandertürmten. Jeder Mülleimer, jedes geparkte Fahrzeug, alles, was nicht rechtzeitig fortgeschafft worden war, wurde begraben. Durch die Eiskristalle hindurch, die sich auf den Fensterscheiben bildeten, bestaunte ich das Schauspiel. Vor meinen Augen transformierte sich die Menschenwelt in eine Schneewüste. Ich wusste: Es war aussichtslos, an diesem untergehenden Ort weiterhin nach Anni zu suchen. Kalt wäre es in Montréal, hatte sie gesagt, kälter als an jedem anderen Ort, käme ihr manchmal vor. Ob sie sich noch in New York befand und den jetzigen Wintereinbruch miterlebte? Ich wünschte, dieses Schneespektakel gemeinsam mit ihr bestaunen zu können. Doch allein saß ich in Andys überhitzter Wohnung und hatte von Anni nichts als den Zettel, den ich, fein säuberlich mit Münzen beschwert, auf dem Nachtkästchen aufbewahrte. Ich nahm ihn zur Hand, hielt ihn an die eisige Fensterscheibe, durch die der Sturm jaulte, verglich das Weiß des Papiers mit dem Weiß der hinter ihm im Schnee versinkenden Stadt. Verglichen mit dem Whiteout der New Yorker Straßen wirkte das Papier gelblich, ähnlich wie Zähne neben weißem Rasierschaum gelblich wirken. Ich drückte den Zettel ans Fensterglas, blickte durch ihn hindurch ins Weite, las ihn zum tausendsten Mal. Vor dem kontrastlos gewordenen Hintergrund trat Annis Schrift doppelt klar hervor. Wie eingraviert in die unterschiedlichen Nuancen Weiß dahinter wirkten die mit dunkelblauem Kugelschreiber gezogenen Wörter. Diese Schrift war einzigartig und rätselhaft wie die Frau selbst. Ich folgte ihrem Schwung, versuchte, den Sinn zu begreifen. Warum hatte Anni so plötzlich aufbrechen müssen? Wohin war sie gegangen? Vielleicht war es eine

Probe, dachte ich, ein Liebesbeweis, den sie von mir forderte? Vielleicht wollte Anni herausfinden, ob ich sie tatsächlich aufsuchen würde? Sie musste doch das Gleiche für mich gefühlt haben wie ich für sie. Wollte sie wissen, ob ich dazu bereit war, die Reise zu ihr in den Norden auf mich zu nehmen? Ob ich es denn wert war, sich länger mit mir abzugeben?

Es war an diesem ersten Schneetag meines Lebens, als ich entschied, Anni nach Montréal zu folgen. Von einem Tag auf den anderen war New York City ausradiert worden. Ich zog einen Strich unter das Davor. Das *Richard*, Matthieu, seine zweifelhaften Geschäfte, sie waren nur ein erster Schritt aus der Unmündigkeit gewesen. Weit hinter mir lag all dies jetzt, auch Monsieur Ackermann, Monsieur Toulet, selbst meine Adoptivmutter, selbst Lucy. Ich lebte nur noch für die Zukunft, und die lag nördlich von New York, neun Stunden im Norden. Annis Heimat konnte nicht kälter sein als das Schneevakuum, in dem ich mich befand. Anni würde eine beheizte Wohnung haben und mich in dieser erwarten. Keine Kälte der Welt würde mich daran hindern, sie aufzusuchen, nichts hielt mich in New York, und auch Marseille war in weite Ferne und in die Bedeutungslosigkeit gerückt. Ich hatte Matthieu darüber informiert, dass ich erst Mitte November zurückkehren würde. Würde es ein paar Tage länger dauern, ein paar Wochen, vielleicht ein Leben länger, er würde es verkraften. Das *Richard* kam ohne mich zurecht, ich aber durfte unter keinen Umständen die Möglichkeit verstreichen lassen, Anni wiederzusehen. Niemals würde ich mir verzeihen können, es nicht versucht zu haben!

Ein paar Tage blieben noch, bis Andy zurückkam. Dann würde sich das Wetter beruhigt und würden die Fernbusse den Betrieb wiederaufgenommen haben. Ein Mann habe seinem

Herz zu folgen, sprach ich schwülstig zu mir selbst – und es war wohl das Dümmste, was ich je von mir gegeben habe. Sehnsüchtig beobachtete ich, wie der Blizzard vor meinem Fenster gen Norden weiterzog.

– Dir werde ich nachreisen, rief ich ihm nach. Dir und ihr!

In den folgenden Tagen war Manhattan ein ausgestorbener Schneeplanet. Wer auf die Straße ging, trug einen Schneeanzug oder hatte eine Rodel oder Langlaufski dabei. Stille, leere Schneeflächen erstreckten sich, wo normalerweise hektisches Gedränge und hupender Verkehr vorherrschten. Bürgersteige, Straßen, Randsteine, zwei verwunschene Tage lang blieb alles unter einer Schneeschicht begraben. Allmählich aber wurde die Stadt freigeschaufelt und fand zu ihrem altbekannten Gesicht zurück.

Am 18. öffneten die ersten Geschäfte wieder. Die Temperaturen stiegen über den Gefrierpunkt. Die mit Streusalz und Schmutz durchzogenen Schneehaufen, die Hunderte Räumfahrzeuge an den Straßenrändern zusammengeschoben hatten, begannen zu schmelzen. An den Kreuzungen bildeten sich rund um die Abflüsse tiefe, breite Pfützen aus graubraunem Schmelzwasser. Die Menschen, die bald wieder zur Arbeit oder einkaufen gingen, blieben an den Rändern dieser Überflutungen stehen und wussten nicht, wie sie trocken auf die andere Straßenseite gelangen konnten. Manche lachten, manche fluchten. Mir aber war das egal. Ich sprang darüber, sprang hinein, schritt hindurch, wie nass und dreckig ich auch wurde, ich suchte die erstbeste Buchhandlung auf, wo ich mit meinem letzten Geld einen Stadtplan von Montréal erstand. Stundenlang studierte ich das rechtwinklige Straßennetz und hielt den Finger auf die kurze Rue de Rigaud gepresst. Sie lag nicht weit vom zentralen Busbahnhof entfernt. Sobald ich in Kanada aus dem Greyhound stieg, würde ich die paar Häuserblocks hinter mich bringen, die Anni und mich noch voneinander trennten. Bei Hausnummer 400 würde ich mir durch die Haare fahren und die Glocke zu Apartment 521 suchen. Dutzende Variationen ersann ich, wie Anni sich melden würde. *Allô?* vielleicht? *C'est qui? Qui est-ce?* vielleicht sogar? Oder einfach ein fragendes *Oui?* Wie immer sie auf die Türglocke reagieren würde, ich wollte antworten: *C'est moi, François.* Nicht mehr, nicht weniger wollte ich sagen. Anni würde mich sogleich erkennen und mir die Haustür öffnen. Auf diesen einen Moment zielte ich hin. *C'est moi, François.* Dann die summende Haustür. Sie drücken. Aufstoßen. Über die Schwelle treten, hinein in ein neues Leben.

8

Als Andy mit einigen Stunden Verspätung – der Flugverkehr hatte sich nach dem Unwetter noch nicht normalisiert – am Abend des 20. endlich heimkehrte, saß ich fertig angezogen in der makellos hinterlassenen Wohnung. Andy war sichtlich erleichtert, dass er sein Apartment in gutem Zustand übergeben bekam.

– Hattest du eine gute Zeit, Franque?, fragte er.

– Absolut, sagte ich.

– Ich auch. Paris ist wundervoll, magisch, sinnlich, romantisch.

Die ganze Palette an eingelösten Klischees eines frankophilen Amerikaners musste ich über mich ergehen lassen. Teils berichtete Andy von seinen Erlebnissen auf Französisch. Sobald ihm eine Vokabel, die er gelernt hatte, in den Sinn kam, packte er sie dazu, ob sie passte oder nicht, sodass ich seinen kauderwelschen Erzählungen kaum folgen konnte. Ich ließ ihn schwafeln und schwärmen. Mein Bus nach Montréal fuhr erst am nächsten Morgen. Sicherlich hätte ich Andy darum bitten können, eine Nacht auf seinem Sofa zu verbringen. Lieber aber mietete ich mich in einer günstigen Pension ein, um die Nacht vor dem Start ins neue Leben in Ruhe zu verbringen. Sobald Andy mir die fünfhundert Dollar Kaution ausgehändigt und mich endlich freigesetzt hatte von der eingefrorenen Zeit, die ich in seiner Wohnung verbracht hatte, machte ich mich auf den Weg.

– *Merci,* sagte ich, und gab ihm die Schlüssel in die Hand.

– *Merci à tu,* sagte er.

– *Toi,* sagte ich.

– *What?*

– Ach, nichts. *Bye bye,* Andy.

– *Au revoir,* Franque.

Von kaum zu bändigendem Tatendrang ergriffen, tänzelte ich das Treppenhaus hinab und spürte, wie Andy oben in der Wohnungstür stehen blieb und mir nachblickte. Ich drehte mich nicht zu ihm um. Die untersten drei Stufen übersprang ich glatt. Mit großem Schwung, einem Tusch gleich, knallte ich die metallene Haustür zu. Jeder, der sich in der Nähe befand, musste es gehört haben: Für immer hatte Frank dieses Gebäude nun verlassen.

Die Busfahrt nach Montréal war lang und langweilig, aber ich störte mich nicht daran. Ewige Waldflächen zogen am getönten Fenster vorbei. Winterwälder, die vor kurzem noch Herbstwälder gewesen sein mussten, monoton in ihrer morbiden Pracht, abgestorbenes Blätterwerk, den Jahreszeiten trotzende Nadeln, sie schüttelten die ersten Schneeverwehungen des Jahres ab. Der Blizzard war der Küste entlang hochgezogen und hatte sich an den Urwäldern im Landesinneren nicht allzu sehr vergriffen. Bloß zarte Schichten Weiß hatten seine Ausläufer zwischen den Baumgruppen verstreut. Weiße Verunreinigungen waren es hier, im Gegensatz zur Stadt, wo der Schnee den Dreck von den Straßen gewaschen hatte. Ein bewaldetes Hügelchen nach dem anderen baute sich, so weit man blicken konnte, in der Ferne auf, neben-, hinter-, übereinander türmten sich die Baumkronen, nirgends eine Stadt, keine Menschensiedlung in Sichtweite, der ganze Staat New York bestand aus nicht enden wollenden Wellen von Bäumen. Was für Marseille das Meer war, mussten hier die in die Weite ziehenden Wälder sein. Hatte ich von meinem Zimmer im *Richard* in grenzenloses Blau geblickt, so schaute ich vom Bus aus in eine Welt aus rostigem Braun. Die Schaumkronen auf dem Mittelmeer waren hier die Schneeflecken im Wald. Und wie Containerschiffe und vorgelagerte Inseln in der Eintönigkeit des Löwengolfs für Abwechslung sorgten, waren es hier vereinzelte Atomkraftwerke oder eine aus dem Nichts auftauchende Shoppingmall, die es schaffte, meinen sich verlierenden Blick zu fesseln. Ich träumte mich durch diese Waldwelt hindurch, die zwischen New York und Québec gezogen war.

An der kanadischen Grenze dauerte es Stunden, bis alle Fahrgäste den Zoll und die Vernehmungen der Einwanderungsbehörde hinter sich gebracht hatten. Ich für meinen Teil musste nicht lange überlegen, welche kanadische Aufenthaltsadresse ich im Formular eintrug.

– Privat, antwortete ich, als mich der kahlgeschorene Grenzbeamte danach fragte, wo ich in Montréal zu wohnen gedachte. Bei einer Freundin, sagte ich.

– Wie lautet der Name dieser Freundin?

– Anni.

– Familienname?

Kurz geriet ich ins Stocken. Dann stammelte ich: Domini.

– Anni Domini also?, wiederholte er.

– Ja, Anni Domini.

Zum Glück prüfte er die Informationen nicht nach, die ich ihm gab.

Von weitem schon konnte ich die in der Abenddämmerung leuchtende Skyline von Montréal erkennen, als der Bus sich der Stadt näherte. Wie eine Armee geschundener, ausgemergelter Soldaten standen die Wolkenkratzer inmitten einer dunklen Ebene, die sich ohne Ende in alle Richtungen zog. Bis zum Nordpol reichte dieses Flachland wohl, mutmaßte ich, dieses Schlachtfeld, auf dem die Stahl- und Glasskelette sich verloren hatten. Von Minute zu Minute wuchsen die Hochhäuser höher in den Himmel und die Silhouette baute sich vor meinen Augen auf. Im Vergleich zu Manhattan wirkte sie wie eine Miniatur, mich aber beeindruckte sie trotzdem. Mitten in diesem Häuserhaufen lebte Anni. In seinem Zentrum erwartete sie mich. Ich spürte die Erregung, die mich überkam, als der Bus über den langgestreckten Pont Champlain die Innenstadt ansteuerte. Über eine Stunde noch dauerte die Fahrt, bis wir uns durch die zur Hauptverkehrszeit verstopften Durchfahrtsstraßen gekämpft hatten und unser Ziel erreichten. Gegen Ende der Reise konnte ich es kaum erwarten, aus dem Bus zu steigen. Noch bevor er im Terminal ganz zum Stillstand kam, erhob ich mich von meinem Sitz.

Tatsächlich waren es keine zehn Minuten Fußmarsch vom Busbahnhof in die Rue de Rigaud. Mein Herz klopfte immer heftiger, meine Hände schwitzten, als ich die Steigung überwand, die zum Ziel meiner Reise führte. Kein Gepäck trug ich bei mir. Nichts besaß ich außer den knapp dreihundert Dollar, die ich noch hatte, und der, wie ich hoffte, winterfesten Kleidung, die ich am Körper trug. Annis Zettel spürte ich zwischen meinen Fingern in der gefütterten Jackentasche. Kurz überlegte ich im Spaß, ob ich ihn jetzt, am Ende des Weges angekommen, vernichten sollte, zerkauen, schlucken, wie Geheimagenten es in Filmen taten, wenn sie einen Auftrag erhielten. Doch ich verwarf den Plan. Nein, niemals würde ich mich von dem Zettel trennen. Zu gegebenem Anlass würde ich Anni dieses Stück Papier zeigen. Gemeinsam würden wir lesen, was sie geschrieben hatte, und uns erinnern und schmunzeln. Aufbewahren würden wir den Zettel, für immer, dachte ich.

Am Ende des Anstiegs erkannte ich das Rigaud-Straßenschild, wenig später die Hausnummer. Eine riesige Vier, zwei riesige Nullen waren über dem Eingangsportal eines Hochhauses angebracht. Von der gegenüberliegenden Métro-Station strömten Menschen auf die Straße. Sie alle konnten die milchigen Ziffern sehen, auf die ich mich zubewegte. Es war eine Hausnummer, nach der man nicht suchen musste, ein allein stehendes Gebäude, das Rigaud 400. Umsäumt von flachen, viktorianischen Reihenhäusern mit bunten Giebeln und Eisentreppen, die vom Vorgarten in den ersten Stock führten, hob sich dieser Betonriese von seiner Umgebung ab. Ein hässlicher Siebziger-Jahre-Bau, dachte ich, aber eine tolle Aussicht musste Anni vom fünften Stock aus haben. Ich ging davon aus, dass sich Apartment 521 im fünften Stockwerk befand.

Ich öffnete die verglaste Außentür und fand linker Hand die nummerierten Wohnungsglocken. Kurz verschnaufte ich. Ich fuhr mir mit der Hand durchs Haar. Dieser Eingangsbereich wurde überwacht, stand auf einem Hinweisschild. Vielleicht sah mich Anni in diesem Moment bereits! Vielleicht sah sie, wie ich mir durchs Haar fuhr, und betätigte den Öffnungsmechanismus der Eingangstür, ohne dass ich überhaupt läuten musste!

Aufgeregt ließ ich den Zeigefinger über die Türglocken gleiten. 516. 517. 518. 519. 601. 602. 603 und so fort. Mein Atem stockte. Ich erstarrte. Sofort ahnte ich, was geschehen war. Doch ich weigerte mich, es anzuerkennen. Ich suchte, zuerst ruhig, dann immer panischer, ob die 521 an einer anderen Stelle zu finden war. Vielleicht gab es einen gesonderten Aufgang? Vielleicht waren die Wohnungen auf jeder Etage ab der Nummer 20 in einem anderen Verzeichnis gelistet? Ich klammerte mich an hilflose, lächerliche Ideen. Auch wenn mich augenblicklich eine Gewissheit überkommen hatte, ich kämpfte gegen das Unausweichliche an. Doch es half nichts: In jedem Stockwerk gab es bloß neunzehn Wohnungen. Eine 521 existierte nicht. Die Adresse *400, rue de Rigaud, #521,* existierte nicht.

Vielleicht lag eine Verwechslung vor?, überlegte ich. Anni war betrunken gewesen, vielleicht hatte sie Ziffern vertauscht und 521 statt 512 geschrieben. Ich läutete dort. Eine Männerstimme meldete sich. Mit starkem osteuropäischen Akzent fragte sie, wer ich wäre, was ich suchte, und ich antwortete nicht mit *C'est moi, François,* sondern entschuldigte mich für die Störung.

– Ich habe mich getäuscht, sagte ich.

Noch gab ich nicht auf. Ähnlich wie bei Ackermann in Zimmer 11 dauerte es eine Weile, bis der Schock mich in die Knie zwang. Seinen Abschiedsbrief trug ich nach wie vor in der Innentasche meiner Jacke, in diesem Moment fiel er mir wieder ein. Ich hatte Ackermann ganz vergessen gehabt. *Heute will ich nicht länger warten,* hatte er geschrieben und alles auf eine Karte gesetzt.

Noch einmal nahm ich Annis Zettel zur Hand und prüfte, ob die geschriebene 5 eine 3 oder 7 sein konnte, die 2 gar eine 1! Vielleicht hatte ich eine Kleinigkeit übersehen? Oder hatte ich wie Ackermann im Rausch der Endgültigkeit gehandelt und alles mit einem Schlag verloren? Seine Wahrscheinlichkeit zu verlieren hatte bei 16,6 Prozent gelegen. Wie hoch war die meine?

Ich wollte es nicht wahrhaben. Ich läutete an allen unmöglichen Nummern. Auf Fünfen, Sieben, Zweien drückte ich immer verbissener, was immer sich dahinter verbergen mochte. Doch nirgends antwortete Anni. Niemand kannte sie.

– *Désolé*. Sie müssen sich getäuscht haben.

Wieder und wieder kam dieser Satz aus der Gegensprechanlage. Ja, ich musste mich getäuscht haben! Keine andere Erklärung gab es.

– *Excusez*, murmelte ich, ich weiß nicht, wie oft.

Dann verstummte ich.

Der Ohnmacht nahe blieb ich im Hauseingang stehen. Gelähmt, gebrochen, zur Tatenlosigkeit verdammt. Vielleicht eine Stunde lang wartete ich auf irgendein Wunder. Ich lümmelte im Eingangsbereich herum, hopste nervös von einem Bein aufs andere, ich knirschte mit den Zähnen, ballte die Fäuste, ich knurrte, flüsterte, fluchte stumm in mich hinein, ein Verlierer am Ende seines Weges. Ackermann war auf dem Plastikstuhl sitzen geblieben, ich verharrte im Hauseingang, weil ich nicht wusste, was ich sonst tun sollte. Für die paar Hausbewohner, die an mir vorbeitraten und mir befremdete Blicke zuwarfen, musste ich bereits wie ein Obdachloser gewirkt haben. Schnell huschten sie an mir vorüber und vergewisserten sich, dass das Schloss der Haustür hinter ihnen einschnappte. Ausgesperrt von allem, blieb ich ausgehöhlt vor dem Wohnungsverzeichnis stehen, zerrissen, zerstört, aus dem Leben gefallen, mit schrecklicher Wucht auf dem Boden aufgeschlagen.

Eine einzige alte Dame wollte sich um mich kümmern. Ob sie mir helfen könne, fragte die Frau, die schon seit Jahrhunderten in diesem Haus zu wohnen schien. Ob sie eine Anni kenne, fragte ich. Wen? Wie? Anni? Es täte ihr leid. Von einer Anni hätte sie hier noch nie gehört.

Eine Weile noch stand ich ungläubig herum. Beinahe fehlte mir die Kraft, mich aufrecht zu halten. Doch anscheinend hatte mich Ackermanns Schock abgehärtet, und ich verlor die Kontrolle nicht vollends. Ich sah ein, hier nichts weiter zu suchen zu haben. Weder wusste ich, was geschehen war, noch, was geschehen sollte. Nur dass ich der größte Idiot auf Erden war, das wusste ich.

Für drei Nächte reichte mein Geld im Hotel Labelle, auf das ich am selben Abend stieß, nachdem ich ziellos, willenlos, aussichtslos durch das Viertel geschlichen war. Die Absteige gefiel mir nicht, aber ich war nicht wählerisch. Wahrscheinlich gab es keinen einzigen Gast, der sich freiwillig hier einquartierte. Nur den nötigsten Unterschlupf bot das schmucklose Zimmer einem wie mir. Mehr hatte ich nicht verdient. Vom Hotelfenster blickte ich hinaus auf die Straße und betrachtete die Schlange der Obdachlosen, die sich gegenüber beim Maison du Père anstellten. Ich spürte bereits, wie ich einer von ihnen geworden war. Dennoch betrachtete ich die Kollegen ohne Mitgefühl. Taub war ich geworden. Und vielleicht würde ich es von nun an immer bleiben: taub.

9

Ob ich Anni auch nach Oimjakon gefolgt wäre, überlege ich, als ich an meinem letzten Tag in Montréal durch die auch sonntags geöffneten Einkaufswelten der unterirdischen Stadt schlendere. Zuzutrauen wäre es mir. Zwischen jedem Schritt, den ich in der künstlichen Wärme auf die polierten Böden setze, versuche ich, möglichst viel Zeit verstreichen zu lassen. Jede überstandene Minute, die mich dem Abflug nach Marseille näher bringt, werte ich als Erfolg.

Heute früh musste mich tatsächlich ein südamerikanischer Schichtarbeiter in Sicherheit bringen, der gegen sechs Uhr morgens an meinem Unterschlupf in der stählernen Nische des Kaufhauseingangs vorbeikam. Auf Spanisch oder Englisch oder einer Mischung aus beidem plapperte er auf mich ein, er rüttelte mich wach und versuchte mir zu verstehen zu geben, dass die U-Bahn geöffnet hatte.

– *Too cold outside,* hörte ich ihn sagen.

Ich wollte ihm widersprechen, aber wenn ich die Lippen bewegte, kam kein Wort heraus. Ich wollte nicht in die U-Bahn, wollte ich sagen, nicht dorthin zurück, er sollte mich in Ruhe sitzen lassen, so kalt wäre es nicht. Doch *too cold, too cold* hörte ich ihn wiederholen, und gleichzeitig spürte ich, wie er mich anfasste. Er hievte mich hoch, dieser kleine, rundliche Mann, er hatte mehr Kraft, als ich ihm zugetraut hätte. Gleichfalls schien er es eilig zu haben. Er duldete meinen Widerstand schlichtweg nicht. Kurzerhand fuhr er mir mit seinen Armen unter die Schulter und begann mich fortzuschleppen. Ich wollte protestieren, aber es war zwecklos, ich hatte keine Chance gegen ihn.

– *Métro is better, much better,* sagte er und zog mich in Richtung der Station, aus der ich unzählige Stunden zuvor von dem

Sicherheitsbeamten gewiesen worden war, er schulterte mich regelrecht, dieser Kerl, huckepack schleppte er mich den Gehsteig entlang.

War ich denn wirklich so leicht? Ich dachte daran, wie Lucy mich manchmal hochgehoben hatte. Chancenlos war ich ihr ausgeliefert gewesen, sie hatte mit mir machen können, was sie wollte, und ich hatte es bereitwillig mit mir geschehen lassen. Auch beim Südamerikaner ergab ich mich meiner Bestimmung. Wenn dieser namenlose Mann mich fortziehen wollte: sollte er doch! Sollte er mich anderswo hinlegen, wenn es ihm ein Anliegen war! Vielleicht zurück in einen Einkaufswagen? Von dort war ich gekommen, und federleicht und klein, wie ich augenscheinlich war, passte ich wohl immer noch hinein. Sollte er ruhig meinen Schnuller in Rotwein tunken. Ich würde alles mit mir machen lassen!

Verschlungen ineinander, wie wir durch die eisigen, schwarzen Morgenstunden keuchten und frostiger Hauch von unseren Mündern in die Höhe stieg, merkte ich, wie ein wenig von der Wärme des Mannes auf mich übersprang. Er schimpfte in einem fort mit mir, weil ich zu meiner eigenen Rettung so wenig beitrug. Er schimpfte mich aus, wie Lucy für gewöhnlich die Welt anherrschte, wenn ihr diese Anlass dazu bot. Ich aber konnte meinem Retter gar nicht zu Hilfe kommen, ich hatte längst die Kontrolle über mich verloren, bloß als Zuschauer taugte ich noch, steif gefroren und verloren in Ohnmacht und Erschöpfung, wie ich war. Mein Geist saß nicht länger in meinem Körper, vielmehr beobachtete er von außerhalb diese mühselige Schlepperei. Von da draußen konnte ich sehen, wie der kleine Mann mich durch die Schwingtür der Station hinein zur Rolltreppe zerrte. Ja, wirf mich ruhig da hinunter, diesen Sack Ballast, der ich bin, dachte ich, vielleicht zerbrechen meine Knochen dabei, warum auch nicht? – und sofern ich noch etwas ernst meinte, meinte ich es so. Aber er tat nicht, was ich ihm gebot. Auf der Rolltreppe hielt er mich beharrlich am Oberkörper fest, sodass ich ihm nicht zusammenfiel und hinunterpurzelte. Ineinander verkeilt schwebten wir in den Untergrund. Je weiter hinunter wir kamen, von Sekunde zu Sekunde wurde es nun spürbar wärmer. Ich spürte, wie feine Nadeln meine Fingerspitzen stachen. Ich konnte sie nicht sehen, kurz aber sah ich jetzt, da wir verkrampft an der Flanke des Treppenlaufs lehnten, das breite Gesicht des Mannes, der mich hielt. Es kam mir wie aus Holz geschnitzt vor, ausnehmend schön. In den kleinen dunklen Augen dieses Helden lag ein strenger, ein zu allem entschlossener Ausdruck. Nichts und niemand hätte ihn von seinem Plan abbringen können. Die bunte Wollmütze, die er trug, reichte ihm bis zur Schulter. Durch die Arbeit mit mir war sie ein wenig zur Seite gerutscht. Später würde er sie wieder geraderichten, dachte ich, hoffte ich, sicherlich würde er das, dieser Gedanke erfreute, beruhigte mich, und ebenso, dass er seinen Schal neu binden würde, sobald er mit mir fertig war, überlegte ich bei mir. Da waren wir schon am Drehkreuz der Métro angelangt, das er mithilfe seiner Fahrkarte freigab. Durch diese letzte Barriere schob er mich noch hindurch, dann hatte er endgültig genug von meiner Tatenlosigkeit. An der Treppe, die weiter hinab zu den Gleisen führte, stellte er mich wie ein unförmiges Paket ab. Wenn ich denn wollte, dürfte ich hier und jetzt in mich zusammensinken. Er hatte fürwahr genug Mühe mit mir gehabt. Ein nicht enden wollender Arbeitstag stand ihm wohl erst bevor, ein Sonntag, an dem er zu schuften hatte, ohne sich darüber zu beklagen. Nun hatte er schon auf dem Weg mit mir zu schaffen gehabt.

– Bleib hier sitzen. Wärm dich erstmal auf, Kumpel.

Das befahl er mir, und ob oder was ich darauf antworten würde, kümmerte ihn nicht. Noch bevor seine Worte in mein eingefrorenes Hirn sickerten, verschwand der Südamerikaner aus meinem Blickfeld.

– Danke!, wollte ich ihm nachrufen. *Merci! Thank you!*

Doch da hörte ich schon das Quietschen der Gleise und sah, wie ein Stockwerk unter uns der Zug einfuhr und der Mann ihm entgegeneilte. Sekunden später verschluckten ihn die Türen des Waggons, und ratternd nahm die U-Bahn wieder Fahrt auf.

Niemals würde ich diesen Menschen wiedersehen. Und nicht noch einmal, das wusste ich nun, da ich am kalten Boden der Métro-Station kauerte, der mir vorkam, als wäre er beheizt, nie wieder würde ich an diesem Kaufhauseingang, von dem ich in Sicherheit gebracht worden war, versuchen, eine Nacht zu verbringen. Für meine letzte mittellose Montréaler Nacht musste ich mir etwas Besseres einfallen lassen.

Später fuhr ich selber mit der U-Bahn davon. Ohne Ziel setzte ich mich in einen Wagen und fuhr zur Endstation. Honoré-Beaugrand, von dort aus in die entgegengesetzte Richtung, so weit es ging. Mehrere Male pendelte ich zwischen Angrignon und Honoré-Beaugrand hin und her, bis es zu eintönig wurde und ich, zurück in der Innenstadt, die Métro verließ.

Inzwischen war es hell geworden – so hell wenigstens, wie es in Montréal Ende November werden konnte. Düster und dunkel war der Tag im Vergleich zu Marseille, aber zweifellos hatte Monsieur Rigolo sich etwas beruhigt. Ohne Angst vor Erfrierungen hätte ich aufs Neue stundenlang durch Straßen geistern können. Doch mir fehlte die Kraft. Ich konnte mich nicht weiter im Freien bewegen. Es war, als wucherten Frostbeulen auf meinen Fußsohlen, und ein beißender Hunger zwang mich, bei den Imbissbuden der Unterstadt nach Essbarem zu suchen.

Bei einem Eingang nach unten fiel mein Blick auf ein *centre d'amusement*, die *Amusement-2000*-Spielothek, durch deren Eingangstür aufdringlicher Lärm quoll. Ohne zu zögern betrat ich die fast menschenleere Spielhalle. Auch ohne Kunden, die sie bedienten, fabrizierten die dicht aneinandergereihten Spielautomaten eine beängstigende Geräuschkulisse. Laserpistolen, Eishockeyschläger, Rennautos wollten benutzt werden, Aliens, Zombies, Playmates brüllten mit metallenen Stimmen, Rodeopferde wollten geritten werden, Spielkarten aufgedeckt. Der fettleibige Mann am kreisförmigen, ihm viel zu engen Schalter in der Mitte des Raums kümmerte sich nicht darum, wie ich zwischen den Maschinen hindurchschlich. Er war eingesperrt in seinem Thron, vielleicht auf alle Ewigkeit, um Münzen zu wechseln und Jetons auszugeben, würde man es schaffen, ihm einen solchen Wunsch verständlich zu machen neben dem Lärm der Maschinenwelt, die die Herrschaft hier übernommen hatte, den Schusswaffen, Sirenen, Kugeln, Klingeln und der schreienden Radiomusik, die hinter all dem einen sinnlosen Klangteppich ausbreitete. Der Laden war apokalyptisch, deprimierend, er quoll über von vorgetäuschter Lebensfreude und hatte doch weder mit Leben noch mit Freude zu tun. Immerhin aber war er beheizt und deutlich sauberer als vergleichbare Spielstätten in Marseille.

In der hinteren Ecke entdeckte ich drei Flipperautomaten: *Metallica*, *AC/DC* und *Mötley Crüe*. Direkt neben ihnen lag der Hintereingang des Etablissements verborgen, eine Glastür, auf der die Öffnungszeiten angeschrieben waren. Ich las sie, und in diesem Moment wusste ich, wo ich die kommende Nacht verbringen konnte. Ich musste mir nur genügend Quarters beschaffen, dann würde ich bis fünf Uhr morgens hier herumlungern dürfen. Sogleich schöpfte ich Hoffnung, am *Mötley-Crüe-*Flipper würde ich, so erschöpft vom Leben auf der Straße ich auch sein mochte, stundenlang eine Kugel im Spiel halten können. Am liebsten hätte ich sofort damit begonnen! Doch noch fehlten mir die Münzen, noch musste ich mich gedulden.

– Lieber François, Vorfreude ist die schönste Freude, sagte ich mir, sprach's in meiner neu gewonnenen Zuversicht ungehört in die Kakofonie der Spielautomaten hinein und mimte dabei meinen Adoptivvater.

Oft genug hatte er, von dem ich mich inzwischen so unerreichbar weit entfernt hatte, dieses Bonmot gepredigt.

– Spar es dir auf, François, dann hast du länger davon!

Immer hatten mich solche Sprüche geärgert, nie aber durfte ich den Ärger zeigen, denn sonst wurde gestrichen, auf was ich mich freuen hätte können. Einmal hatte ich mich widersetzt und heimlich gesucht und zuunterst versteckt im Kasten mein Weihnachtsgeschenk, ein ferngesteuertes Auto, gefunden. Gerade wollte ich es zurückschieben, da kam mein Adoptivvater ins Wohnzimmer. Er entschied, mein Geschenk bis zum Weihnachtsfest im folgenden Jahr zurückzuhalten. Du sollst lernen aus der Unbeherrschtheit, sagte er. Es täte mir leid, Monsieur!, schwor ich, bettelte ich. Doch zum Leidtun war es zu spät. Auch die Appelle seiner Ehefrau, Milde walten zu lassen, konnten ihn nicht umstimmen. Für mich gab es kein Weihnachtsgeschenk in diesem Jahr – außer einem Comicband und einer Tafel Schokolade, die mir die Mutter heimlich zusteckte. Als ich das Auto ein Jahr später unter dem Weihnachtsbaum entdeckte, hatte ich Lust, es nicht einmal auszupacken.

Und jetzt, in meiner Schieflage auf der anderen Seite des Atlantiks, kamen mir plötzlich derartige Lebensweisheiten in den Sinn. Lächerlich! Ich wischte sie weg. Ich hatte mich doch aus den Fängen von Monsieur Toulet befreit. Wenn ich etwas geschafft hatte, dann das! Ich wollte in meiner misslichen Situation in Montréal nicht auch noch den Schatten spüren, den mein Adoptivvater auf mich warf.

– Da siehst du, wohin dich die Unvernunft führt, François, sagte er.

Doch der Lärm der Spielhalle übertönte seine Stimme. *Money, Money, Money,* plärrte es aus den Boxen, und um der Musik zu helfen, stimmte ich mit ein. Gemeinsam sangen wir den Adoptivvater fort, Abba und ich. *Aaaha Aaah!* Im Rhythmus der Musik gab ich dem *Mötley,* dem *AC/DC,* dem *Metallica* einen Klaps – bis später, *mes petits*! – und öffnete die Hintertür, die in eine Kaufhauspassage führte. Durch sie hindurch gelangte ich, leichtfüßig jetzt, in die Unterstadt mit all ihrem Segen. *Must be funny,* sang ich, *in the rich man's world,* und hopste geradezu die Stufen hinab.

Aaaha Aaah-Anni!

Eine Etage tiefer blieb mir der Song im Hals stecken.

Da spazierte sie glatt vor mir den Gang entlang auf all die glitzernden Auslagen zu.

Es musste Anni sein!

Natürlich war sie wärmer angezogen als im vorwinterlichen New York, wo wir uns getroffen hatten. Sie trug einen dieser taillierten Daunenanoraks mit Fellkapuze, wie ihn alle Montréaler Mädchen trugen, wie er sich um all ihre Hüften und Brüste schmiegte, wunderbar zusammenpackte, was sie besaßen. Mich aber konnte er nicht täuschen.

– Anni!, rief ich und beschleunigte den Schritt, um ihr zu folgen.

Anni, nein, du entkommst mir nicht. Ich werde dich zur Rede stellen. Gibt es denn einen guten Grund für unser Missverständnis? Anni! Ich rufe es der zierlichen Frau zu, die ihr Tempo steigert. Sie rennt von mir weg. Was, zum Teufel, habe ich ihr getan? Sie bekommt es mit der Angst zu tun. Sie denkt, ich sei ein anderer, ein Geisteskranker.

– Bleib stehen, Anni! *C'est moi, François!*

Dann endlich dreht sie sich um. Mein Ruf hallt nach im Gang.

Und nun bekomme ich es mit der Angst zu tun, der Angst vor mir selbst und dem Wahnsinn, der in mir weit fortgeschritten sein muss und mich Anni sehen lässt, wo keine Anni ist. Die Anni, die vor mir davonläuft, sieht der echten kein bisschen ähnlich. Die gleiche Größe hat sie in etwa und vielleicht eine ähnliche Figur, sofern sich das in der Winterkleidung beurteilen lässt. All die Québecerinnen haben diese fuchshafte Gestalt, dieses geschmeidige Auftreten, mit dem sie durch ihr Leben pirschen. Doch das Gesicht der Frau, die ich ziehen lasse, ohne mich zu entschuldigen, ist anders, gerader, zu sehr in die Länge gezogen alles an ihm, die Nase, das Kinn, selbst die Wimpern, hinaustuschiert auf vielleicht das Doppelte ihrer eigentlichen Größe – Anni hätte das nicht notwendig gehabt. Nein, vor mir flüchtet eine Italienierin, eine Araberin, eine Inderin gar, jedenfalls nicht Anni, der ich im *Alcatraz* zugeprostet, deren Duft ich eingesogen, deren Sommersprossen und Anmut ich bestaunt habe.

Ich sehe, wie sie um die Ecke biegt.

An Ort und Stelle lasse ich mich auf den Boden sinken und versuche, mir Anni ins Gedächtnis zu rufen. Wie hat sie eigentlich ausgesehen? Ich versuche, mir Anni vorzustellen, aber ein Black-out erwartet mich im Hirn, ein Keulenschlag, der mich taumelnd zu Fall bringen würde, würde ich nicht bereits an einen Wasserspender gelehnt am Boden kauern. Je mehr ich versuche, mir Anni bildlich vorzustellen, desto mehr abhanden kommt sie mir. Verschwunden ist sie, ausradiert im Gedächtnis, diese Frau, die mich ins Verderben geschickt hat. Ist es schon so lange her? War sie überhaupt schöner als die Italienierin, Araberin, Inderin, schöner als ihre Québecer Kolleginnen? Wie vielen Millionen Frauen würde ein Narr wie ich bis ans Ende der Welt hinterherrennen, wie immer sie heißen, wie immer sie sich nennen würden? Ich habe Annis Namen nie gekannt, ihre Adresse nicht, einem Phantom bin ich gefolgt, nun weiß ich nicht mehr, wie es aussah. Eine Frau, die niemals existiert hat, existiert nun auch in meiner Erinnerung nicht weiter. Dass sie Wild Turkey getrunken hat, und ich mit ihr getrunken habe, sie pur und ich auf Eis, das weiß ich noch, aber sonst ist sie entschwunden. Für immer. Denke ich. Hoffe ich. Befürchte ich.

Niemand trinkt an dem Wasserspender, an dem ich, schluchzend nun, lehne. Niemand bleibt stehen. Frau nach Frau geht vorüber. Die meisten würdigen mich keines Blicks, ich aber betrachte sie von unten her. Entsetzlich sind sie alle. Atemberaubend. Eine raubt der nächsten ihre Schönheit. Blind könnte ich meine Hand ausstrecken, und wer immer mich hoch- und mit sich ziehen würde, sie wäre so bezaubernd, dass ich alles für sie zu tun gewillt wäre. Meine Anni gilt nicht mehr. Tausendfach könnte ich sie ersetzen. Tausende sind es, die ihr den Zauber nehmen. Anni habe ich mit ihrem Zettel mit den Zähnen zerkaut und in das Abluftgitter des Gehsteigs hinuntergespuckt. Nie wieder wird sie dort auferstehen. Andere stehen bereit, um an ihre Stelle zu treten. Ich presse die Augen so fest wie möglich zusammen. Die Augäpfel schmerzen unter dem Druck. Ich erhöhe den Druck, sodass sie noch mehr schmerzen. Ich lasse mich hinabsinken in die Finsternis des Abluftschachts. Ein letztes Mal folge ich Anni. Fast ist die warme Luft, die hochsteigt, stärker als die Schwerkraft, die mich hinunterzieht. Saumselig gleite ich in eine bodenlose Tiefe, ein kleines Papierflugzeug bin ich, unsachgemäß geformt. In der Wärme setze ich irgendwann und irgendwo auf, im Dreck, im Staub, im Schmutz, den ich nicht sehe, aber wahrnehme. Er ist überall um mich herum. Doch Anni ist nirgends mehr zu finden. Vergangen.

In Zeitlupe richte ich mich auf. Ich widerstehe dem Schwindel, der mich überkommt und zurück in die Knie zwingen will.

Ich werde mir etwas zu essen finden müssen. Sonst komme ich womöglich nie heraus aus dieser Stadt.

10

Pflichtbewusst stellt mir eine pickelübersäte Vietnamesin das Mittagessen auf den Tisch. Ein weißer Plastiktisch mit abgerundeten Kanten, fest im Boden eingebaut, seit den siebziger Jahren wohl festgezurrt an dieser Stelle. Alles hier weiß, beige, Kunststofflicht. Wie ein Krankenhaus, dieser Tunnel der *Ville Souterraine*, der aus einem anderen Tunnel heraus in einen weiteren hineinführt. Verschiedene Reste Reis, Schweinefleisch, Grünzeug hat die Gute in meinen Plastikteller gedrückt. Nicht aus Nächstenliebe hat sie gehandelt, sondern weil sie keine andere Möglichkeit sah, mich rasch und unauffällig von ihrem Tresen fortzuscheuchen und meine unzähligen *Bitte, Bitte, Bitte* abzustellen.

Das Essen, das sie mir vorsetzt, schmeckt nach weißem Plastik. Bis aufs letzte Reiskorn leere ich den Teller, dann werfe ich das Geschirr in eine der Mülltonnen, die überall angebracht sind, mehr Mülltonnen als Tische gibt es, all der Müll sammelt sich darin, der an den Fastfoodständen ausgegeben und nicht gegessen wird. Ich rülpse laut – erst im Nachhinein wird es mir bewusst.

Neben dem Abfalleimer erkenne ich einen braunen Karton, der auf dem Boden liegt, eine leere Schachtel mit chinesischen Schriftzeichen an den Außenwänden. Sie bringt mich auf die Idee. Ich reiße eine ihrer Kartonwände ab und nehme sie mit. Zielstrebig trage ich sie in eines der unterirdischen Papierwarengeschäfte.

Der bebrillte, spitznasige, spitzschultrige Verkäufer, der mich dort erwartet, ist alles andere als erfreut über mein Erscheinen. Ich kann das *O nein* förmlich auf seiner Stirn lesen, als er mich, den Obdachlosen, erblickt. Doch es bleibt ihm keine Wahl, *es ist, wie es ist,* ich gehe auf ihn zu, er muss sich damit abfinden, dass ich vor ihm stehe, die verwahrloste, wohl stinkende Gestalt, die ich mittlerweile bin. Er bringt größtmöglichen Abstand zwischen uns.

Mir kommt die obligatorische Dusche im *Maison* in den Sinn. Kurz steht das *Maison* vor mir, dann verschwindet es wieder. Es spielte in meinen gestrigen Überlegungen eine Rolle, heute bin ich darüber hinaus. Ich habe den gestrigen Kältetod überlebt, heute stehe ich über solchen Dingen, werde später am Flipper in meinem Nachtquartier stehen und stehe jetzt in diesem Papierwarengeschäft.

Ich frage den Verkäufer nach einem Filzstift. Widerstrebend gehorcht er und borgt mir einen.

– Ich brauche ihn nicht lange, sage ich.

– Nur zu. Nur zu, sagt er.

– Nein, das war Annis Antwort, lasse ich ihn wissen.

Er hat keine Ahnung, wovon ich rede. Doch ich halte mich nicht länger damit auf und schreibe drei Sätze auf meinen Karton:

Ich komme aus Marseille. Ich muss zurück nach Marseille. Bitte geben Sie mir, was immer Sie können, merci.

Ich reiche dem Verkäufer den Filzstift und zeige ihm gleich mein Schild.

– Was meinen Sie?, frage ich ihn.

Er zieht die Schultern hoch und wird dadurch noch etwas spitzgliedriger, er macht Grimassen und vibriert ein wenig mit dem Kopf. Es wirkt, als hätte er einen Krampf, aber es soll wohl Zustimmung signalisieren.

– Nicht schlecht. Nicht schlecht, sagt er mit einer ausweichenden Geste.

– Sie sagen alles doppelt, Monsieur, sage ich.

Und ich lasse das Schild so lange vor seiner spitzen Nase baumeln, bis er mir einen Dollar zusteckt und mir zu verstehen gibt, dass meine Zeit zu gehen nun wirklich gekommen sei.

– Viel Glück, haucht er mir zum Abschied hinterher und verleiht mit einem knappen Nicken dem Gesagten Seriosität.

Er scheint erleichtert zu sein, dass ich ihn verlasse, aber dennoch, das lässt er sich nicht nehmen, wiederholt er seinen Glückwunsch ein zweites Mal und grinst danach.

Den *Doppelmann* würde ich ihn nennen, würde ich eine Geschichte über ihn entwerfen. Ich sehe mich selber in die Rolle des Doppelmanns schlüpfen. Mein Leben hätte mich genauso gut dorthin führen können, warum nicht? Vielleicht sollte ich ihn besser den *spitzigen Mann* nennen, überlege ich. Doch für all dies fehlt mir nun die Zeit, ich habe Wichtigeres zu tun.

– *Merci, merci!*, sage ich und mache mich auf den Weg.

Merci.

Häufig werde ich es noch an diesem Nachmittag sagen, denn ich scheine den richtigen Ton getroffen zu haben. *Merci!* Habt Dank! Die Kassen klingeln.

Die Kasse, das ist ein Pappbecher, den ich vor mir aufstelle, wo immer ich mich hinzusetzen entscheide. Irgendein Durchgang, eine Ecke, ein Plätzchen findet sich überall. Ich bleibe höchstens eine halbe Stunde am selben Ort sitzen, dann ziehe ich weiter. Bald habe ich keinen Ahnung mehr, wo ich mich in diesem unterirdischen Labyrinth befinde. Doch ich bleibe in Bewegung, und genau das ist es, was mich ausmacht, das ist mein Vorteil. Ich bin keiner der hoffnungslos Liegengebliebenen, sondern einer auf der Durchreise, einer, der weiterkommt, wegkommt. Vom Weg abgekommen bin ich, ja, nicht aber auf der Strecke geblieben. Jeden Nickel, Dime, Quarter, Dollar, den mir die Leute zuwerfen, investiere ich ins Weiterkommen. Ihr Geld ist bei mir gut angelegt. Sie glauben mir, haben Vertrauen in mich. Für einen gescheiterten Franzosen hat man hier ein Herz. Mit jeder Münze, die mir die Québecer zustecken, bestätigen sie sich und der Welt, wie richtig es war, vor Generationen das Mutterland verlassen zu haben für die neue, bessere Heimat. Mitleid haben die *Habitants* mit mir, weil ich nicht geschafft habe, was sie sehr wohl vollbrachten. Zu bedauern bin ich, der ich mich weiterhin im alten Frankreich herumschlagen muss, während sie sich längst ein Neufrankreich erschaffen haben, ein Reich, wo alles größer und prächtiger ist als im Ursprungsland. Kling. Kling. Da, nimm. Du Geist der Vergangenheit. Du Ahne, Vorfahre, heruntergekommener, verwilderter. Kling. Kling. Nimm und erzähl daheim von unserer schönen Neuen Welt.

– *Merci*, sage ich mit betont authentischem Marseiller Tonfall, um meinen Gönnern zu bestätigen, dass ich kein Scharlatan bin, sondern mein Ruf aus verarmter Vergangenheit in ihre üppige Gegenwart ein ehrliches, herzgrundtiefes Flehen ist.

Die Masche läuft so gut, dass mich kurzfristig gar der Übermut überkommt, meinen morgigen Flug verstreichen zu lassen. Denn tatsächlich fällt mir drüben im zerfallenden, stickigen Marseille kaum ein Job ein, bei dem ich auf einen ähnlichen Stundenlohn kommen würde wie mit meiner momentanen Bettelei. Längst habe ich genügend Münzen für die bevorstehenden Flipperexzesse im *Amusement 2000* gesammelt. Längst habe ich auch das Geld für den Flughafenbus. Hin und wieder genehmige ich mir ein Stück Pizza, einen Burger, ein Cola gar, dann setze ich mich mit meinem Spendenaufruf in einen neuen Flur und zähle die Münzen, die vom Himmel fallen.

Irgendwann sitze ich in der Halle des schummrig beleuchteten, gebohnerten Hauptbahnhofs, als wollte ich mit dem Zug nach Marseille reisen. Mir kommt es vor, als wäre der Marmorboden extra für mich geputzt. Ich denke an Lucy. Sie kämpft sich durch den Schmutz der Alten Welt. Ich hingegen sitze auf dem gescheuerten Boden Neufrankreichs und werde dafür entlohnt. Soll ich mich denn wirklich von diesem Boden jemals wieder erheben?

Ein modisch gekleideter Geschäftsmann tritt auf mich zu. Ich lächle ihm entgegen, wie ich allen zulächle, die mir Aufmerksamkeit schenken.

– *T'es de Marseille, c'est vrai?*, fragt er mit breitem provenzalischen Akzent.

– Aber ja, und wie das wahr ist, sage ich.

– *Fier d'être Marseillais?*

– *Mais oui!*

Ich bin mir nicht sicher, ob es eine strategisch günstige Antwort ist, sich lokalpatriotisch zu geben.

– Einmal Marseille, immer Marseille, füge ich hinzu.

– Das stimmt nicht, erwidert er. Einmal Marseille – jetzt Montréal. Ich.

Von mir aus gesehen wirkt der Mann so groß, als würde er bis zum gewölbten Plafond der Halle ragen. Im gelben Licht einer nebenan gelegenen Frittenbude glänzt die Pomade auf seinem schwarzen Seitenscheitel.

Sogleich will der Expatriate mehr von meinem Schicksal wissen. Noch während ich dazu ansetze, ihm aus dem Stegreif eine Geschichte zu erzählen, merke ich aber, dass er lieber von sich selbst berichtet. Seine Aufmerksamkeitsspanne scheint arg begrenzt, rasch gerät er in einen Strudel hakiger Erzählungen. Vor Jahren sei er aus Marseille hierhergekommen, um bei einem Technikkonzern zu arbeiten. Die beste Entscheidung seines Lebens sei dies gewesen. Auch wenn die Witterung in diesen Breitengraden einem zusetzen könne. Ob das der Grund sei, warum ich zurückwolle? Weil ich das hiesige Klima nicht ertrage?

– Vom Wetter und solchem Firlefanz sollte man sich nicht bluffen lassen, sagt er und weist es mit großzügiger Handbewegung von sich. Auch hier wird es ja immer wieder Sommer!

– Tut es das, ja?, frage ich, durch die Präsenz dieses hemdsärmeligen Mannes verunsichert, mehr in mich hinein als zu ihm hinauf.

Er geht nicht auf meinen Einwurf ein, sondern spricht ungebremst weiter, mal über dies, mal jenes, und während er spricht, blickt er mal nach links, mal nach rechts, mal zu mir herunter. Er ist ständig in Bewegung, denke ich bei mir, ein Marseillais wie ich. Bald habe ich einen steifen Nacken, weil ich dem Mann dabei zusehen muss, wie er über mir seine Monologe hält. In Québec stehen einem alle Möglichkeiten offen, sagt er.

– Schau dir den Bahnhof an. Schöner als unser Gare Saint-Charles, nicht wahr? Ich sag dir: Alle Türen, die im zentralistischen Frankreich verschlossen sind, stehen hier weit offen. Die haben sich hier von Paris losgesagt. Mach es wie sie! Wie ich! Kehr der *Grande Nation* den Rücken, bevor es zu spät ist. Anstatt herumzusitzen und Geld für den Rückflug zu erbetteln, richte dich besser hier ein!

Es ist mühsam, dem riesenhaften Mannsbild über mir zu folgen. Ich müsste aufstehen, um eine Diskussion mit ihm zu führen, aber selbst dann wäre ich einen Kopf kleiner als er. Hoffentlich entlohnt er mich anständig, denke ich. Je länger er bei mir steht, desto mehr soll er abdrücken.

– Den Französisch-Test für Einwanderer würdest du wohl bestehen!, sagt er, lacht, reibt sich die Nase, lacht, redet weiter, starrt nach links und rechts, auf meinen Kopf, in meinen Münzbecher hinein, als zählte er nebenbei, wie viel ich gesammelt habe.

Wieder landet er beim Wetter. Die kanadische Kälte mache einem das Leben nicht leicht.

– *Oui, je sais,* sage ich.

– So unfreundlich das Klima ist, so freundlich sind die Leute hier. Die kleinen Québecerinnen. So viele hübsche Mädchen in der Stadt. Eine hübscher als die andere.

Wieder stimme ich zu.

– Nur l'OM geht mir nicht aus dem Herzen. Olympique Marseille, auf immer unser Verein! Jedes Wochenende verfolge ich, wie wir spielen. Zurzeit ja nicht gerade berauschend, was?

– *Direkt aufs Tor zu,* sage ich, denn etwas Besseres als das Vereinsmotto kommt mir nicht in den Sinn.

– Dieses Eishockey hier. Immer, überall Eishockey. Tagein, tagaus. Der Puck fliegt über das Eis, so schnell, dass man ihm gar nicht folgen kann. Auch wenn ich nicht der Langsamste bin, daran werde ich mich nie gewöhnen.

Dann, von einer Sekunde auf die andere, bemerkt der Mann, dass er es eilig hat. Fast habe er die Zeit übersehen! Seinen Namen verrät er mir noch – Paul –, und schon ist er auf dem Sprung.

Ich wedle mit meinem Schild, um ihn an eine Spende für mich zu erinnern. Paul reagiert, indem er mit schmerzverzerrtem Gesicht seinen Kopf in den Nacken wirft, als durchführe ihn ein Luftzug. Dann kreist er seinen Kopf mehrfach in die eine und in die andere Richtung, dehnt und streckt sich und macht einen Katzenbuckel. Nachdem er damit fertig ist, beginnt er umständlich in seiner Innentasche herumzukramen. Er sucht sich selber ab, als trüge er diesen Mantel zum ersten Mal. Wie zu einem Kind beugt er sich im Anschluss zu mir herunter. Ein Zwanzig-Dollar-Schein fällt zu Boden. Blitzartig setze ich meinen Fuß darauf, Paul bemerkt es nicht. Auch bemerkt Paul nicht, dass an der Fünf-Dollar-Note, die er mir in die Hand drückt, eine zweite haftet. Schnell stecke ich meinen Lohn weg und bedanke mich mehrfach, aber nicht allzu auffällig, *c'est gentil*, sage ich und hoffe, dass Paul sich schnell erhebt und verschwindet. Doch einen entsetzlich gedehnten Augenblick lang verharrt er nun in der Kniebeuge, in die er gerutscht ist, der Riesenpaul, direkt vor mir, herunten bei mir, sein Geld in meiner Tasche, sein Geld unter meinem Schuh, den Blick auf mich fixiert, den Zeigefinger auf einmal mahnend in die Luft gerichtet. Was will er mir zu verstehen geben?

Als ich zu lange nicht verstehe, nimmt er seinen Mittelfinger dazu und sagt:

Deux! Deux, ça suffit.

Er wartet auf Rückgeld. Zwei Dollar will er mir zuschießen. Das reiche. Mehr als genug sei das. Er habe keine Münzen in der Tasche. Ich solle ihm auf der Stelle drei Dollar zurückgeben.

– Aber Paul! Unter Landsleuten!, sage ich.

Eine Sekunde fällt in die andere. Ich befürchte, dass Paul meinen Becher nehmen, ihn an sich, ihn mit sich nehmen könnte. Machtlos müsste ich dabei zusehen. Was immer dieser

Koloss entscheiden würde, mit mir zu tun, nichts hätte ich ihm entgegenzusetzen. Doch statt mich zu drangsalieren, verfällt er in eine Starre, friert für einen Moment ein, bewegt sich keinen Millimeter. Er starrt mich an. Er starrt ins Leere. Vielleicht tausend Gedanken formt er gleichzeitig in seinem Hirn, oder eher keinen einzigen.

In einem nächsten Atemzug, ruckartig, wie an einer Schnur gezogen, löst Paul sich aus der Anspannung und fährt hoch. Zurück in seiner Oberwelt, beginnt er nun animalisch zu lachen. Es hallt durch die Bahnhofshalle. All die Montréalais, die sich hier befinden, hören mit. Zeugen werden sie, wie zwei archaische Wilde aus dem Süden Frankreichs sich voneinander verabschieden. So hat man das früher wohl gemacht, werden sie denken.

Wiehernd entfernt sich Paul von mir.

– Pass auf dich auf, mein Kleiner!, brüllt er mir noch von weitem zu.

Es scheint, als wüsste Paul nicht, wohin, aber irgendetwas triebe ihn in eine bestimmte Richtung.

– *Bye!*, rufe ich ihm zu.

Sobald Paul außer Sichtweite ist, packe ich hastig mein Geld zusammen und suche mir einen anderen Ort.

Pauls Geldscheine in meiner Tasche, sie waren die am schwersten verdienten an diesem Tag.

Einen davon lege ich nachts dem fetten Spielotheken-Betreiber vor die Nase. Ich muss nicht sagen, dass er ihn mir wechseln soll, er würde mich bei dem Geräuschpegel ohnehin nicht verstehen. Wortlos, ausdruckslos, leblos zieht er den Schein zu sich und schiebt mir zwanzig Quarters zu. Stundenlang komme ich damit an den Flipperautomaten durch. An allen dreien, auch dem *Metallica*, der mir die größten Schwierigkeiten bereitet, schaffe ich es, den Ball fast nach Belieben im Spiel zu halten, an allen dreien trage ich mich in dieser langen Nacht in die Bestenliste ein. *Frank. Frank. Frank.* Montréal hat er erobert. Hunderte Spieler werden sich in den kommenden Tagen, Wochen, Jahren an ihm messen. Woran ich in New York gescheitert bin, weil diese – wie hieß sie noch? – Anni mir dazwischengekommen ist, in Montréal nun habe ich es nachgeholt. Ich spiele, als hätte es sie nie gegeben.

Kein einziger Gast außer *Frank* geht um fünf Uhr morgens im *Amusement 2000* zu Werke, als die Beleuchtung ohne Vorwarnung heruntergefahren und der Strom der Spielautomaten abgedreht wird. Schlagartig wird es still. Eine akute Stille. Sie schmerzt im ganzen Körper nach all dem infernalischen Lärm zuvor.

– *Closing!*, schreit der Fette.

Er hat also doch eine Stimme.

Augenblicklich spüre ich die umfassende Erschöpfung in mir.

– *Closing!*, schreit er noch einmal, diesmal direkt an mich gerichtet.

Er gewährt mir keinen weiteren Aufschub. Ich darf mich nicht auf dem Flipper ausstrecken und die Augen schließen. Ich darf hier nicht die vierzehn Stunden bis zum Abflug meiner Maschine schlafen. Auf der Stelle muss ich mein Refugium verlassen.

Vollkommen ausgelaugt krieche ich aus der Spielothek auf die menschenleere Winterstraße hinaus. Ein Eiswind, der von allen Seiten gleichzeitig kommt, fährt in mich hinein und scheucht mich in Richtung eines *Second-Cup*-24-Stunden-Restaurants. Da ich noch etwas Geld übrig habe, werde ich hier sitzen und konsumieren können, bis die unterirdische Ladenstadt erneut ihre Pforten öffnet. Wie lange könnte ich dieses Leben durchstehen, überlege ich, tagsüber betteln, nachtsüber flippern, dazwischen an irgendwelchen Wänden lehnen? Mein Kartonschild? Wo ist es geblieben? Brauche ich es denn heute, morgen, nächste Woche, nächstes Jahr nicht mehr? Werde ich denn jemals wieder etwas anderes tun? Warum überhaupt?

Kaum habe ich genügend Kraft, um die schwere Glastür aufzuschieben, die in das Diner führt. Hinter ihr, um die Witterung auszusperren, erwartet mich eine zweite Tür, an der ich endgültig zu scheitern drohe. Doch irgendwann habe ich auch diese Hürde überwunden.

Außer einer Runde von Arbeitern, die Dutzende Eier frühstücken, und einer Frau an einem anderen Tisch, die aussieht, als wäre sie mumifiziert und in all ihren früheren Leben eine Dirne gewesen, ist der dämmernde Laden leer. Ich betrachte die Frau, die nichts und niemandem Aufmerksamkeit schenkt, nicht lange, schaue aber genau hin, ob sich vielleicht der Südamerikaner unter den Arbeitern befindet. Einer nach dem anderen blicken die Männer zu mir auf. Doch er ist nicht unter ihnen. Schade, ich hätte ihm gerne einen Kaffee ausgegeben. Stattdessen mühe ich mich zum anderen Ende des Restaurants und schiebe mich an einen kleinen Nischentisch. Eine freudlose, alterslose, wortfaule Kellnerin bedient mich. Einen wässrigen Kaffee nach dem anderen stellt sie mir auf den Tisch, und ich schlürfe die weder kalte noch warme Flüssigkeit in mich hinein. Auch mir ist weder kalt noch warm. Vollkommen empfindungslos bin ich geworden. Zwischen geschmacklosen Schlucken nicke ich ein.

Auch später in der U-Bahn, in der ich mit sinnlosen Runden Zeit totfahre, nicke ich weg, stundenlang. Ich hätte genauso gut den ersten Bus nehmen können, der morgens zum Flughafen fährt, und in der Abflughalle meinen letzten Tag in Québec absitzen. Doch so schnell, wie ich auf der Straße gelandet bin, so schnell habe ich mich an dieses Hundeleben gewöhnt. Drei Tage nur, und schon vermag ich mir keine anderen Schlafplätze mehr als die Métro oder Hauseingänge vorzustellen. Auf dem Plastiksitz der U-Bahn sinke ich in mich zusammen. Ich fühle mich geborgen, es ist wunderbar warm in diesem Waggon, der Zug rattert von einem Tunnel in den nächsten und trägt mich mit sich auf seinen immer gleichen Reisen unter Tage. Ich muss die Augen nicht offen halten. Ich träume vom Flippern. Sisyphos bin ich, der eine Kugel wieder und wieder und wieder nach oben bringt, zu Löchern, in denen sie kurz verschwindet, aus denen sie aber bald wieder ausgespien wird und herunterkullert. Erneut schieße ich sie hinauf, erneut kehrt sie zurück. Glücklich wie Sisyphos bin ich irgendwann, erfüllt von meiner Aufgabe, erfüllt von diesem Tun, denn mein persönliches Tun ist es, nicht meine Niederlage, sondern mein Sieg, meine Berechtigung, in der Welt zu sein.

Beinahe verpasse ich vor lauter Träumen tatsächlich meinen Flug.

Auf welchen Namen das Ticket hinterlegt sei, fragt mich später die humorlose Air-France-Bedienstete am Flughafenschalter.

– Frank, sage ich und buchstabiere: F-r-a-n-k. Sie dürfen auch *Franque* sagen, wenn Sie wollen.

Ich lache. Sie findet es weniger komisch. Ihre Haare sind gerade wie Stroh.

– François Thomas, sage ich, nachdem ich mich gefasst habe, und lege ihr meinen Reisepass hin.

Als ich mein Flugticket und den Pass später einstecke, fällt mir Monsieur Ackermanns Brief auf, den ich die ganze Zeit bei mir getragen habe. Ständig hatte ich dieses Vermächtnis eines

Toten in der Jackentasche. Es ist sinnloser Ballast. Was soll ich denn damit? Was habe ich damit zu schaffen? Noch in der Abflughalle zerreiße ich Kuvert und Brief in kleine Stücke.

der Gleichgültigkeit entkommen

steht auf einem der Papierfetzen.

rei Sekund

auf einem anderen.

Ich lasse sie, wie die restlichen Schnipsel auch, in einen Abfalleimer rieseln.

Dann reihe ich mich in der langen Schlange ein, die zu den Flugsteigen führt. Die Menschen vor und hinter mir rücken ein wenig von mir ab.

Teil Drei

AM LEBEN

1

Nach meiner Ankunft in Marseille war Matthieu nirgends anzutreffen und nicht erreichbar. Ich machte mir darüber keine Gedanken und ging davon aus, dass er wie üblich aus dem Nichts erscheinen würde, sobald der Zeitpunkt hierfür gekommen wäre. Ich selbst war damit beschäftigt, wieder zu Kräften zu kommen und zurück ins *Richard* und zurück in mich zu finden – wer immer ich war und wer immer zu werden ich beabsichtigte. Die meiste Zeit über hängte ich das *Complet*-Schild an die Eingangstür des Hotels und zog mich in mein Zimmer zurück. Es tat gut, wieder hier zu sein und ein Dach über dem Kopf zu haben, ein ganzes Haus für mich allein, ein Haus am Meer, weit entfernt von Monsieur Rigolo.

Doch auch Marseille war verblüffend kalt in diesem Dezember. Nicht nur das *Richard* war wie ausgestorben, die ganze Stadt brachte sich vor einer ungewohnten Winterkälte in Deckung. Zwar glitzerte die Sonne weiterhin auf den Wellen, aber aufgebracht war das Meer zumeist, denn wütend fuhr der Mistral vom Landesinneren her darüber hinweg und zwischen den Häusern der Stadt hindurch. Die Bewohner vermieden es, sich den Böen auszusetzen, die um jede Ecke zogen, sie stopften Teppiche und Tücher in jeden Spalt ihrer Fenster und Türen und blieben zu Hause – sofern sie eine Wohnung hatten. So mancher Obdachloser lungerte auf den Bürgersteigen und in Hauseingängen herum, doch es waren weit weniger Menschen als in Montréal, die sich ohne Schutz durchzuschlagen hatten, und sie hatten mit keinem vergleichbaren Frost zu hadern. Gemessen an dem, was ich erlebt hatte, kam mir der Fallwind aus dem Norden, so streng er sich in diesen Tagen in Marseille auch gebärdete, wie ein Lüftchen vor. Ich warf mir ein paar Decken über, wenn ich tagsüber an der Rezeption oder in meinem Zimmer saß und abwartete, denn nichts anderes gab es zu tun, und durch alle Ritzen drang die Feuchtigkeit des Meeres. Ich trug die elektrischen Heizstrahler aus mehreren Hotelzimmern zusammen – Gäste hatten wir praktisch keine – und legte mich abends schon früh hin. Reglos lag ich zugedeckt auf meinem Bett und blickte auf die wogende Wasserfläche hinaus, bis mir die Augen zufielen. Tagelang schlief ich den Jetlag und die Strapazen der vergangenen Wochen aus mir hinaus, schlief und schlief, weil mir nichts Besseres zu tun einfiel.

Matthieu blieb weiterhin unerreichbar. Es irritierte mich, dass er sich nicht meldete, denn er musste ja wissen, dass ich zurückgekehrt war, aber noch machte ich mir keine großen Sorgen, nur eine wachsende Ungeduld verspürte ich in mir. Je mehr ich mich von den amerikanischen Eskapaden erholte, desto mehr ergriff mich eine undefinierbare Rastlosigkeit. Innerlich bereitete ich mich auf eine Veränderung vor, aber solange ich nichts Neues von Matthieu erfuhr, wollte ich mich weder an die Toulets noch an Lucy oder sonst jemanden wenden. Ohne zu wissen, wie es um Matthieu und unsere Geschäfte stand, fiel es mir schwer, einen neuen Sinn in meinem Dasein zu orten.

Vielleicht hätte ich doch auf diesen Paul im Montréaler Hauptbahnhof hören sollen und, statt in die Aussichtslosigkeit meiner Existenz zurückzukehren, mir in Québec ein neues Leben aufbauen? Beinahe bereute ich, den Rückflug angetreten zu haben. Wer weiß, wohin das Kartonschild in meiner Hand mich noch geführt hätte? Zumindest hatte ich damit gutes Geld verdient, noch immer trug ich ein paar kanadische Dollars in meinen Taschen. Nun aber musste ich sie wechseln und mich so lange wie möglich in Marseille mit ihnen durchschlagen. Sollte Matthieu nicht wiederauftauchen, müsste ich mir eher früher als später eine neue Bleibe und einen anderen Job suchen, nur welche Arbeit das sein konnte, davon hatte ich nicht die geringste Ahnung. Das Jobangebot in Marseille war arg begrenzt. Sofern man nicht Fußballer, Immobilienmakler, Lebensmittelhändler, T-Shirt-Verkäufer oder Handtaschendieb werden wollte, musste man über kurz oder lang von hier weg und am besten nach Paris ziehen. Und würde ich mich mit einem Schild in der Hand in die Marseiller U-Bahn setzen und Spenden für einen Flug nach Montréal sammeln; ich würde nicht weit kommen. Warum sollte man mir hierzulande unter die Arme greifen? Ich wäre nicht der Schatten aus dem Herkunftsland, der das Erbarmen der Neufranzosen entfachen hatte können. Die Marseiller Passanten würden wenig Verständnis für einen gewöhnlich Gescheiterten wie mich aufbringen, und wenn ich Pech hatte, würde plötzlich sogar Monsieur Toulet vor meinem Pappbecher stehen.

– François!, würde er sagen. Wie konntest du nur …

– Was?

– … dich so fortwerfen und deine Mutter und mich dermaßen im Stich lassen?

– Sie ist nicht meine Mutter, und Sie sind nicht mein Vater!

Der Gedanke an dieses Gespräch wühlte mich auf. Ich würde Dinge sagen, die ich später bereuen würde, während mein Adoptivvater nichts von all dem bereute, was er jemals tat oder von sich gab. Vielleicht hätte er im nächsten Moment die Polizei gerufen und mich angezeigt, weil ich ihm Geld gestohlen hatte? In meiner Vorstellung wuchs Monsieur Toulet auf die doppelte Größe von Paul an, während ich, ein Wurm, der zu seinen Füßen kroch, vom dreckigen Boden zu ihm hochblickte.

Ich kniff die Augen zusammen und scheuchte ihn fort.

Besser tat ich, worin ich geübt war: Geduld beweisen und abwarten. Irgendwo würde eine Entscheidung für mich gefällt werden. Ich musste es nur zulassen. So hatte mein Leben immer schon und besser funktioniert, als wenn ich es selbst gewesen war, der die Fäden in die Hand genommen hatte. Wenn ich eine Sache mittlerweile meisterlich beherrschte, dann die Zeit verstreichen zu lassen. Allmählich aber kam mir diese Tugend abhanden. Von Tag zu Tag wurde ich unruhiger, denn ich ahnte, dass etwas nicht stimmte.

Es ließ nicht lange auf sich warten, da musste ich dem innerlichen Drängen nachgeben, und ich versuchte, Lucy zu erreichen. Ohne Erfolg. Sie wäre verreist, ließ Mat mich wissen, ihr Mitbewohner, den ich ans Telefon bekam, ihr Freund, ihr Partner, ich wusste nie, woran ich war, wenn ich mit ihm sprach. Er wisse nicht, wann sie wiederkäme. Wie immer lag ein befremdlicher Unterton in seiner Stimme. Ob sie denn abends zu Hause sein würde, fragte ich. Woher er das denn wissen sollte, fragte er zurück. Ob er ihr wenigstens ausrichten könnte, dass sie mich anrufen soll? Er nuschelte zwar etwas Zustimmendes in den Hörer, aber sein Ja klang wie ein Nein. Ich würde es später wieder versuchen, sagte ich und hängte auf. Mit Mat zu reden, verunsicherte mich mehr, als gar niemanden zu erreichen.

Wo ich war, dachte ich, war ich allein. Ich starrte aufs Meer hinaus und betrachtete das Fährschiff, das täglich vom Marseiller Hafen nach Algerien übersetzte. Ein unförmiger, weißer Klotz mit blauen Streifen, der die Wellen durchbrach. Seine Vorderseite lehnte sich in die Brandung, als wäre das Schiff falsch konstruiert und würde im nächsten Augenblick vornüberkippen. Hunderte Menschen waren an Bord, Familien, Autos, Tausende Waren und Güter, bloß erahnen konnte man, was auf dieser Strecke zwischen Afrika und Marseille hin und her transportiert wurde. Lange blickte ich dem Schiff nach. Ich verfolgte es, bis es am Horizont verschwunden war. Wohl rechnete ich damit, dass Matthieu auf der anderen Seite des Meeres in Komplikationen geraten war.

Einige Tage später entdeckte ich seinen Brief in der Post.

An François Thomas, persönlich, stand auf dem Kuvert, abgestempelt in Algier. Eine kurze Notiz war in dem Umschlag zu finden, nicht mehr, in keiner Weise mit jener akribischen Sorgfalt niedergeschrieben, mit welcher Monsieur Ackermann den Brief an mich verfasst hatte. Dennoch war ich erleichtert, endlich von Matthieu zu hören.

Ich bin aufgehalten worden. Mach dir keine Sorgen, aber es wird dauern, bis ich zurückkehren kann. In Zimmer 3 muss der Boden renoviert werden. Bitte kümmer dich darum. Und halt das Hotel bis auf weiteres geschlossen. Wer will im Winter schon Urlaub in Marseille machen? À+, M

Intuitiv zerriss ich, nachdem ich ihn gelesen hatte, Matthieus Brief, gleich wie ich es letztlich mit Ackermanns Brief getan hatte, in kleine Stücke und ließ sie verschwinden. Matthieu war in Schwierigkeiten geraten, aus denen ich ihm nicht helfen konnte, so weit hatte ich die Nachricht verstanden. Er war ein Risiko eingegangen, indem er mir, wohl über einen Mittelsmann, dieses Schreiben hatte zukommen lassen. All dies führte mir vor Augen, dass ich im *Richard* auf Dauer nicht bleiben konnte. Je früher ich von hier fortkommen würde, desto besser, vor allem, da mir im Winter nun mein Fluchtweg über das Meer vereitelt war. Erstarrt, ertrunken wäre ich im kalten Wasser, auf Grund gesunken, noch bevor ich das andere Ufer der Catalans-Bucht erreicht hätte. Die Flucht ins Meer wäre ein Fliehen in den Tod gewesen. Nein, ein solches Sterben wollte ich gleich wie jegliche Komplikation mit der Polizei vermeiden, also musste ich in Kürze einen neuen Aufenthaltsort finden. Nur wo? Wie? Meine Unruhe wurde durch diesen Brief und die Gewissheit, die er vermittelte, dass Matthieu in absehbarer Zeit nicht auftauchen würde, keineswegs besänftigt, sondern befeuert.

Zimmer 3 befand sich in der tiefsten Etage des Gebäudes, im selben Stockwerk unterhalb der Rezeption, wo auch ich untergebracht war. Es war das schäbigste Zimmer des *Richard*. Durch sein kleines, auf die gegenüberliegende Seite der Bucht gerichtetes Fenster fiel unzureichend Licht, denn der Beton der darüber hängenden Frühstücksterrasse verdeckte den Himmel. Was blieb, war bloß die Schattensicht auf die Felsküste unterhalb der Corniche. Das Meer, das wenige Meter unter dem Zimmerboden an die Klippen schlug, war mehr zu hören als zu sehen. Sein Fauchen wirkte bedrohlich. Hier fühlte man sich einem Untergang nahe, als könnte jederzeit die Brandung einen mit sich reißen und in die Tiefe ziehen. Spritzer der Gischt zogen Salzstreifen auf der Fensterscheibe und verdunkelten den Raum zusätzlich. Hätte das *Richard* einen Keller besessen, Zimmer 3 wäre dieser gewesen. Nie hatte ich es einem Gast vermietet. Selbstverständlich musste es renoviert werden, nicht nur der morsche Holzboden, von dem Matthieu schrieb, sondern der gesamte Raum von Grund auf, ähnlich wie die 11 renoviert werden hatte müssen, nachdem Ackermann sich dort erschossen hatte.

Ich betrat das Zimmer am hellen Nachmittag und musste dennoch das Licht anknipsen. Eine nach der anderen prüfte ich die verbogenen Holzplanken am Boden. Sie machten einen abgenutzten, aber tauglichen Eindruck, auch wenn sie bei jedem Auftreten knarrten. Ein paarmal schritt ich den Raum in jede Richtung ab und überlegte, was Matthieu wohl gemeint haben konnte. Dann schob ich das leichte Aluminiumbett zur Seite und wartete, bis sich der aufgewirbelte Staub wieder legte. In der Ecke, wo das Bettgestell gestanden hatte, fiel mir ein wackeliges Bodenbrett auf. Ich rüttelte und zog daran. Es bedurfte eines Maurerhammers, um es hochzustemmen, aber mit etwas Mühe konnte ich es entfernen. Darunter wurde nun eine Aushöhlung sichtbar, die in den Fußboden geschlagen war. Ich holte eine Taschenlampe und leuchtete ich in das Loch hinein. Nach kurzem Suchen entdeckte ich eine schwarze Plastiktüte, die in die unterste Ecke geklemmt war. Mit etwas Überwindung griff ich hinab und barg meinen Fund, und noch bevor ich ihn mit in mein Zimmer nahm und die Geldscheine zählte, die sich eng gebündelt in der Tüte befanden, schob ich Brett und Bett wieder genau in jene Positionen zurück, in denen ich sie vorgefunden hatte. Erneut legte sich der Staub. Hastig versperrte ich Zimmer 3 – offensichtlich die Schatzkammer unseres Hauses – und hängte den Schlüssel zurück ans Schlüsselbrett der Rezeption.

Knapp zehntausend Euro, teils in Hunderter- und Fünfziger-Scheinen, großteils aber in kleinen Banknoten, waren in der Tüte. Die Währung war erst Anfang des Jahres eingeführt worden, nun hielt ich plötzlich einen dermaßen dicken Stapel in den Händen. Das also waren die Renovierungsarbeiten gewesen, die ich erledigen sollte: dieses Geld in Sicherheit bringen. Ich verspürte eine gewisse Genugtuung, aber gleichzeitig war mir unklar, ob mir Matthieu mit dieser Hinterlassenschaft ein Problem vom Hals geschafft oder ein neues aufgebürdet hatte.

Wie dem auch war, der Geldsegen kam zu einem günstigen Moment, denn meine letzten kanadischen Dollars gingen zur Neige. Matthieu würde davon ausgehen – so weit kannte ich ihn –, dass ich aus dieser Notreserve meinen monatlichen Lohn entnahm und ebenso weiterhin die Betriebskosten des Hauses beglich. Für die nächsten paar Monate hatte ich mir also diesbezüglich keine Sorgen zu machen. Doch ich musste einen geeigneten Ort finden, um das Geld zu lagern. Zwischen den Zeilen hatte ich aus Matthieus Brief eine Warnung herausgelesen, dass gegen das *Richard* jederzeit eine Hausdurchsuchung eingeleitet werden konnte. Wann immer dies geschehen würde, sowohl ich als auch das Geld musste dann in Sicherheit gebracht sein, wie auch immer ich dies bewerkstelligte. Bevor es zu spät war, musste ich alles, was Verdacht erregen konnte, so schnell wie möglich außer Haus schaffen.

– *Oui?*

– Lucy! Endlich erreiche ich dich!, sagte ich und atmete auf, als ich wenige Tage später ihre Stimme am Telefonhörer vernahm.

– François? Bist du wieder in der Stadt?

– Ja, seit Tagen schon. Du auch?

– Klar, wo sollte ich schon hin, sagte sie.

– Mat meinte, du warst verreist …

– Ach ja, ein wenig …

– Hat er dir nicht ausgerichtet, dass ich angerufen habe?

– Nicht wirklich, aber dass auch ich mir endlich ein Mobiltelefon anschaffen soll, davon redet er in letzter Zeit ständig. Hast du denn inzwischen eines?

– Nein, aber darüber will ich jetzt nicht mit dir reden, Lucy, ich muss dich sehen. Kann ich vorbeikommen?

– Klar, warum nicht?

– Ist Mat zu Hause?

– Nein, ich hab keine Ahnung, wo der steckt.

– Das ist gut, Lucy. Ich komm sofort zu dir!

Auf der Stelle machte ich mich bereit zu gehen und holte den Geldgürtel, den ich auch in New York um die Hüfte gebunden hatte, aus meinem Kleiderschrank. In großer Eile nahm ich die Geldscheine aus der Plastiktüte, faltete sie so eng wie möglich zusammen und schob sie, die großen zuerst, dann die kleineren, in meinen Gürtel hinein. Es war mühsam, all das Geld in dem engen Geheimfach unterzubringen, ich brauchte länger, als ich gedacht hatte, aber schließlich gelang es mir, knapp neuntausend Euro hineinzustopfen und den Reißverschluss zuzuziehen. Hastig fädelte ich den prallgefüllten Gürtel durch die Schlaufen meiner Jeans. Mit darüber gezogenem Hemd und unter der Jacke ließ sich nicht erahnen, welch wertvolles Kleidungsstück ich an mir trug. Weiteres Geld steckte ich in meine Hosentaschen, und eine Notreserve bewahrte ich, an die Hinterseite meines Schranks geklebt, in meinem Zimmer auf. Ein bisschen Taggeld zumindest. Wenigstens das sollte mir weiterhin jederzeit zur Verfügung stehen.

2

Es fühlte sich ähnlich gut an wie an meinem ersten Tag in Manhattan, mit so viel Bargeld um die Hüfte durch die Straßen zu gehen. Auch wenn die Zeit drängte, kostete ich die Schritte aus, die ich die Avenue de la Corse entlang Richtung Innenstadt tat. Ich trug ein Geheimnis an meinem Körper, von dem niemand wusste – ähnlich musste es sich für Monsieur Ackermann angefühlt haben, als er drei Wochen lang seine Smith & Wesson ungesichert durch Marseille getragen hatte, eine verschwiegene Freude. Ich blickte den Menschen, an denen ich vorbeiging, in die Augen und schenkte ihnen ein Lächeln. Einige wenige lächelten zurück, die meisten schienen kaum Notiz von mir zu nehmen. Ich war nur ein kleiner, rothaariger, schlecht rasierter, unbedeutender Mann, der durch die Straßen eilte. Und dennoch hatten sie wohl weniger Geld auf dem Konto, als ich in diesem Augenblick an mir trug. Sie ahnten nichts von dieser versteckten Hierarchie. Ein solcher Gedanke beflügelte mich, besonders weil ich der Ansicht war, all das schnelle Geld, das sich in meinem Besitz befand, redlich verdient zu haben. Aus einer Laune heraus warf ich Bettlern am Vieux Port Münzen, sogar Scheine zu. Der König von New York, er war jetzt der König von Marseille.

Hochmut kommt vor dem Fall, da war es wieder, das Bonmot, das mein Adoptivvater so gern gepredigt hatte. Sobald ich ihm zu heiter vorgekommen war, war ihm dieses Sätzchen angebracht erschienen. Jetzt wäre eben so ein Moment gewesen, jetzt blitzte es in meinem Gedächtnis auf. Doch ich kümmerte mich nicht darum. Mit den Denkzetteln und Einsichten meiner Kindheit wollte ich abgeschlossen haben, nie mehr nach hinten, nur nach vorne wollte ich mich künftig orientieren, nur so würde ich mir eines Tages ein wahrlich neues Leben errichten können. Vielleicht war gar jetzt schon der Zeitpunkt hierfür gekommen? Das Startgeld trug ich jedenfalls im Gürtel, von nun an musste ich mich nur mehr neu erfinden. Zwar verspürte ich weiterhin das Bedürfnis, meine Adoptivmutter wiederzusehen, die Frau in ihrem gerade geschnittenen, schwarzen Kostüm, die mir durch die Haare gestrichen hatte, wenn ihr Gatte nicht anwesend war, ich hatte das Bedürfnis, sie zu besuchen, ihre Nähe, ihre Wärme zu spüren, ihre Stimme, die Sprache zu hören, die sie mir beigebracht hatte, aber dieses Verlangen ließ sich unterdrücken. Irgendwann würde es womöglich vollkommen verschwinden, wenn ich ganz bei mir selbst angekommen sein würde. Oder ich würde der Frau *Maman* Zugang zu meiner frisch erschaffenen Welt gewähren, wenn ich eines Tages frei genug dazu sein würde und auch sie sich frei gemacht, sich von ihrem Mann befreit haben würde. Ihm bewies ich in diesem Moment, dass mein Leben auch ohne seine Führung wunderbar funktionierte. Wenn er mich jetzt nur sehen könnte! Ich war wahrscheinlich der wohlhabendste Mann, der in diesem Moment die Avenue de la Corse hinaufmarschierte, und das hatte ich nicht meinem Adoptivvater, sondern mir selbst zu verdanken. Ich war daran, mir meine eigene Welt zu errichten, und ich tat dies, indem ich mich einfach treiben ließ. In ungezwungener Folge ergab sich ein Schritt aus dem anderen, wie von selbst. Irgendwohin würde sie mich führen, diese Abfolge.

In diesem zuversichtlichen Moment hatte ich ein klares, ein dringliches Ziel vor Augen. Mit fast mehr Geld an mir, als ich tragen konnte, befand ich mich auf dem Weg zu meiner schwarzen Schwester. Die kurzen Strahlen der Wintersonne erwärmten meinen Rücken. Ein Straßenpolizist regelte den Verkehr an einer Kreuzung, ich grüßte ihn wie einen alten Freund. Die Welt war mein Freund in diesem Augenblick, am liebsten wäre ich in einer Eisdiele eingekehrt. Doch ich wollte keine Zeit verlieren. Zügig ging ich weiter, ich stieg die steile Anhöhe zur La-Plaine-Ebene hinauf, an Kleindealern, Clochards, Junkies, Straßenverkäufern, Skateboardfahrern vorbei. In meinem Triumphzug ließ ich den weitläufigen Marktplatz mit all seinen Kreaturen hinter mir und bog in die steil abfallende Rue Thiers hinunter, in der Lucy wohnte.

Mat war glücklicherweise noch nicht heimgekommen, als Lucy mich in die Wohnung bat. Ich war außer Atem, weil ich hastig hinauf ins fünfte Stockwerk gerannt war.

– Willst du etwas trinken?, fragte Lucy, nachdem sie die Tür hinter mir geschlossen hatte.

– Nein, danke. Wo ist der Sicherungskasten?

Ich wollte die Sache so schnell wie möglich hinter mich bringen, bevor Mat auftauchte. Lucy, die daran gewöhnt war, so wenig wie möglich zu hinterfragen, zeigte mir das schmale, graue Aluminiumtürchen in der Wand neben der Wohnungstür. Kommentarlos stand sie neben mir, als ich die uralte Einrichtung inspizierte, ich glaube, sie wunderte sich nicht einmal besonders darüber, was ich tat. Staub und Mörtel fielen zu Boden. Nach einigen Anläufen schaffte ich es, die verbeulte Kastentür zu öffnen. Ähnlich wie in Andys New Yorker Apartment war der Sicherungskasten wandinnenseitig nach unten hin weit offen und erstreckte sich scheinbar bodenlos in die Dunkelheit. Wenn ich die Geldrollen sorgfältig an dünnen Fäden befestigte und eng genug aneinanderreihte, würde ich es schaffen, neuntausend Euro hier unsichtbar zu machen.

– Ich muss etwas Geld verstecken. Hast du was dagegen?, fragte ich Lucy.

– Gegen Geld habe ich nie etwas, sagte sie und lachte ihr heiseres Lachen.

– Wie viel ist es denn?

– Neuntausend Euro.

– *Oh, là là,* sagte Lucy. Nicht schlecht.

Ich zog den Gürtel aus den Schlaufen meiner Jeans. Unter dem Reißverschluss quollen die Scheine hervor.

– Wie viel springt für mich dabei raus?, fragte Lucy.

– Ich weiß nicht, sagte ich. Das können wir später besprechen. Lass es uns erst einmal in Sicherheit bringen.

Während wir gemeinsam die Banknoten zusammenrollten und in der Wand verschwinden ließen, erzählte mir Lucy, wie Mat und sie in letzter Zeit immer öfter in Mietrückstand geraten waren.

– Da ist es natürlich praktisch, einen Notgroschen in der Wand zu wissen, sagte sie.

– Natürlich kannst du dir hin und wieder etwas davon nehmen, sagte ich. Aber vergiss nicht: Es ist meine Kohle. Und Mat darf unter keinen Umständen etwas davon erfahren.

– Es ist Mats Wohnung!

– Trotzdem.

So erinnere ich mich zumindest an unser Gespräch. Wir waren in großer Eile. Mat konnte jeden Moment heimkommen. Ich wollte unbedingt vermeiden, ihn in diese Sache hineinzuziehen.

Kurz nachdem wir das letzte Geld in der Wand aufgefädelt hatten und der Sicherungskasten wieder geschlossen war, trat Mat auch schon zur Wohnungstür herein.

– Hey, François, Mann, du hier? Wie geht's?, fragte er.

– Gut, gut, meinte ich.

– Schon lange nicht gesehen. Fast hätte ich dich glatt vermisst.

Er drückte Lucy ein Küsschen links und rechts auf die Wange und tätschelte sie am Hintern.

– Ich habe Couscous mitgebracht. Merguez und Hühnchen, sagte Mat und verschwand mit seinen Plastiktüten in der Küche. Verbrannter Kopf, isst du auch mit uns?

Er hatte mich schon beim ersten Mal, als Lucy uns vor Jahren einander vorgestellt hatte, Verbrannter Kopf, *tête brûlée,* genannt und fand das nach wie vor außerordentlich amüsant.

– Nein, danke. Ich hab noch was zu erledigen.

Ich hatte keinesfalls die Nerven, mit den beiden zu Abend zu essen.

– Ich muss weiter, sagte ich zu Lucy und verabschiedete mich rasch. Wir sehen uns bald.

– *Adieu brûlée!*, rief Mat aus der Küche.

Ein durch und durch mieses Gefühl stieg in meinem Inneren hoch. Ich wusste es nicht genau einzuordnen, aber es ließ sich kaum unterdrücken. Kurz überlegte ich, ob ich mein Geld schnell genug aus dem Sicherungskasten wieder herausholen könnte, bevor Mat mit dem Essen aus der Küche kommen würde.

– *À plus*, sagte Lucy und schloss die Tür.

Schief und löchrig waren die engen Treppen, die durchs dunkle, miefige Treppenhaus hinunter zur Straße führten. Beinahe kam ich ins Stolpern, so entkräftet war ich auf einmal. Mit jedem Schritt, den ich mich von Lucy und Mats Wohnung entfernte, schrumpften Energie und Zuversicht in mir. Als ich unten ankam, war nichts mehr von all dem Vertrauen, das ich vor kurzem noch zu mir, zu Lucy, zur Welt gehabt hatte, übrig. Es hatte mich in eine Sackgasse geführt, ich hatte Dummes getan, das ahnte ich, aber wie beim letzten Mal, als ich ähnlich kopflos gehandelt hatte und in den Bus nach Montréal gestiegen war, kam die Einsicht zu spät, zumindest in dieser Stunde war es aussichtslos, das soeben Getane wieder ungeschehen zu machen. Der Schrecken über diese Unumkehrbarkeit lähmte mich. Vielleicht hätte ich hochgehen sollen und Mat sagen, dass er die Finger von Lucy und von meiner Knete lassen sollte? Doch ich konnte mich nicht dazu überwinden.

Wieso bloß gehörte es zum Leben eines Mannes, wissentlich Unsinn zu treiben?, sinnierte ich stattdessen. Wissentlich eine Abwärtsspirale nicht nur loszutreten, sondern den Weg, den sie vorzeichnete, auch störrisch beizubehalten! Ich war nicht besser als all die anderen, die sich fortwährend selbst zu Fall brachten. Die große maskuline Sturheit, die mit destruktiver Macht der Intuition entgegenspielte, sie hielt auch mich in ihrem Bann.

Eine Weile blieb ich auf dem Gehsteig vor der Haustür stehen, denn ich hatte keine Ahnung, wohin ich gehen hätte sollen. Über mir hingen an der Fassade des Hauses zwei in Stein gehauene Löwenköpfe, schwarz vom Ruß vergangener Jahrzehnte, Zeugen des Verfalls. Dekor waren sie einst gewesen, jetzt waren sie Ballast. Die Pfeiler, die sie schmückten, hatten dem Balkon im ersten Stockwerk als Stütze gedient, nun aber drohten sie selbst jeden Moment herunterzubrechen. Die Augen der Steinlöwen funkelten bösartig, ihre Mäuler waren weit aufgerissen, als wären sie in Wut, in Panik, in Rage und wollten mich an Ort und Stelle verschlucken.

Wie lange die Epoche schon vergangen war, da Steinmetze den Auftrag hatten, Stadthäuser derartig aufwendig zu verzieren, überlegte ich, weil ich mich auf keinen anderen Gedanken festlegen konnte. Im Jetzt hingegen schlich am Gehsteig ein Straßenköter an mir vorüber, ein übel zugerichteter Kerl, der den Großteil seines Fells und ähnlich wie ich und die Löwen über mir seine Lebendigkeit eingebüßt hatte. Mehr überdimensionierte Ratte als Hund, sein kahler Rücken von Geschwüren übersät. Zwischen Dreck und Eiter erkannte ich entzündete, teils faustgroße Blutblasen. Wohl wären sie bei kleinster Berührung aufgeplatzt und hätten ihren Inhalt über mich ergossen. Ich verharrte an Ort und Stelle, ließ Zeit und Tier vorübergehen, hoffte, dass dieses Wesen weiterziehen würde, ohne von mir Notiz zu nehmen. Konnte ein dermaßen vom Existenzkampf gezeichnetes Geschöpf überhaupt genügend Kraft aufbringen, um die steile Rue Thiers hochzukriechen? Schon befürchtete ich, der Hund würde direkt vor meinen Füßen verenden, da trottete er stoisch weiter und war irgendwann, den vergilbten Schwanz wie einen Fetzen hinter sich herziehend, ein paar Meter die Steigung hinaufgekommen. Er hatte mir keinerlei Aufmerksamkeit geschenkt. Ich war verschont geblieben, war in Sicherheit, war außer Reichweite nun. Außer Reichweite von allen. Matthieu saß irgendwo in Algier, vielleicht in einem algerischen Gefängnis, fest. Lucy saß oben bei Mat und aß Couscous. Anni war nirgendwo, und es hätte sie besser nie gegeben. Éveline Toulet hatte ich in Malmousque zurückgelassen, ich hatte mein Leben von ihrem abgeschnitten, womöglich würde sie mir dies sogar verzeihen, womöglich aber war es hierfür schon zu spät. Und meine echte Mutter war draußen am Wasserhorizont verlorengegangen. Würden meine wirklichen Eltern vor mir stehen, ich würde sie und sie würden mich nicht einmal erkennen. Wenn es mit mir so weiterging, würde ich eines Tages wohl oder übel, vergessen von allen, enden wie der Straßenköter, wimmernd und unbemerkt im Dreck, nicht mit einem Knall wie Monsieur Ackermann, sondern unspektakulär wie all die anderen, deren Leben mal früher, mal später mit ähnlich wenig Sinn, wie es begonnen hatte, auslief.

– Na und, dann ist es, wie es ist, sprach ich vor mich hin. *Inch'alla!*

Das Leben suchte sich uns aus, nicht umgekehrt, hatte *Maman* gesagt. Auch wenn ich nun entleert wie mein Geldgürtel war, es machte ja doch keinen Unterschied, was ich tat oder nicht tat. Ob einer eine gute oder eine schlechte Entscheidung gefällt hatte, entschied das Schicksal für ihn. Erst im Nachhinein würde er es wissen, und dann war er nicht schlauer, sondern nur entweder glücklicher oder trauriger. Das Schicksal war der Meister, ich nur ein Zulieferer. Die Welt drehte sich auch ohne mich, die Stadt erwachte und ging schlafen, egal, was ich tat. Dies waren die Straßen von Marseille, und soweit ich denken konnte, war ich ein Teil von ihnen. Alles würde seinen Lauf nehmen, auch ich.

Schräg gegenüber erblickte ich, auch wenn sie bloß wie der Schatten einer der schwarzen Wolken wirkte, die am Himmel hingen, eine Bar an der Straßenecke, ein Loch im Mauerwerk, *Le petit Bonaparte* stand darüber, kaum zu entziffern. Eine verglaste und dennoch nicht durchsichtige Tür, die vielleicht seit Jahrzehnten nicht mehr geöffnet worden war, führte direkt von der Fahrbahn hinein in eine unbeleuchtete Höhle. Kein Auto fuhr vorbei, also überquerte ich die Straße, drückte, so schmierig er auch war, den Türknauf und steuerte den Tresen an. Ich setzte mich auf einen der drei Barhocker und bestellte mir ein Bier.

– *Un demi,* sagte ich zu der Wirtin.

Ich redete hinein ins Dunkel und sah sie dabei kaum, denn sie war noch dunkler als ihre Kaschemme. Die Frau antwortete nicht, nickte nicht. Doch mit Zeitverzögerung reagierte sie. Wortlos stellte sie mir ein Glas Bier hin. Wortlos blieb auch der einzige andere Gast, ein greiser Geist, in Staub und Leder gekleidet, der bereits unzählige Tage und Nächte an einem Ecktisch in diesem winzigen Raum zu verbringen schien. Vor langer Zeit musste ihn ein Schiff, ein Wind, eine Laune des Schicksals vielleicht aus der Karibik hierher gespült haben. Damals war er in der Rue Thiers gelandet und bewegte sich seitdem nicht mehr, der Karibe, im Dauerschatten des *Kleinen Bonaparte.* Er beachtete nicht, wie ich, nun ebenso wortlos, der Wirtin eine Zwei-Euro-Münze zuschob und sie, ohne die Miene zu verziehen, entschied, das Rückgeld zu behalten.

Ich für meinen Teil fällte, noch bevor ich zum Trinken ansetzte, eine bedeutendere Entscheidung: Noch gleich viele Tage würde ich im *Richard* bleiben, wie viele Schlucke ich brauchte, um mein *Kanterbräu* zu leeren, dieses furchtbar schale Gesöff, das ich vor die Nase gestellt bekommen hatte. Dies schien mir, wenn es auch kein Russisch Roulette war, bei aller Bescheidenheit ein fairer Deal mit dem Schicksal zu sein, eine angemessene Abmachung. Die Anzahl der Schlucke in Tagen, so lang würde ich Matthieu Zeit geben zurückzukehren. Würde er bis zum Ende dieser Frist nicht auftauchen, würde ich mich aus dem Staub machen. Mit dem Geld, das ich in Zimmer 3 geborgen hatte, hatte ich einen guten Polster. Ich würde es bald wieder aus dem Sicherungskasten holen – so schnell konnte es von dort doch nicht verschwinden! – und es und mich in Sicherheit bringen, wohin, das würde sich zeigen. Ich würde sehen, was weiter zu tun war.

Eins. Das Bier schmeckte grauenhaft.

Zwei. Wie unbeteiligt an meinem Tun zählte ich mit, während ich trank, das Glas zwischen den Schlucken absetzend, wie nebensächlich, mal zum Kariben, mal zur Wirtin, mal durch die schmierige Scheibe auf die Straße hinausblickend, wenn auch nur schemenhaft zu erkennen war, was sich dort draußen abspielte. Ob todgeweihte Hunde, Ratten oder Straßenkinder vorüberzogen, sie ließen sich kaum voneinander unterscheiden.

Drei. Das Bier wurde nicht besser, aber ich beeilte mich nicht, es hinter mich zu bringen, sondern zügelte den Durst.

Nach vier Schlucken war das Glas trotzdem fast leer. Ich mühte mich ab, Matthieu zwei weitere Schlucke zu gönnen, dann war der letzte Tropfen ausgetrunken.

Sechs Tage also. Ich war froh über diese Entscheidung. Ein aktiver Fatalist war ich, dachte ich, und musste lachen über dieses Oxymoron und über die plötzliche Aufregung, die mich überkam. Ich hatte einen Plan gefasst, ich handelte, ich war im Begriff, die Steuerung zu übernehmen. Der Karibe ließ sich davon nicht beeindrucken.

– *Six jours. Merci!*, verlautete ich feierlich.

Ich bedankte mich in die fortwährende Grabesstille der Bar hinein bei der Wirtin und erhob mich ruckartig. Mit neuer Hoffnung jetzt, wenn auch ohne Ziel, so wenigstens mit einem Limit, trat ich zurück auf die Straße. Um ein Haar überfuhr mich sogleich eine Citroën Ente und hätte Schluss mit all meinen hochtrabenden Überlegungen gemacht. Der Fahrer hatte Schwung genommen, um mit seinem qualmenden Fahrzeug die Anhöhe hochzukommen, und nicht damit gerechnet, dass die Tür zu dieser Bar tatsächlich noch benutzt wurde.

– *Putain*, fluchte ich und klang dabei wie Lucy, die in diesem Moment so nahe und doch so unerreichbar war, abgeschirmt von ihrem Mat.

Als sich der Rauch der *Ente* verzogen hatte, blendete mich das Dämmerlicht dieses Winternachmittags. Beinahe wäre ich rücklings wieder in die Bar hineingegangen, wo ich noch ein weiteres ekelhaftes *Kanterbräu* bestellen und mir zusätzliche Hahnenkämpfe mit meinem Schicksal ausdenken hätte können. Doch was hatte ich im *Petit Bonaparte* noch verloren? Ich wusste jetzt, was zu tun war. Auch ich hatte nun einen Pakt mit meinem Los geschlossen.

Einen letzten Blick warf ich hinüber zu Lucys und Mats von zwei Löwenköpfen bewachtem und bedrohtem Hauseingang. Kurz blickte ich die Straße hoch, um zu sehen, wie weit der Straßenköter und der Citroën gekommen waren. Verschwunden waren sie alle beide. Auch ich verzog mich. Ich ging zur Canebière hinunter und spazierte am Alten Hafen vorbei nach Hause, hinüber ins *Richard*, das nur sechs Tage noch mein Zuhause sein sollte, sollte Matthieu nicht wiederkommen, sechs Tage, nicht länger, keine Woche, schwor ich, auf keinen Fall. Es war Mitte Dezember. Ein leichter Nieselregen setzte ein. Zu Weihnachten schon würde ich woanders sein, ganz woanders vielleicht, dachte ich. Nur wo, das wusste ich nicht.

3

So standhaft ich mich auch gab, zusehends trübten in den folgenden Tagen Zweifel meine selbstbewussten Vorsätze. War es nicht bloß eine Bierlaune gewesen, hatte ich nicht meine Tatkräftigkeit glatt überschätzt? Würde Matthieu, wovon ich insgeheim ausging, bis zum sechsten Tag nicht auftauchen, würde ich dann nicht die Frist um einen Tag verlängern und am siebenten um einen weiteren und am achten ebenso? Wie lange konnte ich mir überhaupt erlauben, auf ihn zu warten? Mit jedem Tag stieg das Risiko, und dass sich mein Geld, mein Reichtum, mehr oder weniger alles, was ich besaß, in der Wand eines heruntergekommenen Mietshauses in der Rue Thiers befand, in der Wohnung eines Mannes, den ich nicht leiden konnte, ließ sich schwer schönreden.

Ich versuchte, Lucy anzurufen.

– Ist alles in Ordnung?, fragte ich, als ich sie endlich erreichte.

– *Ouais*, alles okay, sagte sie. Mat sitzt gerade neben mir. Willst du auf einen Apéro vorbeikommen?

– Nein, danke, sagte ich. Ich habe zu tun.

Anderentags schlenderte ich sogar unangemeldet zur Rue Thiers. Eine halbe Stunde lang schlich ich wie ein Streuner vor dem Haus herum und zauderte, ob ich läuten sollte oder nicht. Was, wenn Mat zu Hause war? Ich wagte es nicht, die Türglocke zu drücken. Ich spürte, wie die Löwenköpfe auf mich herabstarrten, und meinte auch zu spüren, wie sich der Straßenköter in meinem Rücken dahinschleppte. Ihn wollte ich nicht zu Gesicht bekommen, ich drehte mich nicht um, sondern wartete so lange, bis sogar ein Untoter wie er sich die Straße hochgeschleppt haben musste. Anstatt zum Sicherungskasten zu gelangen, wechselte ich die Straßenseite und setzte mich erneut an die klebrige Bar des *Petit Bonaparte*. Dieser Platz schien doch inspirierend auf mich zu wirken! Nichts Neues jedoch, nichts Besseres fiel mir ein als das, was ich bereits unternommen hatte. Ich tröstete mich mit dem Gedanken, dass ich noch ein paar Tage Aufschub hatte und dass das Geld in Lucys Händen in guten Händen war. Sollte es Probleme geben, sie würde sich für mich einsetzen.

Wieder bestellte ich ein *Kanterbräu* bei der wortkargen Wirtin. Fast hätte ich laut mit mir selbst gesprochen, während ich trank. Ich hatte im Sinne Matthieus gehandelt, redete ich mir ein, das Geld war in Sicherheit, und Matthieu hatte eine faire Chance. Spätestens, wenn das Ultimatum abgelaufen wäre, würde ich oben das Geld aus der Wand fischen, ob Mat anwesend war oder nicht.

– Danke, dass ich es vorübergehend hier bunkern konnte, würde ich sagen.

– Hey, hey, langsam, *brûlée,* wieso wusste ich nichts von all dem?, sagte er.

– Je weniger einer weiß, desto besser für ihn, zitierte ich Le Boche. Du kennst doch die Regeln der Straße, nicht?

– Wenn ich hier eine Bank bin, in deren Safe du dein Vermögen deponierst, dann zahl mir besser gute Zinsen, *brûlée.*

– Kein Problem, kein Problem, beschwichtigte ich.

Ich zahlte ihm einen angemessenen Anteil aus. Ich wollte

nicht geizig sein, ich hatte ja genug. Auch Lucy, die daneben stand, bekam einige Scheine ab.

– Betrachtet es als Schweigegeld, sagte ich großmütig. Und Mat, nenn mich nicht *brûlée,* sondern von nun an nur mehr *Doppelmann.*

– *Doppelmann?*, wunderte sich Lucy. Wieso das denn?

– Das erkläre ich euch ein andermal. Ich hab jetzt Wichtigeres zu tun.

Anschließend suchte ich das nächstbeste Reisebüro auf und buchte einen Flug nach Montréal. Paul hatte recht gehabt: In Neufrankreich lag die Zukunft, nicht hier in diesem Mief.

Doch, nein, es war Winter, tiefster Winter, *plein hiver*! Ein Wahnsinniger hätte ich sein müssen, mich erneut Monsieur Rigolo auszuliefern, auch wenn ich mittlerweile genügend Geld gehabt hätte, um monatelang ein beheiztes Zimmer im Hotel Labelle zu beziehen, von wo aus ich zusehen hätte können, wie sich tagtäglich die weniger Glücklichen vor dem Maison du Père einreihten.

Vielleicht sollte ich stattdessen besser nach Algier fliegen, eine Stadt, in der ich noch nie gewesen war und die zu bereisen ich nie vorgehabt hatte?

– Bitte stornieren Sie meinen Montréal-Flug, sagte ich zu der ungebrochen freundlichen Reisebüroangestellten.

Ihre Fingernägel waren lila lackiert und so lang, dass ich befürchtete, sie würden abbrechen, dermaßen rigoros tippte die Dame auf die Tastatur ihres Computers. Ich würde ihr später ein ansehnliches Trinkgeld für ihre Mühe zuschieben.

– Ich will lieber nach Algerien, sagte ich. Dort wohnt ein Freund von mir.

– Nach Algerien nehmen Sie besser die Fähre, Monsieur. Das ist günstiger und einfacher.

Das Fährschiff war ein unförmiger, weißer Klotz mit blauen

Streifen, der die Wellen durchbrach, das wusste ich. Seine Vorderseite lehnte sich in die Brandung, als wäre das Schiff falsch konstruiert und würde im nächsten Augenblick vornüberkippen.

Nein, vielleicht doch besser zurück nach New York? Wieder Frank werden und verzweifeln?

Noch war Matthieus Ultimatum nicht abgelaufen. Irgendetwas ergab sich doch immer, solange ich auf der Welt war!

Zwei Tage später unternahm ich eine Wanderung, um meine lose umherschwirrenden Gedanken zu sortieren. Das Wetter schien passabel, bewölkt, kühl, trocken, der Mistral hatte sich gelegt. Ich fuhr mit dem Zug vom Hauptbahnhof drei Stationen an die nördliche Küste, wo sich kurz hinter l'Estaque die felsige Halbinsel ins Meer zu strecken begann, die man die Blaue Küste nannte. Hier war mit einem Schlag die Stadt zu Ende. Keine halbe Stunde vom Gedränge im Zentrum entfernt, landete ich, der einzige Passagier, der um diese Jahreszeit in der praktisch nicht-existenten Ortschaft Niolon aus dem Waggon stieg, in einer gottverlassenen Wildnis. Auf einem fremden Planeten aus brüchigem Fels und vereinzeltem Gestrüpp. Eine Weile lang wartete ich ab, bis der über und über mit Graffitis besprayte Provinzzug schwerfällig wieder Fahrt aufgenommen und mich wie einen Verbannten beim unbesetzten Bahnhofshäuschen zurückgelassen hatte, allein, fern aller Menschen und ihrer Umtriebigkeit. Der Zug fuhr von mir davon, bog in die nächste Bucht, und sobald er meinem Blickfeld entschwunden war, war auch sein Rattern verklungen, der einzige Lärm, der in dieser Einöde noch zu hören gewesen war. Kurz horchte ich hinein in die ungewohnte Stille. Dann begann ich, in den kargen, einsamen Kalk zu marschieren. Es dauerte nicht lange, da waren auch der Geisterbahnhof und die

Handvoll lebloser Steinhäuser Niolons außer Sichtweite. Nun war ich, wo ich sein hatte wollen: weit entfernt von allem, entfernt von der Welt, die mir den Hinweis schuldig blieb, wohin ich mich wenden sollte.

Wenige Meter neben dem Schotterweg fiel die Küste steil zum Meer ab. Tief unter mir schlug die Brandung stumm an den Felsen, eine Bewegung wie in Zeitlupe, unwirklich, Bilder eines fernen Ortes. Denn trotz der unmittelbaren Nähe der See glich die Landschaft, die ich durchschritt, einer Geröllwüste, als wäre sie von jedem Tropfen Wasser abgeschnitten. Ich überquerte einen Bahnviadukt. Unten, unerreichbar, wogten die ungleichmäßig anrollenden Wellen, ihrem fremdartigen Rhythmus folgend. Darüber wanderte ich hinweg. Mit jedem einzelnen Schritt ging ich fort von Lucy, Mat, Matthieu, Mutter, für die ich mir in meinem Kopf eine neue Ordnung zurechtlegen musste, für alle. Ich ließ sie in meinem Rücken verschwinden und hoffte, sie an neuer Stelle wiederzuerkennen.

– Mutter.

Ja, ich sagte es, wie ich es dachte. Seit meiner Rückkehr nach Marseille hatte ich in Gedanken immer öfter die Adoptivmutter als Mutter zu bezeichnen begonnen. Die Grenzen meiner Mutterfiguren, nun, da ich sie beide aus den Augen verloren hatte, fingen an zu verschwimmen. Die Mutter, die ich sah, wenn ich die Augen schloss, trug ihr graues Haar zu einem Zopf geflochten. Ich nannte sie *Maman*. Eine kleine, eine milde Frau. Ähnlich wie ich ein Mensch, der sich von wechselnden Winden durch das Leben tragen ließ. Mutter wie ich. Ich wie sie. Wer immer meine Mutter war, allmählich hatte ich ihr den Namen Éveline Toulet überschrieben. Vielleicht hatte dies nichts zu sagen, überlegte ich, und war lediglich ein Zeichen meiner Trägheit oder meines Resignierens. Womöglich gab ich den Widerstand gegen die Gegebenheiten meiner Existenz auf, und die substanzlosen Träumereien obendrein. Dennoch: Meine zweite Mutter war mir heute näher als die erste. Das hielt ich fest, als ich vor einem Tunnel über Gleise trat und über einen Steinwall hinaus auf Fels und Schutt kletterte, in dessen Wirrnis mit etwas Phantasie eine Art Pfad zu erkennen war, dem ich weiter folgte. Das Bild, das ich von einer Mutter hatte, glich sich dem Madame Toulets an. Der einzige Mensch, dem ich hier auf dem verschlungenen Steinpfad, den schroffen Klippen hinaus ins blaue und weiße Nichts folgend, begegnen hätte wollen, wäre sie gewesen, die Mutter, die nie eine sein hatte können und dennoch eine wurde. Hätte nur ihr Mann nicht zwischen uns gestanden.

Durch viele Windungen und Schluchten zog sich der verwitterte, von Ginster gesäumte Weg. An tiefer gelegenen Abschnitten passierte ich jetzt Arnika, Lavendel, Rosmarin und anderes Gestrüpp, je höher hinauf auf die Felsklippen die Strecke mich führte, desto spärlicher wurde die Macchia. Selbst das Hartlaub schien kaum genügsam genug für diese Landschaft zu sein.

Eine umgestürzte Konifere verstellte mir den Weg. Ich hielt mich an ihrer toten Rinde fest und kletterte darüber hinweg. Ich ließ mich nicht aufhalten – ohne zu wissen, wohin ich wollte. Manchmal rutschte ich mit meinen Turnschuhen auf dem speckigen Kalkgestein ab und fand Halt an Agaven-Gewächsen, deren scharfe Blätter mir in die Hände stachen. Ohne zu murren nahm ich es hin. Ich überantwortete mich dem Schmerz, ich ließ ihn zu, als wollte ich mich für etwas bestrafen.

Stundenlang konnte ich an einem Wintertag wie diesem auf den alten, verwilderten Zöllnerwegen wandern, ohne einen

Menschen anzutreffen. Neben, unter, tief unter mir teils Pinien, die ihre weit verzweigten Wurzeln in den bleichen Fels geschlagen hatten. Dahinter das Meer ohne Ende, es wölbte sich am Horizont. Unter meinen Füßen sah ich die Brandung nach wie vor langmütig an die Klippen schlagen, ich spürte die Unendlichkeit in diesem Fortgang. Irgendwann vor langer Zeit hatte dieses Gewässer mich ausgespuckt. Jetzt verschluckte es die Vergangenheit. In seinem Dunst am Ende der ausgedehnten Bucht, wie durch Gaze nur erkennbar, lag das Häusermeer Marseilles, weiß und rostig wie der Stein, in den die Stadt gehauen war. Auch sie zählte ich zur Vergangenheit. Ich umkletterte eine Felszinne und verlor den letzten Sichtkontakt zur Zivilisation.

Nun war ich allein am Ende der Welt angekommen. Am Ende des Weges, das dachte ich bald, denn nach einer Biegung verlor sich der verwilderte Pfad, und auf den ersten Blick hielt ich kein Weiterkommen mehr für möglich. Da entdeckte ich hinter Schotter und Geröll den Eingang zu einem kleinen, verwitterten Tunnel, durch den die Strecke weiterzuführen schien. Vor Jahrhunderten musste dieser Durchgang in den Fels geschlagen worden sein.

Ohne zu zögern betrat ich ihn.

Als mannshoh konnte diesen Tunnel nur ein kleiner Mann wie ich bezeichnen. Doch selbst ich hätte mir den Kopf an der niedrigen Decke angeschlagen, wäre ich nicht gebückt durch die Dunkelheit geschlichen, die dem blassen Nachmittag alles Licht raubte, sobald ich ein paar Schritte ins Innere des Tunnels hineinsetzte.

Was früher in solchen Schächten wohl transportiert worden war? Und was transportierte ich heute hier mit mir? An alles dachte ich und an nichts, in Gedanken versunken trottete ich einsichtslos geradeaus auf die Finsternis zu, ließ mich nicht beirren. Sogar als ich die Hand nicht mehr vor Augen sehen konnte, schritt ich stur weiter, als wäre mir die Strecke bekannt, als würde ich diesen Tunnel nicht zum ersten Mal durchqueren. Keine Minute später verfing ich mich im Stockdunkel einer unterirdischen Biegung, aber ich hielt nicht inne und kehrte nicht um. Behutsam pirschte ich mich weiter vor ins Schwarz, und meine Beharrlichkeit machte sich bezahlt, denn kurz darauf kehrte von der anderen Seite das Licht zurück und ich erkannte das Ende des Tunnels, das sich als kreisrundes, mattes Leuchten des Tages vor meinen Augen abzeichnete. Die Hand schützend vor mir ausgestreckt tappte ich darauf zu. Bald lag der Ausgang des Tunnelschachts in Griffweite, und im Näherkommen sah ich, wie er steil zum Meer hinunterbrach. Der gesamte Fels, den der Tunnel durchbohrt hatte, war an diesem Endpunkt jäh in sich zusammengebrochen. Vielleicht hatte früher einmal an dieser Stelle ein Weg, vielleicht eine Fortsetzung des Tunnels existiert, heute aber war, sosehr man sich auch bemühte, nichts mehr davon zu erkennen. An einen Abbruch gelangte ich, einen Steinbruch, nichts anderes. Eine Geröllmoräne zog sich vor meinen Augen trichterförmig in die Tiefe hinab. Der Schotterhaufen kannte nur eine Richtung: hinunter. Ich sah den Abrutsch, geradewegs ging ich auf ihn zu, ich sah das Ende des Tunnels, das Ende des Weges, aber ich wollte nicht wahrhaben, dass es das Ende auch meines Weges war. Vielleicht wollte ich über mein Ende hinaus?

Am Ausgang des Tunnels trat ich grobklotzig ins steil abfallende, unbefestigte Gelände, als wäre es die natürlichste Sache der Welt. Ein in der ausgemergelten Felswand abgebrochener Tunnel und die Klippe, die ihn wohl jahrzehntelang getragen hatte, aber inzwischen nur loses Gestein war, das nach und nach zum Meer hin rutschte, ich ging einfach darüber hinweg. Ich meinte, der Schotter würde mich tragen. Ich verlangsamte vielleicht, aber ich stoppte nicht, unterbrach die Wanderung nicht, drehte nicht um. Ich sah das Schuttfeld vor mir, farblos wie der Himmel darüber, tief darunter das unergründliche Meer. Und draußen auf dem Wasser sah ich einen Fischkutter, der in bedächtigem Tempo sein Schleppnetz durch die Wogen zog. Die eigenartigen Farben, mit denen das Schiff bemalt war, fielen mir auf, dicke rote und schwarze Streifen quer über das gesamte Heck. Metallisch leuchtend setzte sich davon die Vorrichtung ab, an der das Fischernetz befestigt war. Auch der Bug war rot und schwarz gestrichen. Ich weiß noch, wie ich mir über diese Farbwahl Gedanken machte. Besatzung konnte ich keine erkennen, obwohl ich nahe genug gewesen wäre, um sie mit bloßem Auge zu sehen. Keine zweihundert Meter Luftlinie trennten mich von dem Kutter, der unter mir durch die Wellen strich. Welcher Fisch wohl in sein Netz ging, überlegte ich. Makrelen, so nah am Ufer?

Vielleicht war es der Kutter, der mich ablenkte. Und, wie es der Zufall wollte, ein Fischer auf dem Schiff musste auch mich gesehen haben, wenig später zumindest. Das rettete mir das Leben. In meiner Sinnesleere meinte ich, den abrutschenden Hang überwinden zu können, über ihn zum nächsten, vielleicht zehn Meter entfernten Felseinstieg zu gelangen, wo ich eine Fortsetzung des Klippenwegs vermutete. Ich ahnte nicht, wie locker das Gestein in der Schräge hing.

Ein erster Schritt hinein, und der Brocken, auf den ich trat, rutschte ab. Augenblicklich verlor ich den Halt. Mein rechter, hangeinwärts gedrehter Knöchel knickte um. Tief in mir hörte ich das dumpfe Schnalzen, als die Bänder rissen. Wie ein Blitz durchschoss mich der Schmerz, ohne Zeitverzögerung erreichte er mein Hirn. Ich schrie, als könnte das Schreien die tosende Schmerzwelle aus meinem Körper ableiten. Doch es half nicht, und schlagartig kamen Panik und schieres Entsetzen hinzu, denn ich merkte, wie ich die Kontrolle über meinen Körper verlor. Vielleicht versuchte ich rein automatisch, mich irgendwo festzuhalten und den Absturz abzuwenden. Doch da war nichts, nur rutschendes Geröll. Gelähmt vom Schmerz, war ich nicht mehr in der Lage, mich meinem Schicksal zu widersetzen. Ich glitt ab, Teil eines Bergrutsches nun, die Gesteinsbrocken und ich schlitterten unaufhaltsam auf den Abgrund zu, langsam zuerst, zumindest kam es mir so vor. Ich surfte auf dem Splitt hinunter, eine Weile hielt ich mich aufrecht, dann gab der Boden unter meinen Füßen endgültig nach. Ich geriet aus dem Gleichgewicht und kam ins Fallen, nur mehr Stein, Sand, Schotter nahm ich wahr, vergeblich versuchte ich den Sturz abzuwenden, aber es war aussichtslos. Bald schlug mein Gesicht hart auf, und ich wusste: Ich war verloren. Die Gesteinsschichten, an denen ich mich festkrallte, rutschten ab, und ich rutschte mit ihnen, Kies bohrte sich unter meine Fingernägel und in meine Kleidung hinein. Einen letzten Blick erhaschte ich noch nach oben. Ein letztes Mal erkannte ich den Tunnelausgang, aus dem ich gestiegen war. Viele Meter über mir klaffte er im Felshang.

Mit der Erkenntnis des unumkehrbaren Absturzes kam der Zeit ihr Maß abhanden. Wann genau ich das Bewusstsein verlor, ich weiß es nicht. Während ich den Abhang hinunterrutschte, wurde mein verletzter Knöchel mehrfach auseinandergebogen und zusammengequetscht. Jegliche Kraft, jeglicher Wille schwanden. Ich hatte aufgehört zu brüllen. Mit der Geröllawine, die ich losgetreten hatte und deren Teil ich geworden war, glitt ich unaufhaltsam in die Tiefe, ich kämpfte nicht mehr dagegen an, ich ergab mich. Die letzte Chance, mich an einem Gestrüpp festzuhalten, ließ ich tatenlos verstreichen. Vielleicht hätte ich ohne den rasenden Schmerz, der mir den Verstand raubte, besser reagiert? So aber erreichte ich ungebremst die Kante des Abhangs. Der Schotter schoss darüber hinaus und ich wie er. Dutzende Meter stürzte die Steilklippe unter mir nun senkrecht ins Meer hinab. Machtlos war ich, den Sturz noch abzufangen, besinnungslos. Ich überschlug mich und segelte zur Brandung hinunter, zu den Felsen, die das Meer umspülte, zum Fischkutter, der irgendwo da unten seine Spuren im Wasser zog, ich segelte hinab, dem Tod entgegen.

Die Pinie, die ein paar Meter freien Falles unter mir aus dem Kalkstein ragte, nahm ich nicht mehr zur Kenntnis. Längst war ich ohnmächtig geworden, als ihre Äste meinen Sturz auffingen, als sie knackten, aber nicht brachen unter meinem Aufprall. Die Äste hielten mich fest, sie ertrugen mein Gewicht. Wäre ich größer, schwerer gewesen, hätten sie mich nicht retten können, ich wäre durch sie hindurchgebrochen, ich wäre dreißig Meter tiefer im Wasser aufgeschlagen und untergegangen wie ein Sack voll Schutt. Ohne Gegenwehr wäre ich auf den felsigen Grund des Meeres gesunken und dort liegen geblieben, so lange, bis die Leichengase mich wieder an die Oberfläche getrieben hätten und die Strömung mich an eine der umliegenden Küsten gespült hätte. Niemand hätte gewusst, woher diese Wasserleiche gekommen war. Ich trug keinen Ausweis, nichts außer ein wenig Bargeld bei mir. Niemand hätte gewusst, von wem die Menschenreste stammten, die die Fische übrig gelassen hatten. Doch ich erreichte das Wasser nicht. Die Pinie bewahrte mich davor. Ihr Geäst trug mich, leicht wie ich war, trug mich, wie Lucy oder der Südamerikaner mich tragen hatten können. Und der Fischer, durch meine

Schreie auf mich aufmerksam geworden, entdeckte mit dem Fernglas wenig später meinen Körper, der besinnungslos im Baum hing.

4

Wie lange das Piniengeäst mich wohl ausgehalten hätte? Vielleicht hätte der Baum mich bis in die Nacht hinein getragen? Doch so lange dauerte es nicht, bis ich geborgen wurde. Ohne zu zögern rief der Fischer von Bord des Kutters aus die Seerettung, die nun einen Menschen nicht aus den Wellen, sondern von den Klippen zu bergen hatte. Ein Notarzthubschrauber wurde geschickt. Ohne Zeitverzug erklang weit über mir das Schlagen der Rotoren, ich hörte es nicht, ich spürte den Windstoß nicht. Vielleicht kräuselte sich unter mir das Wasser in den Luftwirbeln, die Pinie aber, die mich festhielt, sie verbog sich nicht, sie ließ mich nicht fallen.

Ein langes Tau wurde heruntergelassen. Ich nahm nicht zur Kenntnis, wie ein Flugretter, ein Notarzt und sein Assistent mich über dieses Tau erreichten. Sie sicherten mich, sie gewannen einen ersten Eindruck meines Zustands. Sofort leiteten sie die lebenserhaltenden Maßnahmen ein. Die Männer riskierten ihr Leben für mich, ich aber war nicht in der Lage, es ihnen zu danken. Ich ließ bloß über mich ergehen, was immer sie mit mir anstellten. Immerhin machte ich ihnen die Bergung nicht noch schwerer, als sie in solch unwegsamem Gelände ohnehin war.

Der Hubschrauber transportierte mittels des Taus bald zwei weitere Helfer mit einer Trage zum Unfallort. Mit vereinten Kräften schafften es die Männer, mich mit gekonnten Griffen in diese Trage zu hieven. Sie gaben dem Piloten ein Zeichen zum Abflug, sobald die Bergung gemeistert war, sie übergaben mich nun in seine Obhut, und er zögerte keine Sekunde. Wohl schwankte das Tau hin und her – ich meine, mich körperlich an eine Gleitbewegung zu erinnern, ein Schweben in den Lüften –, und die Trage, in der ich lag, drohte bisweilen, an hervorstehende Felsen der Klippe zu stoßen, als sie vom Helikopter emporgezogen wurde, ich aber hätte den heftigsten Aufprall nicht wahrgenommen. Bald baumelte ich fünfzig Meter unter der Ausstiegsluke in der Luft, bewusstlos, komatös, und der Hubschrauber flog mit mir vom Unglücksort fort. Die Rettungsleute blieben an der Absturzstelle zurück und sicherten sich mit Karabinerhaken im Kalkgestein. Erst wenn der Hubschrauber mich in Sicherheit gebracht haben würde, würden sie geborgen werden, so lange hatten sie auszuharren. Ich hingegen wurde immer höher und höher hinaufgetragen, immer weiter entfernte ich mich von den Wellen da unten, die mein nasses Grab hätten werden sollen. Der Fischkutter, der auf der Dünung trieb, und das Tunnelloch, aus dem ich gestürzt war, verschwanden innerhalb weniger Minuten außer Sichtweite. Ich segelte, dem Tod entrissen, dem ich mich bereits ergeben hatte, über alles hinweg, ich schwebte nun durch den Himmel entlang der Blauen Küste. An der Spitze des Klippenmassivs, ein wenig im Inneren der Halbinsel, hatte der Pilot ein Plateau ausfindig gemacht, das groß genug war, um die Trage abzusetzen und selbst zu landen.

Keine halbe Stunde, nachdem ich am Felshang abgerutscht bin, liege ich, weiterhin nicht bei Bewusstsein, mein Knöchel aufs Dreifache seiner Größe angeschwollen, auf einer Hochebene weit über den Steilklippen. Nach wie vor bin ich in guten Händen, auch wenn es neue sind, die sich um mich kümmern.

Keine Sekunde geht verloren, zügig und doch mit größtmöglicher Vorsicht werde ich jetzt in meiner Trage ins Innere des Helikopters verladen und festgemacht. Das Tau wird verstaut, die Tür des Cockpits geschlossen, schon erhebt sich der Hubschrauber erneut und fliegt mich zurück in die Stadt, aus der ich gekommen bin. Ein Notarzt kniet neben mir. Während des gesamten Flugs zum Krankenhaus lässt er mich nicht aus den Augen.

Eine Viertelstunde später liege ich im Schockraum des l'AP-HM Hôpital Nord, Fachärzte, Anästhesisten, Intensivmediziner, Unfallärzte, Röntgenärzte, Neurochirurgen, Knochenbruchspezialisten, um mich geschart, jeder Einzelne von ihnen bereit, unverzüglich einzugreifen. All diese Menschen, Fremde, die nichts von mir wissen, außer dass ich an der Blauen Küste abgestürzt und womöglich lebensbedrohlich verletzt worden bin, kümmern sich plötzlich um mein Wohlergehen. Mein kleines Leben, von dem sie nicht die geringste Ahnung haben, liegt ihnen auf einmal am Herzen. Ob ich François Toulet, Thomas, Le Goff, Guillaume Dumont oder sonst wie heiße, dass ich *brûlée* oder *Doppelmann*, Rezeptionist oder Barmann, Ire, Ostdeutscher oder Russe bin, es macht für sie keinen Unterschied, ich bleibe, was ich schon im Einkaufswagen war, ein unbeschriebenes Blatt.

So also bin ich in ein Marseiller Hospital zurückgekehrt, dorthin, wo ich Jahrzehnte zuvor bereits gelandet bin, damals als aufgefundenes Kleinkind, heute als aufgefundenes Absturzopfer. Wieder untersuchen mich die Ärzte, behandeln sie mich, wieder stellt man mich ruhig. Und wieder gibt es schnell Entwarnung. Eine Computertomografie bestätigt, was die ersten Untersuchungen bereits vermuten haben lassen: Dieser Patient wird überleben. Mit dem Schrecken ist er davongekommen. Bald verlieren die meisten der hinzugerufenen Ärzte das Interesse an mir. Sie verteilen sich in alle Richtungen und wenden sich dringlicheren Fällen zu. Im Minutentakt wird in einem öffentlichen Krankenhaus wie diesem, in einer Stadt wie dieser ein Notfall eingeliefert. Nicht allen Patienten steht jenes Glück zur Seite, das mir unablässig anzuhaften scheint. Nicht allen streckt das Schicksal seine schützende Hand aus, nicht alle werden wie ich ein ums andere Mal aufgefangen. Nicht jedem Stürzenden stellt sich eine Konifere in den Weg, bei manchem bricht der Pinienast, und der Sturz kommt erst am felsigen schwarzen Meeresgrund zum Stillstand. Den einen oder anderen Kiefernzapfen reißt das Opfer mit sich hinab, und auf dem Wasser treiben die Zapfen, bis die Strömung sie an einer nahen oder fernen Stelle an Land spült und die Sonne sie trocknet. Ähnlich unverwüstlich ist der rothaarige Findling, er wird dieses Malheur überstehen, um ihn muss sich niemand Sorgen machen. Für die Mediziner ist der Fall rasch erledigt. Er wird keine bleibenden, körperlichen Schäden davontragen, dieser Kerl, wie immer er heißt, woher er auch gekommen ist.

Wie Jahrzehnte zuvor kann die Akte über mich bald geschlossen werden. Diesmal aber werde ich im Anschluss nicht an ein *orphelinat* weitergeleitet. Auch werde ich nicht erneut meinen Adoptiveltern zugewiesen, den Toulets, sie werden nie von meinem Missgeschick erfahren, und ebenso erfährt kein Mensch in diesem Krankenhaus jemals von ihnen, denn ich schaffe es, meine Daten niemandem preiszugeben. Ich bin, was ich immer schon bin, das weiße Blatt Papier, das jeder und ich beschreiben kann, wie es ihm beliebt. Matthieus Geld aus Zimmer 3 ermöglicht mir diese Selbstbestimmung. Dafür wenigstens ist es gut. Dafür wenigstens kann es genügen.

– Die Kosten der Bergung und Ihres Krankenhausaufenthalts werden mehrere Tausend Euro betragen. Sind Sie sich dessen bewusst, Monsieur Rocard?, fragte mich die Zuständige des Hospitals, die mich zwei Tage nach dem Unfall an meinem Krankenbett besuchte.

Sie war eine äußerst attraktive Frau mit nahezu durchscheinender Haut, lang, schlank, gerade wie ein Strich stand sie vor mir. Ich konnte nicht anders, als ihre dünngliedrigen Finger zu bewundern, mit denen sie eine Mappe mit Unterlagen fast zärtlich umfasste, und auch mit welcher Selbstverständlichkeit sie ihre brünetten Haare zu einem Dutt geflochten trug, lenkte mich ab. Sie war nicht mehr die Jüngste, überlegte ich, aber ihr Alter und der weiße Arztkittel standen ihr gut.

– Es gibt verschiedene Möglichkeiten, diesen Fall zu regeln, sagte sie, und ich konnte mich kaum darauf konzentrieren, was sie erklärte. Sie müssen die Rechnung nicht an Ort und Stelle in bar begleichen. Wir können, wenn wir Staatsbürgerschaftsnachweis und Meldebestätigung von Ihnen bekommen und die Sozialversicherungskarte geprüft haben, Kreditprogramme oder Zahlungen in Raten gewähren, sofern die Umstände dafür sprechen. Wir müssen hierfür lediglich die Modalitäten klären. Danach könnten wir Sie entlassen.

– Ich möchte es aber lieber an Ort und Stelle begleichen, sagte ich.

Um jeden Preis wollte ich vermeiden, dass die Polizei auf mich aufmerksam wurde. Auch meinen Adoptivvater wollte ich über diese Angelegenheit keinesfalls zurück in mein Leben holen. Deshalb hatte ich den falschen Namen und eine erfundene Adresse angegeben.

– Es ist Ihre Entscheidung, Monsieur Rocard. Aber ich möchte Sie darauf hinweisen, dass es auch andere Möglichkeiten gibt.

– Ja, das haben Sie nun ja getan, danke, sagte ich.

Es klang kratziger, als ich es meinte. Fast hätte ich mich dafür entschuldigt, wie ungehalten dieser Satz geklungen haben musste. Die Frau aber ließ sich davon nicht aus der Fassung bringen. Nur kurz verzog sie den Mund – auch dies eine Geste, die bei ihr nahezu sinnlich anmutete –, und sie nickte ein wenig resignativ mit dem Kopf. Ich war gewiss nicht der einzige Patient, der es sich etwas kosten ließ, anonym zu bleiben.

– Gut, wie Sie wollen, sagte sie. Aus medizinischer Sicht spricht nichts dagegen, Sie morgen, spätestens übermorgen aus der stationären Behandlung zu entlassen. Sie werden einmal pro Woche zur Visite wiederkehren müssen, und in voraussichtlich sechs Wochen wird Ihnen der Gips abgenommen werden. Sie sollten sich bald für eine Physiotherapie anmelden, aber der Eingriff am Knöchel ist ohne Komplikationen verlaufen, und auch die restlichen Verletzungen erfordern keinen längerfristigen Krankenhausaufenthalt.

Ein unheimliches Glück hätte ich gehabt, gab mir diese betörende Frau zu verstehen. Und es war auch nicht schwierig herauszuhören, was sie zwischen ihren Wörtern andeutete: Nicht allein ich konnte froh über den glimpflichen Verlauf meiner Verletzungen sein, auch der Krankenhausleitung war es recht, wenn ich das Bett so rasch wie möglich für einen nächsten Patienten freigab, einen, der es dringender als ich benötigen würde. Ich lag in einer provisorischen Koje im Gang der Intensivstation, wohl weil die Stationsleitung vor lauter Andrang nicht gewusst hatte, wo sie sonst mein Bett hätte hinstellen sollen. Als Notlösung waren um mich herum dünne Schiebewände aufgestellt worden, sie trennten mich nur behelfsmäßig und unzulänglich von vorbeieilendem Personal, von Ärzten, Schwestern, Besuchern und anderen Patienten im Flur. An meinen Armen waren Infusionsschläuche angeschlossen. Schmerzmittel links, Beruhigungsmittel rechts, stetig tropfte die Flüssigkeit in mich hinein, ohne die es mir unmöglich gewesen wäre, an einem Ort wie diesem auch nur ein Auge zuzutun, die es mir aber ebenso erschwerten, zwischen den ständig wechselnden Gesichtern in diesem Varieté der Kranken und Pflegenden den Durchblick zu bewahren. Wie Schlossgespenster schwebten die Weißkittel, einer nach dem anderen, an mir vorüber, gepeinigt und grau schlurften die ihnen Unterworfenen, zu denen ich auch mich zählte, über den Krankenhausflur.

– Sie sehen ja, wie es ist, hatte zuvor bereits der Aufsichtsarzt gemeint, dessen schräg stehende Zähne mich irritiert hatten. Wir haben im Moment zu wenig Platz für all die Menschen, die in unserer Stadt zu Schaden kommen.

– In der Tat, das sehe ich, sagte ich und erwiderte sein um Nachsicht bittendes Lächeln, das an ihm besonders unvorteilhaft wirkte.

Ich überlegte, wie ein Apfel aussehen würde, nachdem ein Mensch wie er davon abgebissen hatte.

– Wie dem auch sei, Monsieur Rocard, sah ich den Schiefzahn sagen. Lange wird Ihr Aufenthalt hier nicht mehr vonnöten sein.

Ich nickte. Ich hatte verstanden, dass ich so schnell wie möglich an das Geld, das ich in Lucys Wohnung versteckt hielt, kommen und die Arztrechnungen begleichen musste. Ansonsten würde mich die Krankenhausleitung nie wieder gehenlassen. Alles musste ich daransetzen, diesem Hospital zu entkommen, bevor mir weitere Fragen gestellt werden würden und ich meine Sinne ganz verlor. Monsieur Rocard musste sich auf der Stelle freikaufen aus dem Hôpital Nord, in das er gestürzt war.

5

– Lucy!

Ich flüsterte in den Hörer des Münztelefons am Ende des Krankenhausflurs.

– Was bin ich froh, dass ich dich erreiche!

Es war Abend und schon verhältnismäßig ruhig auf der Station.

– Ich brauche mein Geld, sagte ich. Du musst es mir morgen früh bringen!

– Alles?, fragte Lucy.

– Ja, alles. Ich liege im Hôpital Nord.

– Wirklich alles?, wiederholte sie.

Ich ging auf ihre Frage nicht ein.

– Ich hatte einen Unfall. Doch es geht mir gut so weit. Morgen kann ich wohl heim. Aber ich muss die Rechnungen bezahlen, sonst lassen die mich nicht gehen.

– In bar?

– Ja, in bar, klar!

Es irritierte mich, dass Lucy dermaßen umständlich rückfragte. Sie kannte doch die Grauzonen Marseilles. Auch wenn die Stadt sich allmählich veränderte, ich musste Lucy doch nicht erklären, dass man hier Bargeld springen lassen musste, um sich Unannehmlichkeiten zu ersparen! Warum nur stellte sie sich so kompliziert an?

– Neuntausend Euro? So viel kann doch eine Krankenhausvisite nicht kosten?, fragte Lucy.

Meine Geduld war nahezu erschöpft.

– Es gab auch eine Flugrettung, sagte ich. Und anderes. Bring einfach meine Kohle, ich bitte dich!

Ich befürchtete, zu laut gesprochen zu haben, und blickte mich um. Aber es war niemand in der Nähe.

– Ich erkläre es dir ein andermal, sagte ich.

So schnell und so leise, wie ich konnte, zischte ich die Wörter in den Hörer.

Lucy verstummte am anderen Ende der Leitung. Fast wirkte es, als wäre der Kontakt unterbrochen. Eine Weile breitete sich eine kryptische Stille aus.

– Lucy?, fragte ich in diese hinein. Okay? Hörst du mich?

– Ja. Gut, sagte Lucy irgendwann. Wir sehen uns morgen.

– Gut! Bis morgen also.

Rasch legte ich auf.

Im Kunststofflicht des Klinikflurs hinkte ich mit meinem Gipsbein zum Krankenbett zurück. Ich dachte darüber nach, da die Infusionen zurückgenommen worden waren, mir von der Krankenschwester ein Sedativum geben zu lassen, um in der Nacht schlafen zu können. Die Situation, in der ich mich befand, zermürbte mich, nicht nur die Gegenwart in diesem Kranken-Cabaret, auch die mir bevorstehende Ungewissheit, sobald ich mich von hier befreit haben würde, machte mir Angst. Auf Lucy schien kein Verlass mehr zu sein, sie stand mehr und mehr unter Mats Einfluss. Zusehends entglitt sie mir, meine schwarze Schwester. Matthieu wiederum war weiterhin verschollen. Wenn ich aus dem Krankenhaus im *Richard* anrief, um ihn zu erreichen, konnte ich das Telefon klingeln lassen, so lange ich wollte. In zwei Tagen lief die Frist aus, die ich mir, um auf Matthieu zu warten, gesetzt hatte. Auch ihn würde ich abschreiben müssen. Zum Adoptivvater zurückzukehren war ausgeschlossen, und durch ihn war der Kontakt zur Mutter blockiert. Wie mit Anni erging es mir inzwischen mit allen. Meine ganze Welt war eine *400, rue de Rigaud #521* geworden, ein Ort, der mir verwehrt blieb, ein Fehler. Hatte mich nicht die Frau, die mich geboren haben musste, schon gelehrt, dass es für mich keinen Platz, keine Berechtigung gab? Der Adoptivvater hatte mich vom Baum fallen lassen. All diese Lektionen, die mir erteilt wurden, sie verstärkten bloß meine Ohnmacht, mehr erreichten sie nicht.

Ich legte mich auf mein Bett. Die trüben Gedanken schwebten durch den auch nachts neonbeleuchteten Flur, in dem ich aufbewahrt war, sie gingen und sie kamen wieder, sie fanden keinen Ausweg, sämtliche Türen waren verschlossen. Ich hegte den Plan, über Nacht zu fliehen. Doch die Eingangstür meiner Station war durchgehend bewacht. Solange ich an diesem Posten keine gültigen Entlassungspapiere vorweisen konnte, gab es kein Entkommen. Vielleicht hätte ich das Wachpersonal bestechen oder mich irgendwie vorbeischleichen können, aber vor solch einem Unterfangen schreckte ich zurück. Direkt in die Fänge der Polizei hätte mich ein vereitelter Fluchtversuch getrieben, das wäre das Schlimmste gewesen, was mir hätte passieren können.

Die Nachtschwester brachte mir eine zusätzliche Schlaftablette.

– Mehr darf ich Ihnen aber bei bestem Willen nicht geben, Monsieur Rocard.

Sie war eine gutmütige junge Frau, ihre Haut schimmerte tiefbraun unter dem weißen Kittel hervor. Wirkte sie nur so dunkel, überlegte ich, weil sie den blütenweißen Stoff trug? Selbst Annis Zettel hatte vor dem New Yorker Whiteout gelblich gewirkt.

Ohne Zweifel hätte ich mich in diese Frau verlieben können, sie heiraten können, Kinder mit ihr bekommen, zwei, ein Mädchen und einen Jungen. Doch die Umrisse der Nachtschwester verschwammen vor meinen Augen.

– Schlafen Sie ein wenig, Monsieur Rocard, sagte sie und deckte mich zu.

Ich hätte sie nur zu gern festgehalten, aber sie löste sich im Nachtlicht auf.

Bei der Morgenvisite gab der leitende Chefarzt mich frei. Es war an diesem Morgen ein anderer Mann als jener, der an den vorigen Tagen über mich geurteilt hatte, ich hatte ihn noch nie zuvor gesehen, aber er schlüpfte sofort in die Rolle seines Vorgängers, auch er spielte den Kumpel, der von oben herab an mich herantrat. Ich überlegte, ob er wirklich so großgewachsen war, oder ob es nur aus meiner Perspektive so wirkte.

– Sie können sich bei diesem Baum bedanken, sagte er.

Glück, Glück, alle sprachen ständig von dem Glück, das ich hatte.

Mit kollegialer Autorität vermittelte der Chefarzt seine Kompetenz. Aus medizinischer Sicht bestünde keine Veranlassung, mich länger auf der Station zu behalten, meinte er.

– Lassen Sie sich Ihre Entlassungspapiere ausstellen und zwei Unterarmgehstützen geben. Humpeln Sie nach Hause, Monsieur Rocard.

Dann klatschte er in die Hände und rieb sie aneinander.

– *Allez!*, trieb er die Turnusärzte an, die ihn begleiteten und sicheren Abstand von ihm zu halten schienen.

Der Patient in der nächsten Koje wartete.

– Auf Nimmerwiedersehen, murmelte ich.

Keiner der Männer hörte meinen Scherz.

Ich richtete mich auf, noch träge und matschig von der Nacht, und begann, die Minuten zu zählen, bis Lucy endlich auftauchen würde. Ohne sie kam ich von hier nicht fort. Ich hielt meinen Blick auf die Zeiger der Uhr gerichtet, die an der Wand gegenüber hing. Jedes Mal, wenn die Stationstür am Ende des Flurs geöffnet wurde, schaute ich kurz hinüber und dann schnell wieder zum Zifferblatt zurück. Die Zeit verrann noch deutlich zäher, als sie es in den nicht enden wollenden Eisnächten Montréals getan hatte.

Als Lucy um halb zehn noch immer nicht da war, rief ich ein weiteres Mal in der Rue Thiers an.

– Mann, du hast mich geweckt, *brûlée,* sagte Mat am Ende der Leitung. Was willst du um diese Uhrzeit? Lucy ist nicht da. Ich weiß nicht, wo sie ist.

Ohne sich zu verabschieden, hängte er auf.

Vormittags hatte ich mich im Verwaltungsbüro im vierten Stock zu melden. Eine dralle Sekretärin reichte mir meine Endabrechnung. *Euro 4879,66,* las ich.

Ich müsse noch kurz auf mein Geld warten, erklärte ich. Dann würde ich die Rechnung sofort begleichen.

– Kein Problem, Monsieur Rocard.

Die Frau blieb freundlich, aber bestimmt. Durch ihre Brillengläser hindurch wirkten ihre erdfarbenen Augen, mit denen sie mich fixierte, riesig.

– Solange es vor zwölf Uhr geschieht, sagte sie. Ansonsten müssen wir Ihnen eine neue Rechnung ausstellen und Sie umquartieren.

Ich fragte nicht nach, was genau dies zu bedeuten hatte. Verstohlen blickte ich stattdessen um mich. Ich dachte darüber nach, ob ich einen Besucherausweis von dem Stapel, der auf der Kommode lag, entwenden könnte, um damit getarnt aus der Station zu entkommen. Die Augen der Sekretärin aber blieben an mir haften. Wahrscheinlich ahnte sie, was mir durch den Kopf ging. Vor der halboffen stehenden Glastür, durch die ich sogleich meinen unschuldigen Blick wandern ließ, erkannte ich einen Mann vom Wachdienst, der im Flur Stellung bezogen hatte. Er machte ein paar Schritte auf und ab und schien nur darauf zu warten, irgendwo eingreifen zu können. Längst hatte mich dieser Mann ins Visier genommen. Er würde mich unter all den Menschen, die hier ein und aus gingen, wiedererkennen. So bunt Marseille auch war, als bleichhäutiger Rotkopf fiel ich unter allen Umständen auf, ganz besonders in einem Krankenhaus in den nördlichen Vierteln. Und nun war ich zudem mit einem Gipsbein und den Krücken markiert. Es wäre töricht von mir gewesen, mich mit einem gefälschten Besucherausweis am Wachpersonal vorbeistehlen zu wollen.

– Vor zwölf Uhr, alles klar, ich werde rechtzeitig wieder zu Ihnen kommen und alles bezahlen, verabschiedete ich mich bei der Sekretärin.

Umständlich erhob ich mich und machte mich auf den Rückweg zu der Koje.

– Je früher Sie Ihr Bett räumen, desto besser, gab mir die Frau mit auf den Weg. Danke für Ihr Verständnis, Monsieur.

– Kein Problem, antwortete ich.

Als ich das Büro verließ, blickte mir der Wachmann nach, vielleicht aus Langeweile, vielleicht aus Dienstbeflissenheit. Ich spürte, wie er mich musterte. Bis ich am Ende des Gangs in den Aufzug stieg, ließ er mich nicht aus den Augen.

Ich konnte nur zurück zu meinem Bett humpeln und auf Lucy vertrauen.

Eine halbe Stunde später lümmelte ich fertig angezogen in meiner bereits halb abgebauten Koje herum und starrte auf die Uhr, die im Gang hing. Hin und wieder musste ich die Augen zukneifen, weil sich das Zifferblatt vor mir zu drehen begann. Mit jeder Minute, die verging, erschöpfte sich meine Hoffnung, dass Lucy noch auftauchen würde.

Viertel nach elf.

Sechzehn nach elf.
Achtzehn nach.
Zwanzig nach.
Jede Minute eine Kerkerminute.

Zwei Minuten vor halb zwölf kam endlich Lucy durch die Tür. Kurz glaubte ich, ich würde mir ihren Anblick bloß einbilden. Doch unverkennbar war es Lucy, die gelassen auf meine Koje zuging, als hätte sie mich schon des Öfteren hier besucht. Ihr leicht schleppender Schritt war nicht zu verwechseln. Wie ich mich hätte freuen sollen, sie zu sehen! In ihrem Blick aber erkannte ich, dass ich mich besser nicht zu früh freute.

– *Salut,* sagte sie. Wie geht's dir?

– Es geht. Hast du das Geld dabei?

– Ich hab Geld dabei, ja. Wie viel brauchst du?

– Was meinst du?

– Na, wie viel brauchst du?

Ich nahm die Endabrechnung zur Hand und las den Betrag vor, der angegeben war.

– 4879 Euro und 66 Cent, sagte ich.

Nun wirkte Lucy auf einmal sichtlich erleichtert.

– Das ist gut, sagte sie. Das ist gut!

– Was soll daran gut sein?

– Ich hab genug dabei. Du hast genug. Das ist gut.

– Klar hab ich genug. Trotzdem ist es die Hälfte von allem, was ich überhaupt besitze. Mit einem Schritt hab ich es verloren. In einer Sekunde. Der teuerste Fehltritt meines Lebens!

– Fast fünftausend hab ich dir mitgebracht. Das reicht ja vorerst.

Lucy fuhr in die Innentasche ihres weißen Anoraks und kramte ein Kuvert mit einem dicken Geldbündel hervor. Kurz blickte sie sich um, bevor sie es mir in die Hand drückte.

– Du solltest doch alles mitbringen, sagte ich.

Lucy vermied es, mir in die Augen zu schauen.

– Das ist alles, sagte sie und wich meinem Blick aus.

So leise hatte ich Lucy noch nie sprechen gehört. Ich war mir nicht sicher, sie recht verstanden zu haben.

– Was meinst du?, fragte ich.

Sie zögerte.

– Mehr …, sagte sie, … gibt es nicht … im Moment … nicht mehr … Wir haben, ich meine, Mat und ich haben … den Rest des Geldes … investiert.

– Investiert?

Ich musste aufpassen, meine Stimme nicht allzu stark zu heben.

– Du meintest doch, ich könnte mir etwas davon nehmen!, platzte es nun unvermittelt aus Lucy heraus, viel lauter als es mir recht war.

– Ja, schon, aber …

– Mats Bruder will Taxifahrer werden in Dakar. Das hatte ich dir doch erzählt!

Jene Lucy, die ich kannte, impulsiv und unbeherrscht wie sie war, war dabei zurückzukehren. Hastig gestikulierte ich, sie solle ihre Stimme drosseln.

– Wenn Mats Bruder es schafft, fuhr Lucy aber in kaum verminderter Lautstärke fort, wenn er es schafft, sein Taxi-Business aufzuziehen, dann kann er bald die Familie ernähren. Dann kann Mat endlich damit aufhören, monatlich Geld zu schicken. Es ist schon schwer genug für ihn, überhaupt mit dem auszukommen, was er verdient!

– Was geht mich das an?

– Na, du wusstest doch nicht, wohin mit deiner Kohle! Im Senegal ist sie besser angelegt als in unserem Sicherungskasten, das sag ich dir! Mit ein paar Tausend Euro kann Mats

Bruder ein Auto und die Taxifahrer-Lizenz kaufen, und auch für Benzin sollte es fürs Erste reichen.

Lucy echauffierte sich nun mehr und mehr und ließ sich kaum noch bremsen.

– Überhaupt ist das Geld verliehen, fauchte sie. Hörst du nicht zu, wenn ich mit dir rede? Investiert ist es, nicht verschenkt. Irgendwann bekommst du es ja wieder.

– Es ist mein Geld, Lucy. Das kannst du doch nicht einfach …

– Dein Geld also? Dein Geld? Wieso hängst du es dann bei uns in die Wand?

Ich wusste, noch ein falsches Wort, und Lucy würde endgültig die Fassung verlieren. In voller Lautstärke würde sie mich ausschimpfen, und die gesamte Station würde von unserer Angelegenheit erfahren.

– Schon gut, schon gut, sagte ich und versuchte, meinen Ärger hinunterzuschlucken. Aber … ihr hättet mich wenigstens fragen sollen.

– Wie denn? Wenn du dich in irgendwelchen Krankenhäusern versteckst!

– Da kann doch ich nichts dafür.

– Ich etwa?

Die Diskussion führte zu nichts. Vielleicht konnten wir sie ein andermal fortsetzen, jetzt war nicht der richtige Moment. Vorerst musste ich darauf achten, dass Lucy sich wieder beruhigte.

Wenigstens besaß ich noch genügend Bargeld, um mich aus dem Hôpital Nord hinauszukaufen. Wenigstens das!, dachte ich. Dennoch brachte ich es nicht über mich, sofort klein beizugeben.

– Aber Mat …, sagte ich. Ich wollte nicht, dass er überhaupt von dem Geld erfährt.

– Es ist *seine* Wohnung, in der du es untergebracht hast.

Lucy redete mit mir, als wäre ich schwer von Begriff.

– Noch am selben Abend, sagte sie, nachdem du gegangen warst, sprachen wir darüber, wie eng es mit der Knete steht. Wir redeten über seinen Bruder, seine Familie. Mat hatte versprochen, ihnen regelmäßig Geld zu schicken, weißt du, dabei war er selbst im Mietrückstand. Der Vermieter ist ja schon mehrfach aufgetaucht und hat gewarnt und gedroht und alles. Was sollte ich denn machen? Ich konnte sie förmlich riechen, die neuntausend Euro, die wenige Meter von uns entfernt an den Bindfäden hingen.

Je länger Lucy redete, desto mehr überkam mich eine Erleichterung, wenigstens noch etwas von meinem Geld zurückbekommen zu haben.

– Mat hat gestern endlich dreitausend nach Dakar geschickt. Mit dem Rest hatte er vor, eigene Schulden zu tilgen. Heute wollte er noch eine Runde machen und alte Rechnungen begleichen. Er wird alles andere als froh sein, wenn er herausfindet, dass nichts mehr im Sicherungskasten hängt. Ich habe heute früh, als er noch geschlafen hat, alles herausgefischt, was in der Wand zu finden war, und in dieses Kuvert gesteckt. Hier, zähl nach. Ich hab's im Treppenhaus gezählt. 4900, ganz genau.

– 4900 also, wiederholte ich, resigniert.

– 4900 ja, verdammt nochmal! Als wäre das nichts!

Es hatte keinen Sinn, ein weiteres Wort darüber zu verlieren. Was geschehen war, war geschehen. Wir hatten genug gestritten.

Eine Weile blieben Lucy und ich stumm nebeneinander sitzen. Dann bedankte ich mich bei ihr und steckte das Kuvert weg.

– Danke, Lucy, sagte ich und meinte es durchaus ehrlich.

Schließlich hatte sie sich meinetwegen in Schwierigkeiten gebracht.

Ich fragte sie, was sie weiter zu tun gedächte.

– Ich muss los, sagte Lucy. Arbeiten. Ich bin schon spät dran. Ich muss heute noch nach Genua, eine Lieferung holen.

– Nein, ich meine wegen Mat …

– Was soll er schon tun? Es war so wenig sein Geld, wie es deines war. *Le fric.* Es kommt und geht. Wichtig ist, es am Fließen zu halten. Was für eine bescheuerte Idee, es in irgendwelche Zwischenwände zu hängen, wirklich!

Es war schon kurz vor zwölf. Ich zog mir die Jacke über. Lucy reichte mir die Krücken, die am Nachttisch lehnten.

– *Voilà, Monsieur,* sagte sie im Spaß.

Ich stützte mich an den Krücken auf. Wie geschwächt ich war, körperlich, seelisch!

– Wartest du noch kurz?, fragte ich Lucy. Ich muss nur die Rechnung bezahlen, dann kann ich dich hinausbegleiten.

– Du bist mir zu langsam, François, sagte sie und winkte ab.

Sie hatte recht. Ich war in den schwerfälligen Rhythmus einer Krankenstation gerutscht, an dem jeder Schwung sich abnützte. Und ein Dilettant auf Krücken war ich obendrein. Vielleicht würde ich mich in ein paar Wochen besser damit bewegen können.

Wo immer ich dann war, in ein paar Wochen. Was immer dann aus mir geworden war.

– Melde dich, sagte ich zu Lucy, wenn du Probleme bekommst. Wegen Mat oder so. Du weißt …

Sie lachte mich aus.

– François, du bist derjenige, der Probleme hat!, sagte sie und zog den Reißverschluss ihres Anoraks zu. Vielleicht verliere ich mein Zuhause. Vielleicht verlieren Mat und ich die Wohnung. *Mais alors!* Dann kommen wir halt zu dir und ziehen im *Richard* ein. So einfach ist das!

Wie immer blieb ich der Sprachlose von uns beiden. Schon als Findelkind hatte ich mich stumm, taub, blind gestellt, während Lucy vehement auf sich aufmerksam gemacht hatte. Sie war auf die Straße gekrochen. Ich war stundenlang im Einkaufswagen liegen geblieben, ähnlich träge wie jetzt, sediert, stillgestellt. Der, der das Nachsehen hatte, war ich, blieb ich, während Lucy vorausschauen konnte. Ihr Leben war eine Abfolge von immer neuen Momenten, eine Reihe von Dreisekundenintervallen. Meines eine Schleife, eine Wiederholung des Immergleichen in Variationen. Gern hätte ich mich mit Lucy darüber unterhalten. Doch schon stand sie auf. Sie hatte keine Zeit für Sentimentalitäten. Schnell beugte sie sich zu mir herab. Sie drückte mir ein Küsschen links und eines rechts auf die Wangen. Dann wandte sie sich ab. Sie wandte sich der Zukunft zu.

– Man sieht sich, sagte Lucy und machte sich auf den Weg.

Ich blickte ihr nach. Ich sah sie fortgehen. Vielleicht würde ich sie nie wiedersehen? Lucy Domini. Der Name stand auf ihrem Besucherausweis. Meine schwarze Schwester. Zügig schritt sie den Flur hinab dem Ausgang zu. Nach Genua wollte sie, dachte ich. In welche Stadt wollte ich? An welchen Ort?

Dieser verfluchte Krankenhausgang raubte mir alle Energie. Was ich an Willen besessen hatte, er krallte es sich, saugte es hinein in die Überwachungsgeräte, gab es nicht wieder her. Das Hôpital Nord war eine Sackgasse, ähnlich wie die Vorstadtsiedlung La Savine, die in der Nähe lag und aus welcher die meisten Patienten mit Schussverletzungen hier angeliefert wurden. Ich musste fort von diesem Ort, koste es, was es wolle.

Wegkommen, um woanders hinzukommen, musste ich. Neu beginnen. Wie auch immer. Ich musste.

Steh auf, François! Wer immer du bist. Wie langsam du auch bist. Tot bist du noch nicht. Dies ist nicht das Ende der Strecke. Der Fischer auf dem Kutter wird nicht der Letzte gewesen sein, der dich zu finden hatte. Irgendwann wird es ein Ende nehmen, dein Findelleben. Doch nicht jetzt. Nicht hier.

Ich mühte mich zum Verwaltungsbüro und erkaufte mir meine Freiheit. Die erdfarbenen Augen der Sekretärin weiteten sich hinter ihren Brillengläsern noch ein wenig mehr, als ich das Geld vor ihr auf den Tisch blätterte.

– *Le voilà,* sagte ich, 4880 Euro. Den Rest können Sie behalten.

Schnell ließ die Frau die Scheine in einer Schublade verschwinden. Dann unterschrieb sie meine Entlassungspapiere und wünschte mir eine gute Besserung.

6

Zu Hause im *Richard* – solange dies noch ein Zuhause für mich war –, legte ich mich erschöpft aufs Bett und sah dem Meer dabei zu, wie es unbeeindruckt von unserem Tun seine Wellen an die Küste spülte. Ich ließ mein Denken auf der Dünung treiben, die Strömung sollte mich mitnehmen, wohin sie wollte. Stundenlang sah ich nichts als den Wasserhorizont und hörte, wenn ich die Augen schloss, nichts anderes als das Rauschen der Wellen. Nach und nach verlor ich mich in dieser Endlosigkeit, und ich in ihr verlor die Angst, die mich in der Enge meiner Koje überkommen hatte. Jeder Wellenzug, der über den Löwengolf tänzelte, brachte ein wenig Klarheit zurück in meinen Kopf. Ich weiß nicht, wie lange ich mich nicht rührte. Es wurde Nacht. Manchmal schlief ich ein, manchmal erwachte ich, dann schlief ich weiter. Unaufhörlich toste die Brandung unter mir, sie kannte wie ich keinen Anfang, wie ich keinen Schluss. Alles war Teil einer großen wiederkehrenden Bewegung, nichts nahm ein Ende. Wurde ich irgendwo abgelegt, wurde ich irgendwo wieder aufgefunden. Ob dies ein Fluch oder eine Fügung war, wusste ich nicht, aber ich sollte mich besser damit abfinden. Wer mich als Nächstes finden würde, das fragte ich mich. Und wo wollte ich gefunden werden?

Weiterhin gab es kein Zeichen von Matthieu. Die Eingangstür des Hotels hatte ich doppelt verriegelt und das *Complet*-Schild hängen lassen. Ich war allein im Gebäude und wartete ab, ohne etwas zu erwarten. Ein stures Schweigen klemmte zwischen den Mauern, es war mit mir hier eingesperrt, mein Compagnon. Auch wenn ich schon viele Nächte in der Einsamkeit dieses Hotels verbracht hatte, jetzt fühlte es sich zum ersten Mal an, als wäre das *Richard* evakuiert worden. Es existierte nicht mehr, ein Ort der Vergangenheit. Alles Leben hatte diesen Ort verlassen. Die Zeit war gekommen, dass auch ich ihn verließ. Ich konnte das Schweigen der verwaisten Räume und das Drängen des Meeres nicht länger ignorieren. Geh!, zischelten die Wellen mir zu. Immer deutlicher hörte ich es aus ihnen heraus. Geh fort von hier, François!

Am Ende der Nacht, dreitausend zerbrochene Wellenberge später, hatte ich verstanden. Es führte kein Weg daran vorbei, ich musste, bevor es zu spät sein würde, einen Schlussstrich unter alles ziehen, was hier geschehen war. Mit dem Morgengrauen brach der letzte Tag an, bevor Matthieus Frist auslief. Würde ich innerhalb der kommenden 24 Stunden kein Lebenszeichen von ihm erhalten, musste ich aufbrechen, egal wohin, unausweichlich, denn bald würden andere in der Tür stehen. Sie würden wissen wollen, was ich hier tat. Sie würden

Fragen stellen und Antworten erwarten. Sie würden übernehmen. Jeden Augenblick konnte es so weit sein. Und doch verstrich ein jeder Augenblick nach wie vor ereignislos.

Keine Woche noch bis Weihnachten. In Marseille war es kalt. Einen letzten Tag lang besaß ich noch Heizstrahler, auch hatte ich noch Geld, um die Stromrechnung zu begleichen. An der Hinterseite meines Schranks klebte der Notgroschen, die paar Hundert Euro, die ich zurückgehalten hatte. Der Zeitpunkt war bereits gekommen, da ich auf sie zurückgreifen musste.

Vormittags suchte ich die anderen Zimmer nach möglichen Geldverstecken ab. Ich inspizierte nahezu alle Bodenbretter des Hauses und klopfte die Wände nach Hohlräumen ab, nur Zimmer 11 ließ ich aus. Nirgends wurde ich fündig. Das *Richard* war leer, ein toter Ort. Hier gab es nichts mehr zu holen.

Nachmittags humpelte ich zur Bank. Jeder Schritt war eine Mühsal. Doch es musste sein, diesen einen Dienst schuldete ich Matthieu noch. Ich beglich die anstehenden Rechnungen, um das *Richard* wenigstens bis ins neue Jahr am Leben zu erhalten. Dafür hatte Matthieu mich bezahlt. Wenn ich auch den Rest seines Geldes sinnlos verschleudert und mich ein ums andere Mal lächerlich gemacht hatte, bis ins neue Jahr hinein würde dieses Hotel nach außen hin funktionieren und unauffällig bleiben, zumindest das konnte ich Matthieu garantieren. Darüber hinaus jedoch sollte es mich nichts angehen. Diese Geschichte hatte mit mir und ich mit ihr nichts mehr zu tun.

Etwas über hundert Euro befanden sich noch in meinem Besitz, als ich von der Bank zurückkehrte. Die Sonne war gerade im Meer versunken. Ich setzte mich auf einen der Plastikstühle auf der Frühstücksterrasse und sah dem Brennen des Himmels zu, bis die Abenddämmerung ihn löschte. Ich blieb lange sitzen, obwohl ich zu frösteln begann. Die Nacht breitete sich am Horizont aus, bald waren ein paar beleuchtete Containerschiffe das Einzige, was da draußen noch zu sehen war. Wahrscheinlich war Matthieu nicht mehr am Leben, überlegte ich. Algerien, in dessen Richtung ich starrte, war riesig. In seinem Großen Süden konnte man wohl für immer verlorengehen. Irgendwann schlotterte ich am ganzen Körper, so sehr zog mir die klamme Kälte des Abends in die Knochen.

Auch am nächsten Morgen war nichts von Matthieu zu hören. Ich erinnerte mich, wie ich angenommen hatte, ein Leben lang mit ihm zu tun zu haben. *Auf bald*, hatte er gesagt. Nichts, was er je von sich gegeben hatte, war eine leere Floskel gewesen. Doch nun gab es keinen weiteren Aufschub. Ich begann meine Arbeit an der Rezeption und vernichtete sämtliche Unterlagen, die Hinweise auf Matthieu, auf mich oder unsere Geschäfte gegeben haben könnten. Dann nahm ich mir mein Zimmer vor. Ich warf alles, was ich nicht unbedingt benötigte, in die Mülltonne draußen auf der Straße. Lange hatte ich in diesem Zimmer unterhalb der Stadt gehaust, und dennoch dauerte es keine Stunde, bis ich sämtliche Spuren verschwinden hatte lassen, die auf meine Anwesenheit hingewiesen hätten. Auch im Rest des *Richard* radierte ich der Reihe nach alles aus, was Verdacht erregen mochte. Ich arbeitete sehr sorgfältig, zielstrebig. Eine große Schärfe erfasste mich, eine Endgültigkeit lag in jedem Handgriff, den ich tat. Ich handelte, als wüsste ich genau, was zu tun war. Akribisch räumte ich jeden Kasten, jede Schublade, jeden Papierkorb aus, sogar den Telefonhörer wischte ich mit einem Tuch ab, und als ich mit dem großen Aufräumen fertig war, war das *Richard* ein gründlich gesäubertes Geisterhaus. Matthieu und ich waren niemals hier gewesen, und auch die Unterlagen sämtlicher Hausgäste hatte ich verschwinden lassen. Wie Monsieur Ackermann hatten sie nie hier eingecheckt. Das *Richard* war, als ich mit ihm fertig war, selbst ein Findling geworden, seiner Vergangenheit beraubt, abgeworfen ins Jetzt, einer fraglichen Zukunft preisgegeben.

Ein letztes Mal nahm ich an der Rezeption Platz, ein Fremder nun, der hier nichts weiter zu suchen hatte. Die Tür meines Zimmers war wie alle anderen Zimmertüren des Hauses abgesperrt. Der Schlüssel hing säuberlich am Schlüsselbrett, die Schlüssel für Zimmer 3 und 11 und all die anderen hingen aufgereiht daneben. Voller Unschuld erwartete die Rezeption eines entschwundenen Ortes seine künftigen Besucher, wer immer diese sein sollten.

Vorne an der Straße fuhr ein Polizeiwagen mit Blaulicht vorbei. Nichts Ungewöhnliches, und doch zuckte ich zusammen. Mit meinen Krücken würde ich keinem einzigen Bullen davonlaufen können, das wusste ich. Kurz flackerte die alte Idee der Fremdenlegion in meinem Bewusstsein auf. Vielleicht war nun die Zeit für diesen Schritt gekommen? Doch ich blickte auf mein Gipsbein hinunter und verwarf das Vorhaben. Auch ging mir durch den Kopf, ob ich mich überwinden und den Weg zurück nach Malmousque auf mich nehmen sollte. Die Frau, die ich als Mutter bezeichnete, saß dort und wartete, ob ich eines Tages wiederkehren würde. Einen Moment lang gab ich mich der Hoffnung hin, Monsieur Toulet könnte seine Ansprüche aufgegeben haben. Wurden Männer im Alter nicht milder und duldsamer? Wenn sie altersschwächer wurden, sprachen sie dann nicht gleichsam anderen ein Recht auf Schwäche zu? Vielleicht hätte der Adoptivvater inzwischen aufgehört, mich erziehen zu wollen? Doch allzu abwegig war diese Vorstellung, ganz und gar unvorstellbar erschien sie mir. Nein, ich musste weiter als nach Malmousque zurückgehen.

Es galt, den Ausgangspunkt aufzusuchen und nicht an Zwischenstationen haltzumachen. Zu jenem Punkt musste ich gelangen, von dem aus meine Geschichte, soweit ich sie kannte, ihren Lauf genommen hatte.

Ich schlurfte durch den Flur zur Eingangstür des Hotels vor. Dort blieb ich stehen und atmete einen Moment lang durch. Nichts außer der Kleidung, die ich an mir trug, hatte ich mitgenommen. Alles andere hatte ich verräumt und entsorgt. Das *Complet*-Schild an der Tür war der reinste Hohn. *Vide* hätte darauf stehen sollen, oder besser noch: *Fini*. Aus, vorbei, und dennoch eines Tages wieder neu. Irgendwann würde die Modernisierungswelle auch diese Ecke Marseilles erreichen. Vielleicht würde das *Richard* von einer internationalen Hotelkette übernommen werden, die Küste darunter aufgeschüttet, ein Strand errichtet? Früher oder später wurde doch jeder Fleck am Meer entdeckt. Europa würde eines Tages Marseille entdecken, die Stadt übernehmen, neu machen, was alt geworden war. Neufrankreich, dachte ich. Paul, er hatte einen Neustart gewagt. Auch Ackermann hatte eine klare Entscheidung gesucht und Antwort bekommen. Ich konnte das ebenso. Ich konnte abschließen wie sie und neu beginnen.

Ich stützte mich auf die Krücken und hob mich auf den Gehsteig hinaus. Ungelenk zog ich die Haustür hinter mir zu und prüfte, ob sie fest ins Schloss fiel. Den Schlüssel würde ich an der nächsten Balustrade ins Meer werfen. Ich drehte mich zur Straße hin, die stadtauswärts führte. Die Krücken erschwerten mir das Vorankommen, aber aufhalten würden sie mich nicht.

85 Euro befanden sich in meiner Hosentasche. Das war alles, was ich besaß. Es war genug. Mit 85 Euro konnte man einkaufen gehen. Eine Packung Spaghetti, einen Karton Corn-

flakes, ein Olympique-Marseille-Trikot, einen Gaston-Comicband.

Ich hinkte zur nächsten Bushaltestelle, lehnte mich an das Schutzglas und wartete auf den 83er, der die Corniche entlang gen Süden fuhr. Für gewöhnlich kam er, wann immer er kommen wollte. Die auf der Zeittafel angegebenen Fahrzeiten spielten keine Rolle. Auch für mich machte es keinen Unterschied, ich hatte es nicht eilig. Irgendwann würde der Bus kommen und mich nach Bonneveine bringen.

7

Es ist beschwerlich, mit dem Gipsbein den Einkaufswagen durch das Centre Commercial Bonneveine zu schieben. Die Krücken habe ich bei den Aufbewahrungskästchen am Eingang abgestellt. Ich stütze mich am Griff des Wagens ab und lahme zwischen den mit allen vorstellbaren Waren gefüllten Regalwänden hindurch. Bei jedem Schritt verdrehe ich das Bein und ziehe es nach. Es dauert lang, aber nach und nach gelingt es mir, die Einkäufe in den Gitterwagen zu schaffen, die meine Mutter – oder eine Frau, die man für meine Mutter halten hätte können – getätigt hat.

Fast eine Stunde ist vergangen, da erreiche ich den Seitengang, der ein wenig abseits der übrigen Regale liegt und mit *Librairie* gekennzeichnet ist. Hunderte unterschiedliche Comichefte sind hier präsentiert, es fällt mir schwer, mich für einen Band zu entscheiden. Ein kleingewachsener Mann wie ich kann die obersten Buchreihen gar nicht erreichen, dieser Umstand erleichtert mir die Auswahl. Schließlich nehme ich *Le cas Lagaffe* vom Regal und lege den Comic behutsam in meinen Wagen.

– Gaston Lagaffe!, begrüße ich flüsternd den Titelhelden. Ein klein wenig Geduld noch, mein Freund. Ich komme gleich zu dir.

Ich befinde mich an jener Stelle, wo die Mutter sich ein letztes Mal nach mir umgedreht hat. Auch ich blicke kurz um mich. Ein paar Kunden durchstöbern das Zeitschriften-Sortiment in meiner Nähe, manche drehen an den Bestseller-Regalen oder knien vor den alphabetisch sortierten Comicbänden und können sich nicht entscheiden, welchen sie nehmen sollen. Es ist kurz vor Weihnachten, dennoch befinden sich nur wenige Kunden hier. Niemand achtet auf mich.

Dann schiebe ich den Einkaufswagen ans Ende der Abteilung und stelle ihn ganz am Rand des Korridors ab, um niemanden am Vorbeigehen zu hindern. An dieser Stelle kommt kaum Kundschaft oder Personal vorbei, und hier sind auch keine Überwachungskameras zu erkennen. Hier ist es gut, denke ich.

Es bereitet mir einige Probleme, in den Wagen hineinzuklettern. Umständlich stelle ich mich an. Zweimal kippt der Einkaufswagen beinahe um, ungeschickt, wie ich mich mit meinem Gipsbein anstelle. Mit letzter Mühe schaffe ich es, im Wagen zu verschwinden, ohne Aufsehen zu erregen.

Dann bin ich hinter den Gittern angekommen. In den vergangenen Jahrzehnten bin ich gewachsen, aber noch immer bin ich klein und dünn für mein Alter. Die Carrefour-Wagen sind riesig, hier finde ich ausreichend Platz, um sogar mit dem Gips eine passable Liegeposition zu finden. Ich ziehe mich zusammen, verkrümme mich ein wenig, ich ziehe den Kopf ein und bleibe seitlich im Wagen liegen, so gut es geht. Dann bewege ich mich nicht mehr. Ich liege wie ein Embryo in meinem Findelbett. Die Arbeit ist getan, denke ich bei mir. Ich bin der Inhalt eines vergessenen Einkaufswagens.

Wenn ich die Augen zusammenkneife, kann ich den Text auf der Hinterseite der Cornflakes-Packung lesen, die vor mir liegt. Daneben sehe ich durch die Gitterstäbe hindurch. Ich blicke hinaus in die Welt, aus der ich komme. Ich warte. Ich gebe keinen Laut von mir und atme so leise wie möglich. Mein Gitterbett ist hart, aber nicht unangenehm. Ich warte ab, wer kommen wird, um mich zu holen. Anders als Ackermann beharre ich auf einer zweiten Chance und will so lange warten, bis ich sie bekomme. Zur Not könnte ich hier auch übernachten, denke ich, geduldig wie ich bin. Immer tiefer sinke ich in mich zusammen, und während sich mein Pulsschlag verlangsamt, fallen mir die Zwischenstationen ein, die ich gemacht habe, seit ich das letzte Mal an dieser Stelle gelegen habe. Hôpital Sainte-Marguerite, Malmousque, die Anse des Catalans. Andys Wohnung an der Ecke zur First Avenue, die Alcatraz-Bar, die Métro-Station McGill. Die Klippen hinter Niolon, Hôpital Nord.

Hin und wieder schließe ich die Augen, um nichts und nur mich selbst zu sehen. Nach einer Weile öffne ich sie wieder.

Einer älteren Frau, die in Illustrierten stöbert, bin ich aufgefallen. Unbeeindruckt blicke ich durch sie hindurch, als gäbe es sie und gäbe es mich nicht. Die Alte ist vom Anblick eines in einem Einkaufswagen kauernden Mannes überrascht. Doch nach kurzer Zeit wendet sie sich ab und verlässt das Zeitschriftenregal. Ein letztes Mal dreht sie sich nach mir um, dann verschwindet sie aus meiner Sichtachse.

Ein paar Jugendliche tauchen in der Abteilung auf. Sie tuscheln miteinander. Immer wieder blinzeln und zischen sie in meine Richtung, als wollten sie Kontakt mit einem Tier aufnehmen. Ich reagiere nicht.

Eine große, eine alles umfassende, eine behagliche Müdigkeit überkommt mich. So fühlt es sich an, stelle ich mir vor, wenn man nach Hause kommt, sich nach einem langen Tag aufs Sofa setzt. Man ist daheim, man ist zu nichts weiter verpflichtet. Man hält die Augen geschlossen. Dann öffnet man sie wieder.

Ich höre Kaufhausmusik. Blechern tönt sie aus versteckten Lautsprechern. Belanglose Popmusik wie die in der Spielothek, nur deutlich leiser, unaufdringlich. Alles hier ist wie wattiert. Würde *Money, Money, Money* gespielt werden, ich würde es kaum erkennen. *Aaaha Aaah.*

Ein Mann, der mich an den Chefarzt erinnert, begibt sich in meine Nähe. Wieder ein Riese über mir. Ich taufe ihn Pascal. Pascal ist mit dem, was ich hier mache, nicht einverstanden. Er setzt an, etwas zu sagen. Doch letztendlich lässt er mich in Ruhe. Fast alle Menschen wirken so groß jetzt. Und fast alle lassen mich in Ruhe.

Eine äußerst magere Frau mit blondierten Haaren tritt zaghaft auf mich zu. Ich habe sie noch nie gesehen. Ob es mir gut gehe, fragt sie mit enormer Zurückhaltung.

– *Oui, merci,* sage ich. Alles in Ordnung.

Ich denke, dass die Frau mehr essen sollte. Ich überlege, ob und wie ich es ihr sagen soll. Doch ihr Besuch ist zu kurz für ein umfassenderes Gespräch. Noch bevor ich ihr überhaupt einen Namen geben kann, entschuldigt sie sich für die Störung und zieht sich zurück.

Stunden vergehen. Die Welt beweist Geduld mit mir.

Ein Mädchen mit grünem Pullover und kreisrunden Augen kommt in die Bücherabteilung. Ich nenne sie Natalie. Natalie gerät ins Stocken, als sie mich erblickt. Sie sagt kein Wort und hält den Mund geöffnet. Kurz verharrt sie, dann wird sie weitergezogen. Sie hält sich am Einkaufswagen fest, den ihre Mutter schiebt. In diesem Einkaufswagen erkenne ich eine Packung

Cornflakes, genau wie meine. Natalies kleines Schwesterchen sitzt auch dort und quengelt und jammert und weint. Vor lauter Zorn sieht mich die Kleine nicht. Die Mutter gibt vor, das Klagen der Tochter nicht zu hören, und auch ich falle der Frau gar nicht auf, so beschäftigt ist sie damit, diesen nervtötenden Einkauf hinter sich zu bringen. Natalie aber, die mit offenem Mund den Wagen begleitet und wie festgeklebt die Faust über einem der Gitterstäbe geschlossen hält, wendet die runden Augen nicht von mir ab, auch als sie weggezogen wird. Je weiter fort sie gezogen wird, desto mehr verdreht sie den Kopf. Irgendwann aber kann sie mich nicht mehr sehen, sosehr sie sich auch verrenkt.

Ich bin schläfrig. Erneut schließe ich die Augen, und nun will ich sie nicht mehr öffnen.

Wie viel Zeit vergangen ist? Wie viele Minuten, Stunden? Jahre. Jahrzehnte. Wo die Zeit hingeht, denke ich, wenn sie sich doch nur im Kreis dreht. Ob letztlich alle dahin zurückkehren, woher sie gekommen sind? Wie Lachse oder Schildkröten. Wie die Zeiger einer Uhr. Wie Wellen, die vom Meer ans Land treiben. Die Strömung zieht sie wieder mit sich hinaus.

Heute weiß ich kaum mehr über mich, als ich das letzte Mal wusste, als ich hier gelegen habe. Was weiß ein Einjähriger über das Leben! Er liegt im Einkaufswagen und blickt hinauf zum Himmel der Kunststoffleuchten. Im Kunststofflicht will er das Antlitz seiner Mutter entdecken.

Ich bin müde wie damals.

Ich schlafe.

Irgendwann erwache ich.

Es gibt keine Zeit. Ich blinzle hinaus ins Kunststofflicht.

Und da, auf einmal, steht sie vor mir. Aus dem Nichts ist sie aufgetaucht.

Mutter.

Ich erkenne ihr schwarzes Kostüm.

Sie ist in die Knie gegangen, um ganz nah bei mir zu sein. Der lange Rock, den sie trägt, schlägt Falten. Ihre Haare sind wie immer zu einem Zopf geflochten, aber fast weiß sind sie inzwischen geworden. Nicht grau, sondern schneeweiß, gerade so, als wäre Éveline Toulet nun mit Monsieur Rigolo verheiratet!

Ich erschrecke. Ich sage es.

– Mutter!

Meine Stimme überschlägt sich.

Dein neuer Mann ist nicht besser als der alte, will ich sagen, Rigolo nicht besser als Toulet. Doch ich bringe kein anderes Wort über die Lippen als: *Maman!*

– *Oui*, sagt sie. François! Was machst du nur für Sachen?

– *Maman!*

Ich will sie duzen, die Mutter, wie ich es immer durfte. Sie aber gibt mir zu verstehen, dass ich nichts sagen muss. Sie greift mit ihren kleinen, zarten Händen in meinen Einkaufswagen herein und fährt mir behutsam durch das fransige Haar.

– Jetzt endlich bist du wieder da, François, sagt sie.

Ich erstarre. Ich habe keine Stimme mehr. Reglos, wortlos starre ich Mutter an. Ich sehe nur sie jetzt, sonst nichts. Auch Mutter kümmert sich nicht im Geringsten um unsere Umgebung. Sie bleibt gefasst. Sie gibt mir all die Zeit, die ich brauche, um zu mir zu kommen.

– François …

Mehrmals spricht Mutter meinen Namen vor sich hin, tonlos, ich weiß nicht, wie oft. Ich habe einen schönen Namen, denke ich. Ich habe Glück, denn ich könnte auch Kylian, Raphaël oder Clément heißen.

Es kommt mir vor, als hätte Mutter erwartet, mich hier zu

finden. Ihre Ruhe. Ihr Durchhaltevermögen. Immer schon war darauf Verlass.

Vielleicht war auch sie selbst ein Findelkind?, schießt es mir plötzlich durch den Kopf. Waren meine Großeltern, die nie meine Großeltern waren, ebenso wenig ihre Eltern? Jetzt, da mir die Stimme fehlt, kann ich Mutter nicht fragen. Später. Vielleicht wartet sie bloß darauf, dass ich ihr endlich diese Frage stelle?

– Ich helfe dir hoch, sagt Mutter.

– *Maman*, hat man auch dich gefunden?, frage ich, aber zu leise, mutlos, kraftlos, Mutter hört mich nicht.

– Komm. Lass uns gehen, François, sagt sie.

Vielleicht ist Mutter jahrelang jeden Tag hierhergekommen, um nach mir zu suchen?

Ob sie meine Postkarten bekommen hat, will ich sie fragen. Aus Genf. Aus New York.

– Habe ich dir aus Montréal keine geschickt?, frage ich, als ich mich aufgerichtet habe.

Mutter geht nicht darauf ein, aber sie hält mit all ihrer Kraft den Wagen fest, sodass dieser nicht wegrollt, während ich mit meinem Gipsbein umständlich aus ihm herausklettere.

– Wir gehen jetzt heim, sagt sie und reicht mir ihren Arm.

Ich stehe neben ihr. Mutter ist nicht größer als ich. Es ist schon viele Jahre her, dass sie größer war als ich.

– François, so lange bist du fort gewesen!, sagt sie.

8

Ich meine, ich wäre an Mutters Hand aus dem Supermarkt gegangen. In Wahrheit aber habe ich ihren Arm wohl irgendwann losgelassen und humpelte einfach schweigend neben ihr her. Zwei kleine, vom Leben, das zu erdulden sie sich entschieden hatten, noch kleiner gemachte Menschen trotteten an den Kassen vorbei ins Freie. Wir hätten nichts gekauft, gab Mutter der Kassiererin zu verstehen.

Den Wagen mit all den Einkäufen, die ich hineingelegt hatte, hatten wir an Ort und Stelle zurückgelassen. Irgendein Angestellter wird die Waren später zurück in die Regale sortiert haben.

Mutter bestellte ein Taxi für uns. Ich weiß noch, wie mich das erstaunte. Früher wäre sie zu sparsam für so etwas gewesen. Mehr als die Tatsache, dass sie mich aufgefunden hatte, verwunderte mich, dass Mutter ein Taxi rief.

Wir nahmen nebeneinander auf der Rückbank Platz. Mutter nannte die Adresse in Malmousque, und als wir losfuhren, da nahm sie ganz plötzlich meine Hand in die ihre. So wenig Kraft diese Frau auch hatte, es fühlte sich an, als wollte sie mich nie wieder loslassen.

Ich verbrachte Weihnachten mit Mutter. Und auch im Jahr darauf war ich noch bei ihr, und gleichfalls in den folgenden Jahren. Sie hatte mich gebeten, bei ihr einzuziehen. Seit ihr Mann, mein Adoptivvater, ein Jahr zuvor an einem Schlaganfall gestorben war, war sie allein in der Wohnung in Malmousque gewesen. Einsam war sie dort gewesen. Ob ich nicht bleiben wolle, hatte sie gefragt. Sie habe ja sonst niemanden. Ich sei das einzige Kind, das sie je haben würde. Ich solle doch bitte bleiben, so lange ich konnte.

Und sie wiederholte diesen Wunsch in regelmäßigen Abständen. Immer wieder.

Also kam ich, wenn ich außer Haus ging, immer wieder nach Hause. Ich erledigte die Einkäufe, ich ging vor zum Strand, ging ins Café, traf Lucy, flipperte hin und wieder noch mit ihr, bis ich meine Ingenieursausbildung begann und wir uns irgendwann völlig aus den Augen verloren. Wann immer ich das Haus in Malmousque verließ, abends kehrte ich wieder zurück. Nie fragte Mutter nach, was ich getan hatte oder was ich tat. Auch drängte sie mich nie, das Grab ihres Ehemanns zu besuchen. Nur froh war sie, mich in ihrer Nähe zu wissen. Mich: François Toulet.

Ich schlage die Augen auf.

Es ist schon fast dunkel geworden. Die Zeit entschlüpft mir immer öfter, denke ich und richte mich auf. Der Strand hier unten an der Falschgeldbucht ist wie ausgestorben um diese Uhrzeit. Ich blicke auf das glatte Wasser hinaus und komme langsam zu mir. Eine Weile noch hänge ich den Bildern nach, die mir durch den Kopf gegangen sind. Der Mond auf den Wellen, Oimjakon, die Flipperautomaten, die schwarze Plastiktüte mit all dem Geld, der Fischkutter, die Smith & Wesson.

Ja, denke ich, so oder auch ganz anders hätte mein Leben verlaufen können, früher, als es sich einmal entscheiden hätte können, aber nichts sich entschied. Le Boche, Anni, Lucy, noch viele andere Figuren, viele weitere Episoden wären mir eingefallen, Dutzende Versionen meiner selbst sind mir über die Jahre hinweg in den Sinn gekommen, wenn ich mich wie heute an den Strand legte, die Augen schloss und auf Reisen ging, mich an Orte schickte, die es da draußen vielleicht für mich gegeben hätte. Dass ich Zivilgeometer beim Vermessungsbüro Groupe MH Qualité in 13005 Marseille, 34 Jahre alt und ledig bin, das interessiert nicht einmal mich selber.

Wann immer mir dieses eine Leben, das ich führe, nicht genug ist, denke ich mir andere hinzu. Es fällt mir nicht schwer, Existenzen zu erfinden, die mir spannender als meine eigene vorkommen. Bei der Arbeit muss ich Daten auswerten, technische Zeichnungen anfertigen oder sie korrigieren und dabei keinen Fehler, nicht die geringste eigenständige Abweichung machen. Ich arbeite sauber, effizient, wie mein Chef gerne herausstreicht. Doch das ist nicht das, was ich am besten kann – auch wenn niemand, außer mir, davon weiß.

Nach der Arbeit gehe ich manchmal auf einen Apéro mit Arbeitskollegen. Meistens aber nehme ich den 83er und fahre direkt heim. Mutter kocht noch immer zweimal täglich, obwohl Vater längst gestorben ist und ich mittags nur ein Sandwich oder eine Pizza im Büro esse. Abends wenigstens speisen wir zusammen, ich bringe den Wein mit. Ich glaube, für Mutter ist das der Höhepunkt des Tages. Für mich wiederum sind die Höhepunkte meiner Tage, jahrein, jahraus, jene Momente, wenn ich aus der einschläfernden Welt, aus der ich nicht fortgehe, weil es keinen Grund gibt, der das Fortgehen rechtfertigen würde, hinaustrete in eine zweite, dritte, vierte Welt, eine Austauschwelt, die ich im Inneren meines Kopfs erbaue. Nur wenn ich die Augen schließe, kann ich sie sehen.

Seit ich denken kann, ist genau das meine Lieblingsbeschäftigung, das Mich-Hinausdenken aus meiner kleinen Welt, hinein in andere, aufregendere, abenteuerlichere. Mutter kennt das mittlerweile, ich sei schon immer ein Träumer gewesen, sagt sie, ein Spintisierer, und sie lässt mich. Ich schließe die Tür meines Zimmers in unserer alten Wohnung in Malmousque, ich schalte mein Handy aus, ich setze mich aufs Sofa oder lege mich aufs Bett, in dem ich seit Jahrzehnten schlafe, oder ich liege eben hier unten an diesem kleinen Strand von Fausse Monnaie auf dem Kies oder auf einem Felsen und trete die Reisen in meinem Kopf an. Auf diese Weise lässt sich das Dasein ertragen. Ein Mensch erschafft sein Glück, indem er sich selbst erschafft, sich wieder und wieder neu erfindet und neu sich findet. Der Rest fällt kaum ins Gewicht, denn nicht das Außen zählt, sondern wie ich es von innen heraus betrachte. Ich habe die Schule und das Diplomstudium ertragen, wie Vater es von mir verlangte. Ich habe ihn ertragen, bis er seinen Schlaganfall hatte, kein Jahr nachdem er in Rente gegangen war. Ich werde wohl auch alles, was noch kommen mag, ertragen, wie Mutter es tut. Warum auch nicht? Das Leben, es ist nicht allzu schlecht.

Hans Platzgumer

Am Rand

Roman

208 Seiten, btb 71622

Ein Mensch steigt früh am Morgen auf einen Berg. Sobald es dunkel ist, will er einen letzten Schritt tun. Schon immer lagen der Tod und das Glück für Gerold Ebner nah beieinander. Als Kind hat er seinen ersten Toten gesehen. Später hat er zwei Menschen eigenhändig den Tod gebracht: Er erlöste seine Mutter vom terrorisierenden Großvater und seinen besten Freund von dessen Leiden. Doch ist er damit zum Mörder geworden? Noch einmal entscheidet sich Gerold gegen das Gesetz und findet so sein eigenes Glück, das ihm der Tod wieder nimmt …

»Ruhig, packend, voller feiner Beobachtungen.«
Karen Krüger, Frankfurter Allgemeine Sonntagszeitung

»Eine ungeheure Lebensbeichte.«
Christine Westermann, WDR2 Bücher